통

© 오영석, 2014

1쇄 발행일 | 2014년 5월 27일
2쇄 발행일 | 2014년 12월 8일

지은이 | 오영석
펴낸이 | 정은영

펴낸곳 | 네오북스
출판등록 | 2013년 04월 19일 제2013-000123호
주　소 | 121-840 서울시 마포구 서교동 396-33
전　화 | 편집부 (02)324-2347, 경영지원부 (02)325-6047
팩　스 | 편집부 (02)324-2348, 경영지원부 (02)2648-1311
E-mail | neofiction@jamobook.com
Home page | www.jamo21.net

ISBN　979-11-85327-46-4(03810)

이 도서의 국립중앙도서관 출판시도서목록(CIP)은 서지정보유통지원시스템 홈페이지
(http://seoji.nl.go.kr)와 국가자료공동목록시스템(http://www.nl.go.kr/kolisnet)에서
이용하실 수 있습니다.(CIP제어번호: CIP2014012348)

동

오영석

장편소설

네오픽션

나는 정신을 잃고 있었다.

피다…….

붉은 피가 등에서 솟구치는 게 느껴졌다.

'넌 어떤 삶을 꿈꾸니? 평범한 삶은 싫어? 세상이 네가 생각하는 것만큼 만만한 줄 알아?'

그녀의 목소리다.

날 책망하는 목소리…….

'한 집안의 가장으로, 한 아내의 남편으로, 한 아이의 아버지로 산다는 게 얼마나 어렵고 힘든지 알아? 평범하게 산다는 게 얼마나 어렵고 힘든 일인지 알아?'

목소리가 작아지고 있었다. 그리고 또 다른 목소리가 귓가에서 맴돌기 시작했다.

'세상은 말이다. 내가 보기엔 이렇게 나눌 수 있을 것 같구나. 부모의 삶과 자식의 삶.'

강덕중 선생님……?

'이건 시기란다. 공연히 뒷줄에 앉아서 힘을 자랑하고 싶고 아이들하고 싸워서 이기고 일탈하고 싶고. 이건 모두 시기란다. 때가 지나면 말이다. 그 시기가 지나면 스스로 돌아보기에도 유치한 그런 모습이란다.'

커피 잔이 보였다. 잔을 들어 올리는 선생님의 모습이 보였다. 그러더니 어딘가에서 다른 목소리가 들려왔다.

'천하의 이정우를 감히 누가?'

윤정현!

'난 네가 하는 말이면 뭐든지 다 들을 거다. 이정우가 누군데?'

녀석은 날 보며 함박웃음을 터뜨리고 있었다. 커다란 덩치에 어울리지 않는 웃음이 내 가슴속에 들어왔다.

그 순간 그들의 목소리가 헝클어들기 시작했다. 다른 목소리들과 함께.

'다시 시작할 수 있다. 모르겠니? 넌 다시 시작할 수 있어.'

'널 초대하는 거다. 학력? 필요 없어. 진짜 남자들이 모인 곳이다.'

'넌 무슨 전설이나 신화 같아.'

'부산 촌놈.'

‘넌 왜 그렇게 사는 거니? 세상 너 혼자 살아?’

‘천하의 이정우가 어쩌다 이 꼴이 된 거지?’

‘하하하.’

‘이건 현실이다. 현실을 직시하란 말이다!’

‘너 같은 녀석들을 다루는 방법을 알고 있지. 세상을 모르고 학교라는 울타리 안에서 까부는 녀석들.’

목소리……. 목소리들.

나는 눈을 뜰 수 없었다. 수많은 목소리들이 날 땅바닥으로 끌어당기는 것만 같았다.

"정우야!"

이건……?

나는 누군가의 비명 같은 외침을 들었다. 그제야 눈꺼풀이 활짝 열렸다.

"정태……?"

내가 왜 여기 있는 것일까……? 여관방 같았다. 정태는 날 내려다보고 있었다. 눈망울엔 걱정이 잔뜩 어려 있었다.

"괜찮냐? 정우야?"

알 것 같았다. 그래, 이게 어떻게 된 일인지. 꿈에서 깨어난 것이란 걸.

그랬다. 꼬박 7주 전부터 나는 꿈을 꾸었었다.

그 모든 일들이 꼬박 7주 전부터 시작되었던…….

꿈이었다.

제 1 부 — 꿈

꿈꾸기 시작하다

1.

부산에서는 '짱'을 '통'이라고 부른다.

'대가리'라는 말도 쓰지만 나는 좋아하지 않는다.

그것은 짐승의 머리를 일컫는 말이니까.

나는 부산에서 통이었다.

그렇다고 사람들이 흔히 생각하는, 아이들에게서 돈을 뺏는다거나 반 아이를 왕따시키는 짓은 하지 않았다.

나는 그저 교실 맨 뒷줄 창가에 앉아 아이들을 통제했다.

싸움이 났을 때 중재를 하거나 아이들이 시끄러울 때 교실 안을 조용히 만드는 것 따위가 나의 일이었다.

그것은 생각보다 재미없는 일이었지만 감히 그 누구도 내게 반항하지 않아서 크게 불편하지는 않았다.

그렇다. 아이들은 알고 있었던 것이다.

내겐 친구가 많다는 것을. 그리고 내가 누구에게도 맞지 않는다는 것을.

나는 절대 법이었다.

통이었던 것이다.

하지만 그 생활도 잠시.

고등학교에 입학하고 3개월 만에 난 서울의 동진고로 전학을 오게 되었다.

"부산에서 이번에 우리 반으로 전학 온 이정우다. 앞으로 사이좋게 지내라."

담임은 30대 중반의 국어 교사였다.

"간단하게 인사하고 저기 빈자리로 들어가."

인사……?

귀찮은 일이다.

"이정우다."

씹어뱉듯 한마디 하고 나는 천천히 담임이 가르쳐준 자리로 걸어갔다.

아이들의 곱지 않은 시선이 따갑게 등을 찔렀다.

'젠장. 너무 튀었나?'

나는 어떤 시선을 느끼며 흘낏 옆을 돌아다보았다. 웬 녀석이 한 분단 넘어서 날 보며 느끼한 웃음을 흘리고 있었다.

뻔하지. 네놈들의 생리는 잘 알고 있어. 날 떠보겠다는 건데…….

나는 짐짓 못 본 척 고개를 돌렸다.

두번째 수업 시간이었다.

— 야.

내게로 이런 쪽지가 전달돼 왔다. 무시했다. 쪽지가 이어졌다.

— 야 이 개놈아

— 부산 촌놈 개새이야.

노골적으로 날 건드려보고 있는 것이 분명했다.

'역시 너무 튀었어. 젠장. 인상이나 풀걸.'

나는 언제나 무표정했다. 그것은 내게서 독특한 카리스마를 발산시켰고, 주먹도 주먹이지만 그런 이유로 힘 안 들이고 통이 될 수 있었다.

점심시간.

이 학교의 1학년은 교실 급식이었다. 나는 전학 첫날이어서 도시락을 싸 왔다.

도시락 뚜껑을 열자마자 신발 한 짝이 소리를 내며 밥 위로 떨어졌다.

신발 밑창에 붙어 있던 흙이 하얀 밥 위에 우수수 떨어졌다. 나는 흘낏 고개를 돌렸다.

"어어, 미안. 신발이 왜 그리 가지?"

나를 바라보던 녀석이었다. 십중팔구 쪽지도 이 녀석의 장난
이리라. 나는 말없이 도시락 뚜껑을 닫고 몸을 일으켰다. 이런
일 귀찮다.

녀석이 내 앞을 가로막고 이죽거렸다.

"왜? 어디 가려고? 응?"

"매점에."

빌어먹을…… 내 도도한 태도는 나도 어쩔 수가 없었다.

나는 녀석에게 고개 한 번 돌리지 않고 억양 없는 목소리로
낮게 말하고 있었다. 이것은 내 의사와는 상관없이 몸에 밴 행
동이었다.

"하, 왜? 밥 먹어야지? 응?"

녀석의 비꼬는 말투가 성가셨다. 기분이 상하기 시작했다

"말투가 맘에 안 든다."

"뭐?"

"입 닥쳐라."

녀석은 기가 막힌 듯 고개를 뒤로 젖혔다 폈다. 이런 녀석은
초장에 깔아버려야 한다.

아이들도 모두 나를 주시하고 있다. 단번에 깔아버리면 전시
효과도 거둘 수 있고, 날 다시 건드리지는 못할 것이다.

녀석이 눈을 부라렸다.

"야, 너 뭔가 착각하는 모양인데…… 억!"

녀석의 말을 듣고 있어야 할 이유가 없었다.

퍽!

나의 주먹이 녀석의 안면 속에서 작렬하고 있었다.

중학교 2학년 때 나의 주먹질이 소문나기 전, 한 녀석을 반병신으로 만든 이후 2년 만에 처음으로 쓰는 주먹이었다.

쿵!

녀석은 휘청거리더니 바닥에 엎어지고 말았다. 입술이 찢어지고 피도 흘러내렸다. 나는 발로 녀석의 머리를 가차 없이 짓뭉갰다.

"죽여줄까?"

녀석은 분에 겨워 숨을 헐떡이며 나를 노려보고 있었다.

"눈빛이 맘에 안 든다."

나는 최대한으로 목소리를 낮게 깔았다.

"눈 깔아."

자존심 때문인지 녀석은 짓밟힌 채 나를 계속 노려보고 있었다. 나는 한껏 목소리를 깔았다.

"눈 깔라고."

위협이 될 것이다. 아니나 다를까 녀석의 눈동자는 기운 없이 바닥으로 떨어졌다. 그것은 본능적인 동작이었다.

나는 발로 녀석의 얼굴을 툭툭 걷어찼다.

"건들지 마. 응?"

녀석은 날 외면한 채 아무런 반응도 보이지 않았다. 나는 책상에서 도시락을 집어 들어 녀석의 얼굴에 사정없이 내팽개쳤다.

따닥!

밥과 반찬이 녀석의 머리를 어지럽게 수놓고 있었다.

"대답해."

나는 신발로 다시 녀석의 얼굴을 짓뭉개기 시작했다. 녀석의 얼굴에 밥알이 뭉개지며 덕지덕지 붙어 나가는 모습이 보였다. 그제야 녀석은 두려워하는 얼굴로 간신히 고개를 끄덕이는 것이었다.

나는 발을 들어 올리고 신발 밑창에 붙어 있는 밥알을 녀석의 옷에 몇 번 문질러 털어낸 후 매점으로 향했다.

"내 자리 치워놔."

한마디를 남기고.

이제 함부로 날 건드리지 못할 것이다. 초장에 확실한 인상을 심어줘야 할 이유가 여기에 있다.

2.

등 뒤에서 아이들이 웅성거리는 소리가 들려왔다. 나는 고개조차 돌리지 않고 앞만 보고 걸음을 옮겼다.

주먹은 함부로 쓰는 게 아니다. 하지만 쓸 땐 단번에 박살 낸다. 이것이 나의 방식이었다.

매점에서 돌아온 나를 색다른 녀석이 기다리고 있었다.

"나 윤정현이다."

그러면서 내게 손을 내밀었다. 악수를 하자는 몸짓이다.

"치워라."

난 주머니에 찔러 넣은 손을 그대로 둔 채 씹어뱉듯 한마디 하고 내 자리에 털썩 앉았다.

"너 놀다 온 놈이지?"

귀찮았다. 이놈이 진짜인가? 아까 그 녀석은 뭐야?

보통 학교에서 불량 서클 하는 녀석들을 모으는 방법은 한 가지다. 우선 선배가 쓱 들어와서 놀 것같이 생긴 녀석을 지명한다. 그리고 안전한 학교생활을 보장하고, 속한 학년과 반에서는 권력을 준다.

간혹 정의감에 불타는 애들이 그런 녀석들과 맞상대를 하면, 반나절이 지나가기도 전에 우르르 서클 애들이 모여들어 반병신으로 만든다.

그리고 전학생일 경우…….

놀 것 같다 싶으면 애초에 밟아준다. 튀어 오르지 않게 말이다.

한 번 밟히게 되면 졸업할 때까지 밟힌다. 편하게 살려면 애초에 나는 건드리지 않는 게 좋을 거라는 이미지를 심어주어야 한다. 점심시간의 그 녀석은 그래서 그냥 넘길 수 없었다.

그런데…… 이 윤정현이란 녀석은 또 뭐야?

나는 윤정현을 찬찬히 보았다.

키는 180이 넘어 보였다. 고등학교 1학년이라기엔 지나치게 덩치가 좋았다. 차라리 비대하다고 할까? 내가 다니던 부산의 학교가 떠올랐다. 복도를 돌아다니며 공연히 아이들에게 시비를 거는 씨름부들이 오버랩 되기 시작했다.

보통 미래가 불투명한 운동부 애들 중 몇몇은 이상한 방향으로 앞길이 풀렸다.

일찌감치 조폭의 세계로 들어서는 것이다. 운동을 하느라 배운 것은 없고, 그렇다고 남들처럼 공부해서 대학에 갈 수도 없는 녀석들이 선택하는 마지막 보루였던 것이다.

윤정현……. 모습으로만 보면 이놈도 그런 냄새를 풍기고 있었다. 어디에서 이놈을 키우고 있는지 모를 일이었다.

"이정우다."

갑자기 이 녀석 얘기를 듣고 싶어졌다. 흥미가 생긴다.

"아까 태한이 일은 미안하다."

태한……? 쪽지 보낸 녀석? 그 녀석이 태한이었나?

"아무래도 너 좀 논 것 같아서 내가 시켰어. 떠보라고."

"할 얘기는?"

"여기서는 곤란하지. 가자는 대로 갈래?"

나는 일어섰다.

"가자. 앞장서라."

"맘에 드는군."

정현이 피식 웃음을 지었다. 나는 묵묵히 정현을 따라갔다. 문득, 어색함을 느꼈는지 정현이 말을 건넸다.

"너 부산에서 짱이었냐?"

"통이다."

"통?"

나는 입을 다물었다. 설명할 필요는 없었다. 정현도 내가 말이 없자 입을 다물었다.

내가 녀석을 따라간 곳은 옥상이었다. 그곳에는 서너 명이 폼을 잡고 있었다.

대부분 명찰이나 배지가 없어 확신할 순 없었지만 눈짐작으로는 3학년도 두어 명 끼어 있는 것 같았다. 무리 중엔 내가 조금 전에 밟아놓은 태한이라는 녀석도 있었다.

'제법 빠르게 돌아가는데? 누가 통이야?'

나는 머리를 굴렸다.

맨 뒤쪽 난간에 한쪽 다리와 엉덩이를 걸치고 담배를 입에 문 녀석이 보였다. 양손을 바지 주머니에 찔러 넣고 있는 그 녀석의 분위기가 심상치 않았다. 분명히 저놈이다.

성큼성큼 앞에 늘어선 조무래기들을 헤치고 그 녀석 앞에 떡하니 버티고 섰다.

"너냐?"

흘낏 녀석은 날 올려 보았다.

"날 이리로 부른 게."

녀석은 천천히 몸을 일으켰다.

컸다. 180은 훨씬 넘어 보였다.

난 175.

적어도 10센티미터 이상은 커 보였다. 녀석은 날 내려다보며 말했다.

"제법인데? 한가락 했겠어."

녀석은 흥미롭다는 듯 날 찬찬히 훑었다. 그러더니 입술을 실룩거리며 내뱉듯 말을 했다.

"단도직입적으로 얘기하지. 우리하고 판을 깔자."

"할 말이 그것뿐인가?"

녀석은 빈정거렸다.

"이 새끼가. 1학년 새끼가 선배한테 말하는 것 봐라?"

"할 말이 그것뿐이냐고 물었다."

녀석의 얼굴에 피식 조소가 스쳤다. 그 바람에 입에 문 담배가 금방이라도 떨어질 듯 입술 끝에서 흔들렸다.

"응."

"간다."

나는 그 자리에서 돌아섰다.

"잠깐, 잠깐."

"할 말 있어?"

녀석은 어깨를 으쓱거렸다. 뻑뻑 빨아들이는 담뱃불이 붉게 타오르고 있었다.

"난 널 스카우트하려는 거다. 거절한다면 그냥 보낼 순 없지."

해보자고? 나는 주먹을 꾸욱 쥐었다.

"비켜."

눈앞에 대여섯 명이 나를 가로막고 있었다.

'이것들이……'

난 고개를 반쯤 숙이고 눈을 치떴다. 그리고 다리를 약간 벌리며 균형을 잡았다. 턱을 보호하고 언제 어느 때고 주먹과 발을 날리기 위한 자세였다.

대부분이 나보다 큰 녀석들이었다. 그러나 부산에서도 그랬다. 나의 체구만 보고 달려든 녀석들 모두 바닥에 뻗었다.

찰나…….

한 녀석이 내게 달려들었다. 살짝 턴하며 피하고선 그 연속 동작으로 번개같이 발로 턱을 날렸다.

따각!

"컥!"

고개가 빙글 돌아가더니 그놈의 입안이 터진 듯했다. 녀석은 그 자리에서 뒤로 넘어가며 숨을 헐떡였다. 피를 제대로 뱉어내지 못하는 걸로 봐서는 턱뼈가 으스러진 것 같았다.

그것이 신호였다. 한꺼번에 놈들이 달려들었다. 3학년으로 보이는 두어 명은 싸움에서 빠져 주머니에 손을 찔러 넣고 여전히 구경 중이었다. 나는 앞선 놈의 복부를 걷어차고 그것을 디딤돌 삼아 몸을 공중으로 날리며 무릎으로 얼굴을 찧었다. 동시에 땅으로 착지하며 다시 점프, 순식간에 서너 명의 면상에 주먹과 발을 날렸다.

퍽퍽퍽! 하는 소리가 울려 퍼졌다.

"아윽. 윽."

나는 쉬지 않고 뒹구는 녀석들 중 한 녀석을 시범 케이스로 잡았다. 곧바로 어깨를 발뒤축으로 찍어버렸고 다시 쓰러진 녀석의 얼굴을 그대로 앞발로 걷어 올렸다.

꽝!

"컥……!"

입안이 터지면서 붉은 핏줄기가 하늘로 치솟아 올랐다.

아직 멀었다. 나는 멈추지 않았다. 마침 옥상 구석에 놓여 있
는 화분이 눈에 띄었다. 나는 화분을 집어 들고 사정없이 놈의
얼굴에 내리쳤다.

픽!

"아악!"

비명 소리가 울렸다. 이것으로 승부는 완전히 기울었다. 나
에게 달려들었던 놈들은 일어나기도 버거워 보였고 일어나더
라도 그런 내 모습을 보고 전의를 잃은 듯했다. 그렇다면 승부
는 났다. 나의 완승이었다.

나는 옷을 털고 계단으로 향했다.

입구에 정현이 버티고 있었다.

"비켜라."

정현은 나를 노려보고 있었다. 나 역시 정현을 노려보았다.

"비켜줘."

난간에 다리를 걸치고 있던 녀석이 능글맞게 웃으며 소리를
친 후에야 정현은 자리를 내주었다. 그러나 날 쏘아보는 눈빛
만은 여전히 당당했다.

그리고…….

며칠이 지났다.

3.

나에게는 많은 변화가 생겼다.

우선 나에 대한 소문이 전교에 퍼졌다. 복도를 걸어 다니는 나에게 아이들은 혹시 부딪히기라도 할까 봐 내 앞에서 비켜섰다. 같은 반 녀석들 중에선 감히 나와 얼굴도 마주치지 못하는 녀석도 있었다.

나는 어느새 이곳에서도 절대자가 되어가고 있었다. 무지한 교사들만 감을 잡지 못하고 있었을 뿐 전학 온 지 며칠 만에 나는 1학년뿐 아니라 2, 3학년 전체의 판도를 바꾸고 있었던 것이다.

그리고…….

"저기, 나 모르겠어?"

처음 보는 녀석이 알은체를 해 왔다.

"나, 김승태야. 부산에서 상평중학교 2학년 때 같은 반이었는데……."

'김승태?'

작은 녀석이었다.

까까머리에 금테 안경을 낀 전형적인 모범생 스타일이었다. 내가 모르겠다는 얼굴을 하자 승태는 안타까운 듯 얼굴을 일그러뜨렸다.

"3학년 때도 같은 반이었는데……. 너 동하고로 배정받았었지? 나 태동고에 갔다가 얼마 전에 전학 왔어."

아마도 여기가 부산이라면 이런 녀석이 나에게 말을 걸어올 리가 없다. 지레 벽을 치고 나 같은 놈에게 감히 말을 걸어올 엄두조차 못 낼 것이다.

그런데…… 이 녀석, 서울이라고 이러는 건가?

아니었다. 승태란 녀석은 그 왜소함 덕분에 이른바 왕따, 집단 괴롭힘을 당하고 있었다. 며칠 동안 지켜본 바에 따르면 뒷줄에 앉은 녀석들은 만만한 승태를 장난감 삼아 심심하면 툭툭 치거나 차려, 열중쉬어를 시키며 괴롭히고 있었다.

승태에겐 그것이 엄청난 스트레스였다. 그렇지만 차마 집에 가서 말을 꺼내지는 못하고 꾹꾹 속으로 삼키며 학교생활을 계속해왔던 것이다. 그러다가 자신을 괴롭히던 놈들을 한번에 날려버리는 나를 보고 괜히 친한 척하고 있는 것이었다.

즉, '난 이정우와 친하다. 날 건드리면 정우가 이제 너희들을 가만두지 않을 거다'라는 다분히 전시적이고 계산적인 접근이었다.

"승태?"

녀석은 환하게 웃었다. 반가움의 표시라고 하기에는 지나칠 정도였다.

이런 녀석들…… 보기 싫다. 내 목소리가 싸늘해졌다.

"모르겠는데?"

녀석의 표정은 금세 실망으로 변했다.

"그……래?"

녀석은 어깨를 늘어뜨리고 돌아섰다.

"야!"

"응?"

힘없이 돌아보는 승태를 향해 난 거드름을 피웠다.

"너 혼자 이겨내."

승태는 날 물끄러미 바라보았다.

'멍청한 놈. 보긴 뭘 봐? 난 너 같은 놈 보호해주는 것 따위 흥미 없어.'

"할 말 더 있냐?"

"아니."

승태는 맨 앞줄에 있는 자기 자리로 돌아갔다.

자존심이 상했을까? 상관없다. 저런 답답한 놈들은 피곤하기만 하다.

3교시 후 난 화장실에 갔다. 복도에서 아이들이 알아보고 알아서 내 길을 터주었다. 겁에 질린 표정, 눈치 보는 태도. 2년 전부터 날 보는 아이들의 눈빛은 항상 그랬다.

화장실에서 일을 보는데 밖이 소란스러웠다. 복도로 나온 내 눈에 어딘가를 향해 뛰어가는 아이들이 보였다.

싸움이라도 난 것일까? 남자 학교에서 아이들이 저렇게 신난 표정으로 우르르 몰려갈 때란 피 터지는 싸움판을 공짜로 구경할 때이거나 예쁜 여자가 지나갈 때밖에 없다. 물론 예쁜 여자가 지나다닌다고 생각할 수는 없었다.

그런데?

뛰어가는 방향이 이상했다. 우리 반이 아닌가?

나는 천천히 다가갔다. 창가에는 이미 구경꾼들로 가득했다.

"야! 머리 치워."

내 말이 떨어지기 무섭게 누군가 신경질적으로 돌아보았다. 하지만 내 얼굴을 확인한 녀석은 움찔하며 자리를 내주었다. 내 눈에는 교실 안 광경이 들어왔지만 안에서는 삐죽삐죽 솟아 있는 머리통 때문에 날 볼 수 없는 구도였다.

난 구경꾼이 되어 우리 반 교실 안을 바라보았다. 안에는 승태가 있었다. 뭘 잘못했는지 고개를 푹 숙이고 있었다. 안경은 어디로 날아갔는지 보이지 않았다. 승태 앞에는 나에게 처음으로 달려들었던 태한과 날 옥상으로 안내했던 정현이 있었다. 그리고 그 주위에 세 명이 더 버티고 서서는 승태와 대치하고 있었다.

태한의 손에는 운동화가 들려 있었는데 그것은 승태 것이었다. 태한은 습관적으로 말을 할 때마다 운동화로 승태의 머리통, 얼굴을 탁탁 치고 있었다.

"야 이 새끼야. 너 간땡이 부었지? 이정우한테 꼬리를 쳐?"

태한은 운동화로 승태의 뺨을 툭툭 치기 시작했다. 그러고는 운동화 끝을 승태의 입술에 밀어붙였다.

"입 안 벌려?"

승태는 입으로 운동화를 물 수는 없었던지 입을 다물었다. 하지만 그것은 금방이라도 울어버릴 것 같은 표정과 묘하게 어울려 불쌍하게 보일 지경이었다. 태한이 그런 승태의 머리를 다시 운동화로 탁! 하고 때렸다.

"어쭈. 아가리에 힘주네. 너 많이 컸다? 응?"

가만히 보고 있자니 승태는 지금 시범 케이스로 걸려든 것이었다. 태한이네 입장에서 승태의 시도는 불순한 반역이었다. 단순히 말을 안 듣고 버티는 정도라면 아무도 없는 곳으로 끌고 가서 반쯤 죽여놓으면 그만이다. 하지만 이번 경우는 차제에 확실히 해두지 않으면 제2, 제3의 승태가 나올 수 있었다.

그들의 권위에 대한 작은 도전과 반란, 녀석들 입장에선 조용히 넘어갈 수 없는 일이었다. 그래서 공개적으로 구경꾼들 앞에서 이런 짓을 하는 것이다. 승태가 운이 없다면 운이 없을까.

어쨌든 이 모습을 본 아이들은 감히 태한이네의 눈을 피해 다른 세력에 기웃거리지 못할 것이다. 그렇지 않아도 최근에 나로 인해 자존심이 상해버린 태한이네였다. 이번 반란은 확실히 제압하여 그들의 힘을 보여줄 필요가 있었으리라.

"이 새끼가. 야."

승태가 계속 입을 앙다물고 있자 어이없다는 듯 헛웃음을 터뜨린 태한은 운동화로 승태의 머리를 탁 하고 쳤다. 한 번이 아니었다.

탁, 탁, 탁, 탁.

계속될수록 강도는 세졌고 속도도 빨라졌다.

"이 새끼가 말이 말 같지가 않나."

픽! 하는 소리와 함께 승태가 고개를 숙였다.

정현이 숙인 승태의 고개를 손가락으로 추켜올렸다. 승태의 눈에 눈물이 고인 것 같았다.

"이 새끼야, 우리 말 무슨 말인지 알지? 응? 짜면 그냥 넘어 갈 것 같냐?"

"퉤. 재수 없게 어디서 질질 짜?"

태한이는 운동화 밑창에 가래침을 뱉고서는 승태의 얼굴에 문질러댔다.

승태…… 멍청한 놈!

사람들은 말한다. 왜 친구들 사이에 왕따를 만드느냐고. 하지만 내 생각은 다르다. 결국 자신이 하는 행동대로 돌아오는 것이다.

저런 일을 당하고도 저항할 줄 모르는 멍청한 놈. 미친 척하고 한 번만 독하게 대항하면 된다. 물론 죽을 정도로 맞을 것이다. 그럴 때 한 번 더 저항하면 된다. 하찮은 권력을 가지고 그것에 안주하는 녀석들은 자신에게 꼼짝도 못하는 나약한 자들에게 강한 모습을 보이기 마련이다. 하지만 그들에게 당당히 저항하는 자들은 쉽게 다스리지 못한다. 그것이 학교에서 힘과 주먹으로 소소한 권력을 휘어잡은 양아치들이다. 작은 권력에 안주하는 녀석들을 깨뜨리는 건 바로 저항이다.

그러니 승태를 동정할 필요 따위는 없었다. 그것은 그 소소한 권력을 휘두르는 놈들에게 속절없이 당하고만 살았던 녀석에게도 문제가 있다는 소리니까.

하지만. 하지만…….

그럼에도 불구하고…….

가슴속 한가운데가 막혀 답답한 기분이 드는 건 어쩔 수 없었다.

'승태야. 이 자식아.'

난 어느새 마음속으로 승태를 응원하고 있었다.

'한 번만 부딪쳐봐라. 한 번만…….'

그 순간……!

"지겨워……."

"뭐?"

"지겨워. 너희들……."

이건……?

'승태야!'

승태가 그렇게 말한 것은 대단한 용기가 분명했다. 난 막힌 가슴속이 뚫리는 걸 느낄 수 있었다.

"이 새끼가 진짜 미쳤나?"

태한이 사정없이 승태의 복부에 발길질을 했다.

"억."

승태는 그 바람에 우당탕거리며 쓰러졌다. 하지만 나는 승태가 대견스러웠다. 잘했다, 승태야. 이제 내 차례다!

"야, 비켜."

난 문 앞에서 구경하려고 버둥대는 아이들의 뒤통수에다 낮은 목소리로 말했다. 내 오만한 목소리를 듣고 아이들은 짜증스러운 표정으로 나를 돌아보았다. 그러나 날 확인한 녀석들은 이내 겁먹은 눈으로 찔끔거리며 나의 통로를 활짝 열어주었다.

그 모양은 흡사 모세의 기적 같았다.

4.

갈라진 아이들 너머로 다섯 녀석이 선명하게 드러났다.

정현과 태한은 같은 반이지만 다른 세 녀석은 다른 반에서 원정 온 것 같았다.

"뭐야? 정의의 사자냐? 풋."

태한이 날 비꼬았지만 마음속으론 두려워한다는 걸 느낄 수 있었다.

그렇다면 이미 태한이는 내 적수가 아니다.

이럴 때 확실히 겁을 주어야 한다.

나는 목소리를 한껏 낮추었다.

"승태 놔줘."

"개폼 잡지 마라. 이 개자식아!"

태한이 빽 고함을 질렀다. 다른 녀석들도 싸울 자세를 취하고 있었지만 섣불리 달려들진 못하고 있었다. 다만 정현만이 언젠가 옥상에서 날 노려보았듯이 눈을 치뜨고 있을 뿐이었다.

윤정현? 자세는 인정해주어야겠군. 실력은 모르겠지만.

일순.

정적이 흘렀다.

딩동댕딩동댕!

종소리!

쉬는 시간이 끝났음을 알리는 종소리가 울렸다.

"교무실에서 여기까지 오는 데 3분은 걸린다. 맞짱이라면 사양하지 않겠다."

난 양손을 바지 주머니에 꽂아 넣은 채 한 발 앞으로 나섰다. 그리고 녀석들을 둘러보았다. 태한이 어깨를 으쓱거렸다.

"훗. 나도 그러고 싶다만 애들이 교실까지 가기가 멀어서."

다른 반에서 온 애들이 뚜벅뚜벅 내 곁을 스쳐 갔다. 느끼한 표정으로 날 스윽 훑으며 지나가는 건 잊지 않았다. 그러면서 낮은 소리로 나를 위협하고 있었다.

"너 죽는다."

"야!"

난 녀석들을 불러 세웠다.

"두 번 다시 이런 일로 내 눈에 띄지 마라."

나 역시 위협했다. 녀석들은 히죽거리더니 어깨를 으쓱할 뿐이었다. 창가에서 지금까지 구경하던 녀석들도 한두 명씩 자기 교실로 돌아가고 있었다.

정현과 태한도 제자리에 앉았다. 승태는 가래침에 범벅이 된 얼굴을 휴지로 닦아내고 있었다.

상황은 평상시의 모습을 찾은 듯했다.

그러나…….

폭풍 전야라고 했던가. 난 승태를 보았다. 이런 일에 익숙한 탓인지 녀석은 어느새 안정을 찾은 듯했다.

방과 후.

빈 가방을 챙겨 든 내게 정현이 다가왔다.

"오늘 좀 보자."

"또 따라오라고?"

"이번엔 널 그냥 보내진 않을 거다. 그때는 학교여서 일이 커질까 봐 그랬던 거지만 이번엔 달라."

나는 잠시 생각했다. 내가 침묵하자 정현이 한층 자신만만하게 말했다.

"인범이 형이 직접 상대해줄 거다."

인범이라. 그때 옥상 난간에서 담배 물고 폼 잡던 녀석인가?

어차피 피할 수는 없는 일이었다. 그들에게 찍힌 이상 내 존재를 확실히 인식시켜야 했다. 난 함부로 건드릴 수 있는 상대가 아니란 걸 분명히 해두어야 하는 것이다. 그렇지 않으면 학교생활 내내 그들은 날 물고 늘어질 것이다.

복종하느냐, 날 건드리지 못하게 하느냐. 미세하고도 큰 차이였다.

"맞짱인가?"

"그래. 네가 남자라면 피하진 않겠지?"

"너 같은 놈 입에서 남자를 말하다니? 양아치 새끼가."

정현은 눈빛이 달라지더니 내 멱살을 잡아 올렸다.

"뭐가 어째? 다시 말해봐."

"이거 놔."

난 조용히 그러나 위압적으로 말했다.

"인범이 형 몫이니 손대지 않는 거다, 부산 촌놈."

녀석은 손아귀에서 힘을 풀었다.

교실 안에서 몇몇은 야간 자습을 하고 몇몇은 학원에 간다고 가방을 싸고 있었다. 문득 승태와 난 눈이 마주쳤다. 승태는 학원에 갈 채비를 하던 중이었다.

난 미소를 보냈다. 하지만 녀석은 뭐가 불만인지 물끄러미 바라보다 이내 외면하는 것이었다.

녀석……

학교 근방에 이런 곳이 있는 줄은 몰랐다. 철거하다 방치되었는지, 공사하다 그만두었는지 뼈대만 남은 시멘트 건물이 꽤 을씨년스러웠다.

"왔냐?"

어둠 속에서 열댓 명이 나타났다.

"나 김인범이다. 반갑다."

짐작대로 인범은 옥상에서 폼 잡던 그 녀석이었다.

"이 애들을 맡고 있지."

녀석은 그러면서 담배 하나를 꺼내 입에 물었다.

"한 대 할래?"

"사양한다."

어느새 열댓 명이 죽 내 주위를 둘러싸고 있었다.

나는 이죽거렸다.

"도망갈까 봐?"

인범이 대답했다.

"아니, 링을 만드는 거지. 너하고는 분명히 해둬야 할 게 있으니까."

난 가방을 내려놓았다.

"아 이 자식, 성급하긴. 내 말부터 들어라."

"또 스카우트냐?"

난 고개를 반쯤 젖히고 한껏 목소리를 깔았다. 인범이 그런 나를 내려다보며 피식 웃음을 터뜨렸다.

"넌 솔직히 탐나. 척하면 척이잖아? 너 같은 주먹은 본 적이 없단 말이야."

"그래서?"

그렇게 말하며 난 주먹을 쥐고 있었다. 인범이 말했다.

"내가 누군가에게 소개시켜주고 싶은데 어때?"

"웃기는군."

내 대답 후 인범이 담배를 쭉 빨아들였다. 그 때문에 지직 소리를 내며 담뱃불이 붉게 타올랐다.

"사장님이 말했지. 남자에겐 두 갈래 길이 있다고."

사장? 조직에서 키우는 애들인가?

"하나는 출세하는 것이고 다른 하나는 평범한 가정의 평범한 가장이 되는 것이라고."

이 녀석 무슨 말을 하려는 거지?

"가장이 되는 건 아무나 할 수 있어. 하지만 출세는 그릇이 달라야 한다. 또 출세에도 두 가지 길이 있지. 뭔지 아나?"

"머리로 하는 것과 몸으로 하는 것?"

나도 모르게 대답이 나왔다. 인범의 입술이 웃음을 머금으면서 씰룩거렸다.

"아냐. 정정당당하게 하는 것과 부당하게 하는 것이다."

난 주먹을 풀고 팔짱을 꼈다. 하지만 마음의 준비는 하고 있는 상태였다.

"이 나라에서 출세한 사람 중에 정정당당히 출세한 사람이 몇이나 될까? 아마 아무도 없을걸?"

"서론이 길군."

"넌 출세할 수 있다. 남자라면 누구나 꿈꾸는 생활을 마음껏 즐길 수 있지. 학력? 필요 없어. 그놈이 세상에 난 그릇 크기만큼 가져가는 곳이 있지. 진짜 능력만 본다고. 너에게 시시한 주먹잡이를 하라는 게 아니다. 어차피 너도 공부로 클 놈은 아니잖아? 넌 타고난 그릇이 다르다. 널 초대하는 거다."

난 그 순간 이 녀석의 말에 끌리고 있었다. 인정하긴 싫지만 난 공부로 성공하기에는 틀려먹은 녀석이었다.

인범은 말을 이었다.

"너의 미래는 뭐지? 공부로 성공하는 거냐? 아닐걸? 아무것도 없이 맨몸으로 자수성가하는 곳이 여기에 있다. 재능과 열정만 있으면 돼."

인범의 말은 설득력이 있었다.

나의 미래?

그랬다. 나의 미래는 불투명했다. 인문계 고등학교를 다니고 있는 나로서는 졸업하고 난 뒤에도 뭔가 기술 학원을 전전해야 할 처지였다. 내가 생각하기에도 난 대학과는 거리가 먼 녀석이었다.

인범의 말은 다시 이어졌다.

"우린 어중간한 양아치가 아니야. 진짜 남자들이 모인 곳이다. 결심만 해라. 너에게 새로운 세상을 열어주겠다. 우리 뒤엔 배경이 있어. 우린 모두 장학금을 받지. 그래서 학교를 다니는 거지. 고등학교 졸업장은 따라는 배려야. 하지만 원한다면, 재능만 있다면 대학도 보내줄 거다. 생각해봐라. 남자로 태어나서 불알 두 쪽 차고 나와 오직 자신의 타고난 능력으로 출세할수 있는가를 말이야. 평범하게 살고 싶나?"

"거절한다면?"

"거절? 생각하지 않은 상황이다. 하지만 정말 거절한다면 우리 애들 노는 데 방해되니까 곱게는 보내지 말아야겠지."

"방해?"

내 입술이 씰룩였다.

"진짜 힘이란 게 뭔지 보여주마."

그 한마디가 날 거슬리게 했다. 단지 그것뿐이었다. 날 화나게 한 건…….

"거절하겠다."

나는 또렷한 음성으로 말했다.

일순…….

깊은 정적이 날 휘감아 들었다. 인범은 얼굴이 경직되더니 입에 문 담배를 뱉어내었다.

툿!

"아무도 나서지 마."

인범은 아이들에게 한마디 하고 교복 윗도리를 벗었다.

"날 이기면 건드리지 않겠다."

나는 신중히 호흡을 가다듬었다. 인범은 내게로 한 발 다가왔다. 그리고 긴 리치를 이용해 곧장 주먹을 내질렀다. 나는 자세를 낮춰 살짝 피한 다음 아래에서 왼발로 인범의 턱을 걷어올렸다.

픽!

그리고 연이어 올라가는 탄력을 이용, 오른발로 허공을 딛고 점프하며 왼발로 인범의 턱을 다시 격파했다.

빠각!

둘러싸고 있던 아이들이 흠칫하고 있었다.

울컥!

인범의 입에서 피가 솟구쳤다. 인범은 비틀거리더니 다시 자세를 잡았다.

"너……같이 빠른 놈은 처음 본다."

나는 여기 있는 모두가 달려든다 해도 이겨낼 자신이 있었다. 그만큼 나의 주먹은 독보적이었다. 그리고 난 주먹에 관해서는 겸손하고 싶지 않았다.

"이 자식."

인범이 다시 달려왔다. 막무가내였다. 녀석은 날 설교할 때의 위풍은 어디다 버렸는지 어리석게 달려오고 있었다.

'대가리가 될 자격이 없다, 넌.'

나는 그대로 돌려차기로 인범의 면상에 발을 적중시켰다.

퍼억!

그 순간.

"헉!"

나는 발목에 통증을 느꼈다. 인범의 얼굴에 미소가 돋아났다. 어느새 칼로 내 발목을 찔러버린 것이다.

'이 녀석이⋯⋯.'

김인범. 이 정도 남자였나⋯⋯?

순간이었다.

내가 주춤하는 틈에 주위에 있던 녀석들이 어느새 칼을 빼 들고 있었다.

쉬쉭!

나는 발목이 찔린 터라 움직이기가 쉽지 않았다.

'이것들이⋯⋯.'

"이 새끼야!"

놈들이 괴성을 지르며 달려들었다. 나는 몇몇을 피하며 주먹을 날렸지만 발을 쓰기는 어려웠다. 발에 힘이 들어가지 않았다. 김인범이 큰 소리로 외쳤다.

"비겁하다고 생각하지 마라, 이정우. 진짜 싸움엔 낭만이 없다."

푹! 푹!

나는 등과 허리에 다시 칼을 맞았다. 녀석이 뭐라고 소리치든 내 귀엔 들어오지 않았다.

'이건 뚫어야겠다. 정면충돌은 아냐.'

나는 긴장감으로 통증을 극복하며 단 한곳을 노렸다.

다앗!

퍼퍼퍽!

원형으로 날 둘러싸고 있던 아이들의 한곳이 뚫리며 공간이 나왔다. 생각할 것도 없었다. 무작정 뛰었다.

저 멀리 길가가 보였다. 나는 순식간에 사람들이 다니는 길에 들어섰다. 녀석들도 우르르 날 쫓아왔다.

타다다다닥.

타다다다다!

"꺄악!"

그런 나와 녀석들을 보고 길에 있던 여자들이 비명을 질러댔다.

"비켜!"

난 몸속 깊은 곳에서 솟구치는 통증을 견뎌내며 지나가는 사람들에게 미친 듯이 소리치고 있었다. 다행히 녀석들은 날 제대로 쫓아오지 못하고 있었다.

그러나 내 몸에서 기운이 빠져나가고 있는 것은 어쩔 수가 없었다. 무엇보다 발목이 버텨주지 못하고 있었다.

휘청!

무언가 흔들린다고 느껴지는 순간 보도블록이 나를 덮쳐 왔다.

"꺄악!"

"이 새끼 넌 죽었다!"

여자들의 비명 소리…….

녀석들의 욕지거리가 내 귓가를 어지럽히고 있었다.

윤정임을 만나다

1.

"일어나, 이 새끼야."

누군가 나를 붙들어 일으켰다. 나는 힘이 없었다. 당장 받아치고 싶었지만 몸이 말을 듣지 않았다.

"이쪽이야. 기운 내."

이건……?

윤정현이었다. 녀석이 지금 무슨 소리를 하고 있는 거지?

"빨리."

지금 정현은 나를 돕고 있었다.

"너…… 뭐냐?"

어리둥절한 나를 돌아보며 정현은 아무렇지도 않은 듯 말했다.

"그냥 여러 명이 무기까지 들고 달려든 게 비겁하다고 생각했을 뿐이다."

타다다다……. 녀석들이 달려오는 소리가 들렸다.

"급하다. 이쪽. 죽을힘을 내."

녀석은 급히 나를 모퉁이 골목길에 밀어넣었다. 녀석들이 가까이 온 걸 느끼며 나는 마지막 힘을 내어 달려 나갔다.

"저쪽이야! 저쪽."

멀리서 정현의 목소리가 들렸다. 녀석은 일부러 다른 곳을 가르쳐주고 있었다. 그러고 보니 난 대로변을 달린 것이 아니라 골목길 여기저기를 누비고 있었다. 그래서 녀석들이 날 제대로 쫓아오지 못했던 것이다.

'윤정현이라……. 제법인데?'

난 억지로 마음의 여유를 가지려고 했다. 하지만 그 순간 나는 어딘지 모를 땅바닥에 쓰러지듯 주저앉고 말았다.

"하아, 하아."

숨이 가빠왔다. 피를 너무 많이 흘린 것일까? 제길……. 전부 내 탓이다. 칼을 쓸 수도 있었다. 그걸 예측하지 못한 내 잘못이다.

문득 내 눈에 시커먼 물체가 잡혔다. 사람이었다. 나는 긴장하며 급히 몸을 일으키려고 했다. 발목에 아린 통증이 몰려오더니 몸이 휘청거린다.

"커억!"

빌어먹을. 꼼짝하기도 힘들었다.

"저기…… 괜찮아요?"

여자?

나는 귀찮다는 듯이 손짓을 했다. 가라는 신호였다. 하지만 여자는 물러서지 않았다.

"피가 많이 나요. 일어설 수 있어요?"

나는 빽 고함을 지르고 싶었다.

꺼지라구. 젠장.

하지만 그러기도 힘들었다. 나의 외침은 여자의 눈엔 도와달라는 간곡한 입술의 떨림으로 보이는 모양이었다. 나는 희미한 기력을 모아 여자의 얼굴을 보았다. 고등학생 같지는 않았다.

대학생?

'쳇. 난 이제 고1인데 인연도 없는 계집이군. 괜히 불쌍하다고 동정 같은 거 하지 말란 말이야. 빌어먹을.'

내 눈빛을 읽은 것일까? 여자는 날 두고 어디로 가버렸다.

그럼 그렇지.

"야, 미숙아. 잠깐 나 좀 도와줘. 집 앞에 사람 쓰러져 있어."

응? 이건 또 무슨 소리?

"어머, 뭐니? 고등학생 같은데?"

내 주위가 소란스러워졌다.

"미숙아, 안으로 좀 들이자. 피 흘리는 것 좀 봐."

"미쳤어? 얘 휴대폰 있을 거 아냐? 부모 오라고 하면 되지."

"아, 맞다. 휴대폰 없어요?"

나는 휴대폰을 가지고 다니지 않았다. 내가 침묵하자 눈치껏 알아챘는지 정임은 어깨를 으쓱였다.

"없나 본데?"

"그럼 구급차 불러."

"알았어. 병원비는 일단 네 카드로 하자."

"뭐? 넌 내가 남을 위해 돈을 쓸 만큼 착하게 보여? 웃기셔!"

"난 돈 없는데?"

두 여자는 날 가만히 내려다보며 잠시 대화를 멈추었다. 이내 날 발견한 여자가 말했다.

"그냥 우리 집에 잠시 옮기자. 어떻게 모른 척해? 우리 집 앞이야. 비정한 이웃이라고 신문 가십난에 나고 싶어?"

기가 막혔다. 생각 같아서는 성깔 있는 대로 부리고 뛰쳐나가고 싶었지만 몸이 말을 듣지 않았다. 나의 욕지거리는 신음 소리로, 나의 반항하는 눈빛은 고통의 하소연으로 바뀌어 있었다.

빌어먹을…….

나는 두 여자에 의해 바닥에서 들렸다. 그리고 따뜻한 방바닥에 뉘어지자마자 나는 의지와 상관없이 깊은 잠에 빠져들고 말았다.

얼마나 지났을까?

난 웃통을 벗고 있었고 몸에는 붕대가 칭칭 감겨 있었다. 못생긴 여자의 얼굴이 내 눈을 채워든다.

"일어났어?"

누구야? 이 이상하게 생긴 여자는?

"야, 정임아. 일어났어."

"그래?"

못생긴 여자가 부엌을 향해 소리치자 달그락거리며 설거지를 하던 정임이 보였다. 여긴 자취하는 원룸인 듯했다. 정임이란 여자는 날 보고 웃었다.

"몸은 괜찮아요?"

"야! 고등학생 같은데 무슨 존댓말이야?"

"어우, 애는?"

정임은 친구에게 살짝 미소를 지었다. 왼쪽 뺨에 보조개가 보인다. 보기 싫진 않았다. 하지만 친구는 달랐다. 미숙이라고 했던가? 성가시다.

"야, 너 벙어리야? 너희 집 어디니?"

후…….

피곤한 일이었다. 여자들이란 상대하기 벅찬 존재들이다.

나는 몸을 일으켰다.

"칫!"

나는 몸뚱이에서 솟구치는 신음 소리를 간신히 참아냈다.

발목. 그리고 등과 허리.

통증은 가라앉았다. 하지만 움직일 때는 미칠 것 같은 통증이 따라다녔다. 나는 일어서서 말없이 교복을 입었다.

"가는 거예요? 괜찮아요?"

정임이 내게 물었다. 나는 대꾸하지 않고 입을 악물고 옷을 챙겨 입었다. 그리고 비틀거리며 현관으로 향했다. 걸음을 내디딜 때마다 발목이 쓰려왔다.

"어머, 어쩜 고맙다는 말 한마디 안 하지? 너 아니었으면 죽었을지도 모르는데 말야. 싸가지 아냐?"

미숙이란 여자는 신경 사나웠다. 구해준 당사자는 가만있는데 웬 생색이야? 나는 현관 앞에 서서 정임을 보고 고개를 숙였다. 그리고 아무 말 없이 돌아서서 절뚝거리며 걸음을 옮겼다.

"어머. 야, 쟤 괜히 폼 잡는다. 지가 멋있는 줄 아나 봐."

"멋있네, 뭐. 분위기 있잖니?"

여자들의 시답잖은 대화가 귓가를 간지럽혔다. 주머니에는 집에 갈 차비쯤은 있었다. 언제 그 집에 드러누웠는지는 모르겠지만 지금은 오전 9시가 지나 있었다.

'이 녀석들이 있을까?'

나는 부산의 친구들을 떠올렸다. 그 녀석들이라면 내게 도움이 될 것이다. 원래 학교 주먹들은 선후배 관계가 엄격하지만 나와 내 친구들은 조금 다른 데가 있었다.

우린 완전한 독립체였고 선후배 관계 따위 안중에도 없었다. 누구의 밑에 고개 숙이는 짓은 체질적으로 맞지 않는 나 때문에 가능한 일이었다.

나는 공중전화로 걸음을 옮겼다.

"두현이냐? 나다, 정우."

"어쩐 일이야?"

두현이는 부산에 있는 친구였다. 짐작대로 학교 수업은 들어가지 않고 당구장에 있었다.

"너, 애들 좀 모아서 서울로 와라."

"서울?"

"그래. 빚지고는 못 참겠다."

"천하의 이정우가 빚을 져?"

"후, 어이가 없군. 올 수 있나?"

"당연히 가야지. 다 불러 모아봐?"

"정태는 안 되잖아."

"그 녀석은 학교 갔고."

두현이가 말하는 학교는 소년원이었다.

"몇 명 모을 수 있어?"

"글쎄? 열 명이면 돼?"

"좋아. 다들 일당백이니까."

"할 수 있으면 많이 데리고 갈게."

"내일 당장 올라와."

"내일? 그건 좀……."

"왜?"

"2학년 통하고 한판 붙을 거야. 모레 갈게."

"2학년?"

"그래. 새끼가 선배라고 지랄이잖아. 우리가 동하고 먹을 거야."

"먹어?"

"꼭 그게 아니더라도 최소한 간섭 못 하게는 해야지. 우리 레벨을 잘못 안 거지. 우리가 자기네들 밑으로 안 들어가니까 제

딴에는 버릇을 가르쳐줄 모양인데. 웃기는 소리지."

"3학년은? 너희들만으로 할 수 있어?"

"3학년은…… 통이 서면에 조직으로 넘어가고 난 뒤부터는 힘 못 써. 간섭 안 해."

"3학년 통? 김진우?"

"그래, 그 자식. 조직에서 따로 키웠나 봐. 서울 쪽 조직하고도 형제 결연이 되어서 서울로 연수 간다던데."

"그래?"

"응. 최근 정보에 의하면 그래."

"알았다. 모레 애들 데리고 와."

"오케이. 너 그 학교 어떡할 거야?"

"처음엔 날 건드리지만 않으면 조용히 지내려 했어. 하지만 이제는 사정이 달라."

나는 잠시 말을 끊었다 이었다.

"모두 박살 낸다."

"알았다. 모레 보자."

나는 전화를 끊고 택시를 잡아탔다.

"아저씨. 동진고등학교요."

9시가 넘은 시간. 1교시가 진행되고 있을 것이다. 택시 요금은 기본요금이었다.

나는 가방도 없이 곳곳에 피딱지가 엉겨 붙은 교복을 입은 채로 교문 안으로 들어섰다. 수위 아저씨가 나를 불렀지만 나는 들은 체도 않고 걸음을 옮겼다.

"학생, 학생."

발목의 통증은 이제 느낄 수 없었다. 하지만 자고 일어나면 다시 쓰리겠지.

112. 우리 반이었다. 교실에서는 영어 수업이 진행 중이었다. 나는 거침없이 교실 문을 열었다. 뒷문도 아니고 앞문이었다. 교실 안의 시선이 일제히 나에게로 쏠렸다.

"너 뭐야?"

수업을 하던 교사는 강덕중이었다. 40대 초반의 나이로 그렇게 까다로운 선생은 아니었다. 전학 온 지 며칠 안 된 나로서는 확실히 알 수 없지만 적어도 아이들이 싫어하는 교사는 아니었다. 성격도 온화한 편이고 약간은 세심한 부분도 있는 듯했다.

하지만 이번 일은 그에게도 꽤나 황당했던 모양이었다.

"수업을 들으러 왔습니다."

나는 표정 없이 대답했다. 고개는 빳빳이 든 채로.

"가방도 없이? 옷은 왜 그래? 피 묻은 거하고……. 싸웠나?"

나는 대답하지 않았다.

"제 자리에 가서 앉아도 되겠습니까?"

"이놈 봐라? 제법인데?"

교실 안에서 감탄사가 터져 나왔다. 하긴 나 같은 별종은 처음일 게다.

"들어가. 수업 마치고 잠시 교무실로 와."

나는 고개를 숙여 인사를 하고 내 자리에 돌아가 앉았다.

교무실? 쳇!

별것도 없으면서 시답지 않은 상담을 하려고? 웃기는군. 선생이란 작자들. 나 같은 놈한테 관심 있는 척, 애정 있는 척하지 말라구. 난 다 안단 말이야.

1교시가 끝나고 강덕중이 나갔다. 나는 교무실로 가는 대신에 성큼성큼 태한이 쪽으로 향했다.

태한이는 창 바로 옆에 앉아 있었다. 교실 맨 뒷줄 창가. 이런 녀석들이 선호하는 자리다. 태한은 자신을 향해 다가가는 날 보고 흠칫하는 모습이었다.

"뭐야, 이 새끼야? 정신 못 차렸냐?"

그 순간.

챙강!

나는 태한이의 머리통을 붙잡고 그대로 창문에 박아 넣었다. 깨진 유리 조각이 태한이의 얼굴을 피투성이로 만들었다. 나는 거의 의식이 없다시피 한 태한이의 얼굴을 들쳐 올렸다.

"똑똑히 들어. 저기 사물함 앞에 밀대 보이지? 넌 저기에 걸려 넘어지면서 창문에 얼굴을 박은 거야. 알아? 누군가 널 박아 넣은 게 아니야. 알아?"

태한이는 겁에 질린 표정으로 고개를 끄덕이고 있었다. 태한이의 얼굴에 박힌 유리 조각 몇 개가 아침 햇빛을 받아 번들거렸다.

"잘 들어라. 날 건드린 대가는 비쌀 것이다. 내가 너희들을 처발라버리겠다. 인범이 그놈한테 말해. 알겠어?"

태한이는 미친 듯이 고개를 끄덕였다. 녀석의 눈빛에 어린 건 분명히 공포였다. 나는 녀석의 머리를 놓아주고 강덕중을 만나러 교무실로 향했다. 내 주먹이 절로 말려들고 있었다.

'나는 통이다. 어느 때이든지, 어느 곳이든지. 그것이 진리다.'

2.

"어? 이정우. 너 학교 왔어?"

교무실에 들어서자 담임이 날 보고 말했다.

"이 새끼가…… 옷은 그게 뭐야? 이놈 봐라."

"강덕중 선생님이 불러서 왔습니다."

나는 곧 바로 담임을 무시하고 강덕중에게로 갔다.

"음. 여기 앉아."

나는 강덕중의 옆자리에 걸터앉았다.

"너 어제 뭐한 거냐?"

"싸웠습니다."

거침없는 나의 대답에 강덕중이 오히려 놀라고 있었다.

"허어, 이놈 참. 가방은?"

"잃어버렸습니다."

"교복에 핏자국은 뭐야?"

"칼에 찔렸습니다."

그때였다. 누군가 내 머리통을 손으로 탁 하고 쳤다. 학생주임 김상철이었다.

"강덕중 선생님, 이놈 나한테 넘기십시오. 이 새끼가 아주 지가 잘했다는 투야, 이거?"

"지금은 제가 상담 중이니까요. 김 선생님은⋯⋯."

"아닙니다. 이런 놈은 뻔해요. 쓸데없이 붙잡고 계시지 말고 제게 넘기십시오."

학생주임 김상철⋯⋯.

그래도 선생이라고 스승의 날에는 가슴에 꽃송이 달고 다니겠지⋯⋯? 밖에 나가면 참교사라도 되는 척할 것이고.

쳇!

나는 잘 알고 있었다. 내가 이런 교사들에게 어떤 존재인가를⋯⋯.

"야, 인마. 너 일루 와."

"어허, 김 선생님!"

강덕중이 단호한 어조로 말했다. 학생주임도 주춤했다.

"예⋯⋯에?"

"지금은 제가 상담 중이지 않습니까?"

"예⋯⋯."

기세등등한 강덕중 선생의 말에 학생주임은 한발 물러서고 있었다. 나는 자리에서 일어났다. 만사가 귀찮았다.

"수업 시간이 다 되어서 가보겠습니다."

"응? 그래. 가봐라."

"아!"

인사를 하고 나가려는 순간 학생주임이 날 불러 세웠다.

"너 점심시간에 교무실로 와."

"예."

나는 한마디를 남기고 교무실을 나섰다. 그러고 보니 옷에서 풍기는 비릿한 피 냄새가 코끝을 찔러왔다. 나는 시계를 보았다. 수업 시간까지 2분가량 남아 있었다.

1학년 교실은 별관이었고 3학년 교실은 바로 교무실 근방에 배치되어 있었다. 내가 복도를 지나치며 들여다본 3학년 교실 안에 어디선가 본 얼굴이 눈에 띄었다. 나는 3학년 3반의 열린 문으로 쑥 들어갔다. 안에 있던 3학년 한 명이 날 보고 소리쳤다.

"야! 1학년!"

나는 턱짓을 하며 흘낏 녀석을 바라보았다.

"너한텐 일 없다."

"이 자식 봐라. 3학년한테 반말이야?"

교실 안이 순식간에 소란스러워졌다. 안경 낀 모범생도, 뒷줄에 앉아 힘 좀 쓸 것 같은 애들도 모두 흥분하고 있었다. 거침없는 욕이 튀어나왔다.

"이런 씨발놈이……. 야, 1학년!"

"난 이정우다."

"뭐?"

"이름을 불러라."

"이 새끼가 진짜……."

"야 인마 죽고 싶어?"

"너 몇 반이야?"

여기저기서 나를 향해 욕지거리가 날아들고 있었다. 나는 상관하지 않고 뒷줄 한구석에서 나를 보고 있는 낯익은 얼굴을 보았다. 언젠가 옥상에서 싸움박질할 때 보았던 녀석이었다. 나는 거침없이 녀석을 향해 다가갔다.

"김인범 어딨어?"

"야! 태수야! 그 새끼 죽여!"

이 녀석 이름이 태수인가? 3학년들은 태수를 응원하고 있었지만 태수는 나를 보고 적잖이 당황하고 있었다.

"김인범은?"

"안 왔다."

"김인범한테 전해. 모레 오후 6시에 어제 거기서 보자고. 안나타나면 죽여버린다고 해."

그때 종소리가 울렸다. 나는 돌아서서 3학년 교실을 빠져나왔다.

"저 새끼가……."

"야, 태수야. 죽여버리라니까?"

"야, 너 몇 반이야?"

3학년들이 고래고래 고함을 치고 있었다. 한 녀석이 내 뒷덜미를 붙잡았다.

"야! 너 뭐야? 죽고 싶어?"

나는 눈치를 살폈다. 교무실이 바로 옆이지 않은가? 선생들이 나오고 있었다. 내 뒷덜미를 붙잡은 녀석은 손에서 힘을 풀었다. 녀석도 선생들을 의식하는 듯했다. 나는 녀석의 손을 털어내고 교실로 향했다.

어찌 되었건 이 정도로 해두면 인범은 심리적인 압박을 받을 것이다. 피투성이가 된 태한, 그리고 태수라는 3학년……. 모두들 날 보는 눈빛에 두려움이 어려 있었다. 분명히 인범에겐 나의 모습이 과장되어 전해질 것이다. 녀석도 맞짱으로는 날 이길 수 없다는 걸 알고 있는 것 같았다.

따라서 나의 이런 거침없는 행동은 기선 제압이란 의미를 가지고 있었다.

점심시간…….

태한이는 일찌감치 조퇴했다. 나는 매점에 가서 우동을 한 그릇 먹고 교무실로 갔다.

"김상철 선생님."

"어? 너 이리와."

나는 교무실 한 칸을 차지하고 있는 학생부실로 갔다.

"너 명찰도 없어? 이름이 뭐야?"

"이정우입니다."

"이정우. 부산에서 전학 왔지?"

"예."

"흠……. 누구야? 널 이렇게 만든 놈이? 우리 학교 교복 입고 있었어?"

"예."

"누군지 알 수 있어?"

"전학 온 지 며칠 안 돼서 모르겠습니다."

"그래? 음……."

학생주임은 내가 전학생이란 걸 고려하고 있었다. 상식적으로 생각해봐도 부산에서 전학 온 지 며칠 안 된 내가 판을 벌이며 다닐 수는 없었다.

"됐다. 가봐라."

"예."

"아 참, 너……."

"……."

"교내 폭력 피해 입으면 학생부에 신고해. 알겠어?"

"예."

웃기는 소리……. 나는 학생주임을 속으로 비웃으며 교무실을 빠져나왔다.

이틀 후.

나는 수업을 빼먹고 서울역으로 갔다.

오후 4시 40분.

게이트에서 낯익은 얼굴들이 빠져나오고 있었다.

"여기다."

내가 손을 살짝 들자 두현이 돌아보고 환한 표정을 지었다.

"이정우. 야아, 오랜만인데?"

"빚졌다더니?"

"칼침 좀 맞았어."

"그래? 아이템을 썼단 말야? 맞짱 뜨는데?"

두현이 제 일인 것처럼 흥분하며 말했다.

"몇 명 왔냐?"

"열한 명. 올 수 있는 놈들은 다 끌어모았어."

"가자."

"오케이."

"참, 2학년 통하고 붙은 건?"

"우리가 누구냐? 박살 내줬지."

"그래? 홋!"

나는 택시를 잡아 목적지를 일러주며 택시비를 그룹을 지어 나눠주었다. 우리는 네 명씩 택시를 탔다.

이제 곧 놈들을 만나게 될 것이다.

이번에는 내가 놈들을 박살 낼 것이다.

3.

택시가 연이어 목적지에 도착했다. 차에서 내린 두현이 주변을 둘러보며 말했다.

"아, 서울 공기는 정말 더럽구나. 아주 상쾌해 죽을 것 같아."

두현의 너스레에 친구들이 킥킥거렸다. 두현이 나를 보며 말했다.

"어디냐?"

"이쪽 길로 돌아가면 짓다 만 건물 같은 게 있어. 사람도 안 오고……. 근방이야."

"이쪽에는 원룸 촌인가?"

"고시원 촌이기도 하고, 원룸 촌이기도 하고."

나는 친구들과 이런저런 얘기를 하며 골목을 돌았다.

"녀석들 아이템으로 업그레이드하는 거 아냐?"

"아이템? 연장?"

"그래. 각목이나 칼, 망치. 어차피 너하고 한번 붙었으면 맞짱 생각은 못 할 거구."

"훗!"

"결론은 패싸움인데……."

"여기야."

우리들 눈앞에 을씨년스러운 건물이 나타났다. 나를 포함해 열두 명이 일렬로 죽 늘어섰다.

"안 온 건가?"

"뭐야? 새끼들……. 겁먹은 건가?"

김인범……. 설마 도전을 피하는 소인배는 아닐 텐데?

그때였다.

부다다다당!

"오토바이?"

두현이 귀를 쫑긋 세우며 말했다.

그랬다. 이건 분명 오토바이 소리였다. 폭음을 내며 오토바이 10여 대가 미끄러져 들어와서는 우리 주위를 맴돌기 시작했다.

일렬로 늘어섰던 우리는 덕분에 하나로 뭉쳐지고 있었다.

빙빙 돌던 오토바이 중 한 대가 내 앞에 멈춰 섰다.

인범이었다.

"이정우, 대담한 건 인정해주지. 어디서 불러온 촌뜨기들이냐?"

"김인범, 인사가 이따위였어?"

"훗! 저쪽에도 있다."

녀석은 여유를 부리며 미소를 짓더니 고개를 까딱거렸다. 윤정현을 비롯해 그때 그 녀석들이 걸어오고 있었다. 어림잡아 오토바이를 탄 녀석들과 합쳐 30여 명이었다.

우리는 열두 명.

하지만 나도, 두현이도 다른 친구들도 가슴 한쪽이 뿌듯해지고 있었다.

"재밌는데? 내가 다섯 명 맡았다."

두현이가 먼저 큰 소리로 말했다.

"야야, 일인당 둘 아니면 셋이야. 넌 둘만 해. 내가 세 명 맡았다."

녀석들은 머릿수를 헤아리고 있었다.

"이정우! 넌 여기서 확실히 밟아주겠다."

김인범이 큰소리를 쳤다.

"녀석들. 연장질하자는데?"

두현이 내게 말했다. 그러고 보니 녀석들의 손에는 무언가가 들려 있었다.

쇠망치, 각목…… 칼…….

이미 고등학교 싸움이 아니었다.

"쳇. 모두 몸조심해."

"걱정 마라. 근데 꽤나 시끄럽군."

두현은 그 말을 남기고 우리 주위를 빙빙 돌고 있는 오토바이로 향했다.

"이쯤인가?"

두현은 거리를 재고 있었다.

순간…….

두현이 몸을 돌리며 휘릭! 발을 내뻗는 순간 퍽 하는 소리와 함께 오토바이를 타고 있던 한 녀석이 바닥에 나뒹굴었다.

"이 새끼가."

주인 잃은 오토바이는 건물 벽에 미끄러지며 부딪혔고 떨어졌던 녀석은 금방이라도 두현을 죽일 듯이 달려들었다. 두현은 피하지 않고 녀석의 손목을 잡았다. 그러고선 젖은 수건을 짜듯 확 비틀어버렸다.

"끼익……!"

그것은 비명이 아니었다.

고통의 신음 소리였다.

동시에 두현이 녀석의 팔을 꺾는가 싶더니 이내 뚝 하는 소리가 났다. 두현은 시범적으로 한 녀석의 팔을 부러뜨린 것이다.

오토바이가 멈추었다. 손에 연장을 들고 오던 녀석들도 멈칫했다. 팔이 부러진 녀석은 간신히 신음 소리를 내며 밟힌 지렁

이마냥 꿈틀대고 있었다.

"이제 좀 낫군. 거 시끄러워서."

두현이 어깨를 으쓱했다.

"김인범, 자신 없으면 그렇다고 해. 유치한 장난 말아라."

나는 시시해졌다. 사전 행동으로 김인범에게 겁을 준 건 사실이었지만 그렇다고 이런 식으로 대응할 줄은 생각하지 못했었다. 이건 남자답지 못했다. 오토바이를 끌고 와서 폼이나 보여주는 건 겁을 먹었다는 뜻과 다름없었다. 모든 게 시시해졌다. 김인범이라고? 이런 놈하고 싸워야 하나……?

"닥쳐! 이 개새끼야."

인범은 물러서지 않았다.

"야! 쳐! 다 죽여."

인범의 명령이 떨어지고 30명가량의 녀석들이 괴성을 질러대며 우리에게 달려들었다.

"야, 잔챙이들은 너희 거야."

나는 아이들에게 말해두고 몸을 날렸다.

목표는 김인범이었다.

우선 내 앞을 가로막고 있는 녀석의 이마를 발로 후렸다. 비틀거리는 순간 사방에서 다른 녀석들이 칼과 각목을 휘둘러댔다.

"후, 많군."

나는 몸을 낮게 낮추어 우선 한 녀석의 정강이를 걷어찼고 바닥에 쓰러지는 녀석의 몸뚱이를 밟고 점프, 순식간에 네 명의 면상에 주먹과 발을 날렸다.

그리고 몸을 비틀어 공중에서 다시 점프하며 한 녀석의 어깻죽지를 밟고 뛰어넘어 순식간에 인범의 앞으로 나는 듯이 나타난 것이다.

인범은 다급하게 오토바이에 기어를 넣으려고 했다. 그러나 나는 인범이 그렇게 하도록 내버려두지 않았다. 인범의 머리통을 붙잡아 끌어내린 후 나는 가차 없이 무르팍에 인범의 면상을 깔아버렸다.

"컥."

순식간에 인범의 얼굴이 뭉개지며 코피가 쏟아졌다.

"너 같은 놈도 대가리라고……."

퍽!

그 얼굴을 다시 발로 강하게 걷어 올렸다. 이번에는 입안이 터졌는지 붉은 선혈을 토해내고 있었다.

그와 함께…….

주위가 조용해졌다.

싸우던 녀석들이 모두 나를 바라보고 있었다. 내 친구들과 김인범이 데려온 녀석들 모두가 나와 김인범을 바라보고 있었다.

내 화려한 동작에 패싸움이 멎어버린 것이다. 인범은 그제야 싸울 생각이 들었는지 획획! 주먹을 내질렀다. 하지만 나는 모두 피해냈고 인범의 주먹은 헛손질이 되어 허공을 갈랐다.

"어디냐? 어디야?"

인범이 자기 헛손질에 균형을 잃고 비틀거리는 순간, 나는 수많은 눈을 의식하며 인범의 머리를 잡고 사정없이 건물 벽에

찢었다.

쿵!

"키익!"

쥐새끼마냥 이상한 소리가 인범의 입에서 새어 나왔다. 인범
은 사력을 다해 기고 있었다. 낑낑거리는 소리가 불쌍할 정도
였다. 나는 다시 인범의 등을 발로 내리찍었다.

"끼익…… 끽…….."

"어디로 가나? 응? 기는 걸 보니 생각이 났는데 내 가랑이
밑으로 기어서 지나가면 오늘은 여기서 끝내주겠다."

"크억…….."

인범의 입에서 또 한 줄기 핏물이 솟구쳤다. 그래도 인범은
마지막 순간 남자로서의 자존심은 보여주었다.

"헛소리……. 나도 남자다."

"그래? 그럼 죽어."

그때였다.

"이정우."

"넌?"

윤정현……. 어느 틈에 나타난 정현이 내 앞에 무릎을 꿇고
있었다.

"나한테 갚아줄 것이 있는 걸로 안다. 인범이 형은 누가 뭐래
도 우리 짱이다. 이렇게 부숴놓은 걸로 만족할 수 있지 않나? 밑
에 애들 다 보는 데서 치욕까지 감수하라는 건 사내답지 못하다."

이놈……?

윤정현…….

아까운 녀석이다. 인범이 밑에 있기엔.

"윤정현, 제법 까부는데? 아예 네가 날 잡고 인범이를 구해 가지그래?"

순간, 정현의 눈빛이 빛났다. 조금도 내게 기죽지 않는 당당한 모습이었다. 녀석은 하려면 할 수 있다는 당당한 표정으로 입을 열었다.

"다시 한 번 말하지만 넌 내게 갚아줄 것이 있다. 양아치처럼 모른 척하면 직접 나서주겠다."

"훗! 제법 배짱이 있군. 좋아, 이놈은 너에게 주마. 빚을 갚는 의미다."

"고맙다."

정현은 무릎만 꿇고 있을 뿐 표정은 당당했다.

"근데 윤정현, 너 왜 무릎을 꿇고 있냐? 빚 독촉은 당당하게 해야지. 안 그래?"

"뭐?"

"일어나. 채무자한테 사정하는 채권자가 어디 있나?"

"이…… 이정우."

어리벙벙한 모습으로 날 바라보는 정현이었다.

"데리고 가."

나는 인범의 등에서 발을 내려놓았다. 믿지 못하겠다는 얼굴로 정현이 다가와 인범을 업었다.

그때였다.

66

애애애애앵!

이건?

"경찰이다. 튀어."

인범이 패거리들이 갑자기 빠른 행동으로 사라져갔다. 여기저기서 오토바이 시동을 걸기도 하고, 뛰어서 사라지기도 했다. 하지만 윤정현은 김인범을 업고 꼼짝도 하지 않았다.

"윤정현, 넌 왜 안 가냐?"

"너희들은 왜 안 가지?"

"우리 걱정하는 거야? 홋! 야, 두현아. 이거 몇 대 같냐?"

"순찰차 한 대야."

"그렇지? 누가 지나다가 신고한 모양이군."

나는 정현을 보았다.

"가봐. 짐짝 하나 있어서 움직이기 힘들 거다. 다 뿔뿔이 흩어졌는데 결국 잡히는 놈은 너야."

"이…… 이정우. 그래서 남은 거냐? 날 위해서?"

"엉뚱한 상상 하지 마라. 어서 가."

"가라고! 인마!"

두현이 냅다 소리를 질렀다. 사이렌 소리가 꽤 가까워졌다.

"그럼…… 담에 보자."

정현은 그 체격에 어울리지 않게 빠른 속도로 골목길로 사라져갔다. 축 늘어진 인범을 업지 않았다면 꽤 볼만했을 것 같았다. 나는 씩 웃으며 친구들을 돌아보았다.

"야, 경찰 오면 어떡할래? 여긴 홈이 아니라서 숨을 데도 없어. 부산이라면 몰라도."

"원정 경기가 더 재밌지 않니? 기껏해야 한 대인데."

"근데 왜 나타나지 않는 거야? 올 때가 지났는데?"

그랬다. 소리만 요란할 뿐 도대체 나타날 생각을 하지 않고 있었다.

"뭐야? 여기들 있어. 지나가는 건지 보고 올게."

두현이 성큼성큼 길가로 갔다. 조심성이라곤 눈곱만치도 없었다.

이윽고…….

"꺄악!"

"잡았다."

여자?

"장난감 가지고 장난한 거야. 우리한테 겁주려고 그랬나 본데?"

우리는 모두 두현이 있는 쪽으로 어슬렁거리며 걸어갔다. 여자는 고개를 들지 못하고 있었다. 바들거리는 폼이 겁에 질린 것 같았다.

"뭐하는 년이야? 차라리 신고를 하지."

나는 목소리를 낮추어 말했다. 가급적 위협이 되지 않으려는 말투였다.

"시…… 신고해…… 했는데요."

"뭐?"

이 어이없는 대답에 우린 웃음을 터뜨렸다.

"하하하, 잘했네. 근데 왜 장난감 들고 설쳐?"

"빨리 안 와서⋯⋯."

여자는 여전히 고개를 숙이고 있었다. 아니, 겁에 질려 고개를 들지 못하고 있었다.

그러고 보니 어디서 본 듯하기도 했다.

"야, 두현아. 놓아줘."

"안 하고? 사람도 없는데?"

"뭘 해? 인마, 시답잖은 소리 말아."

"헤엣, 농담이야. 야! 가!"

여자는 멀뚱거리고 있었다.

"가기 싫어?"

"아⋯⋯ 아니요."

"야, 정우야. 가기 싫은가 보다."

두현이 너스레를 떨자 여자는 확 두려움을 느낀 것 같았다. 그제야 슬금슬금 뒷걸음치기 시작했다. 그러더니 여자는 이내 돌아서 후다닥 뛰었다. 그 뒷모습을 보며 두현이 말했다.

"20대 같지?"

"응."

"바보 아냐? 요즘 저런 훌륭한 시민이 있단 말야?"

"그러게. 집 앞에 사람이 쓰러져봐라. 본 체나 하나?"

"가만?"

뇌리에 무엇인가가 번뜩이며 스쳐 갔다.

윤정임?

새로운 힘

1.

며칠이 지났다.

부산에서 올라온 친구들은 모두 내려가고 나는 학교를 장악했다. 1학년들은 군말 없이 내 친구들이 되어주었다. 문제는 2, 3학년이었다. 엄연히 나이도 많고 선배였다. 남자 고등학교에서 선후배 관계라는 것은 결코 가볍게 볼 사항이 아니었다. 사실 나야 워낙 특별한 성격이라 선배를 선배로 대하지 않았지만 다른 녀석들에겐 그렇지 않았다.

김인범이 필요했다. 일단 2, 3학년 관리자로 김인범만 한 녀석은 없었다. 문제는 인범이 학교를 나오지 않고 있다는 것이었다. 2, 3학년들은 사실상 나의 영향력 아래 있지 않았다. 내게

간섭하지 않고 예전보다 활동이 줄었을 뿐이었다. 진정한 장악
은 아니었던 것이다. 그리고 그것은 내 성미에 차지 않았다.

거기다 또 하나의 문제가 있었다. 주먹을 쓰며 아이들을 휘
어잡지는 않아도 주먹질만큼은 누구 못지않은 일반적인 2, 3학
년들도 내게는 장애거리였다. 어느 학교나 마찬가지겠지만 설
치고 다니는 후배는 상급생이 따로 불러 교육을 하는 관습이
있다. 그러나 내가 부른다고 갈 사람은 아니었다. 결국 선배들
이 날 찾아올 수밖에 없었다.

"야."

"예?"

"너희 반에 이정우라고 있냐?"

3학년 세 명이 날 찾고 있었다. 언젠가 뒤집어놓았던 3학년
3반에서 온 것 같았다.

"저기."

우리 반 애가 손가락으로 날 가리키자 곧 녀석들이 내 앞으
로 다가왔다.

"맞네, 이 얼굴. 죽을 준비 됐냐?"

나는 대답하지 않고 천천히 고개를 저었다. 거만한 모습으로
보였을 것이다.

"이 새끼가. 야! 1학년."

나는 턱을 약간 추켰다. 왜 부르냐는 뜻이었다. 3학년은 화난
얼굴로 나에게 말했다.

"잘 들어. 난 너희 양아치 새끼들처럼 사는 종류는 아니다.

그래서 너희 새끼들 어떻게 사는지 따위엔 관심이 없어. 하지만 너같이 선배 몰라보고 제멋대로인 개망나니는 그냥 못 보고 넘어간다."

"그래서?"

나는 본의 아니게 또다시 아이들의 주목을 받고 있었다. 하긴…… 학교에는 이런 녀석들도 있다.

아이들하고 친하게 지내지만 주먹 쓰는 애들과도 큰 마찰 없이 지내는 녀석들. 또 힘 좀 쓰는 애들이 아이들을 괴롭히거나 할 때 그러지 말라고 말할 수 있는 녀석들…….

지금 내 앞에 버티고 있는 3학년이 그런 경우였다.

"그래서요다."

"뭐?"

"네가 할 말은 그래서요다. 선배 모르는 행동은 하지 마라. 앞으로는 존댓말을 써라."

누구도 내게 이런 충고를 하지 않았다. 왜냐하면 그런 상식이 나에겐 통하지 않는다는 걸 알고 있었기 때문이었다. 절로 한숨이 나왔다.

"후우……."

"어쭈? 한숨까지."

"그만두자. 나도 너 같은 부류들하고는 싸우기 싫으니까."

"싫으니까요."

녀석은 목소리에 힘을 주고 있었다. 나름대로 위협이자 경고였다.

"너하고 부대낄 일 없어. 쓸데없는 간섭 하지 말고 돌아가."

"너 정말 안 되겠다."

3학년은 고개를 기울였다. 날 바라보는 표정과 눈빛에 분노가 어려 있었다.

"웬만하면 말로 타이르려고 했더니 완전 인간 말종이로군."

나는 녀석을 외면하고 싶었다. 인범이 같은 종류는 상관없지만 이런 애들하고는 정말로 부대낄 일이 없었다. 여기서 싸움판이 벌어지면 공연한 힘의 낭비였다. 나는 정현을 보았다. 녀석은 이제 나의 친구가 되어 있었다. 하지만 학교의 선후배 관계를 뒤집을 정도의 놈은 아니었다.

정현은 어쩔 줄 모르고 나와 3학년들을 번갈아 바라보고 있었다.

그래……! 결국 나 혼자 해결해야 할 문제였다. 더군다나 나는 3학년들을 상대로 전혀 물러설 생각이 없었다. 이정우 그 자식, 누구누구한테는 지더라는 소문이 퍼지면 이제야 장악하기 시작한 동진고 내부에서 분열을 일으킬 위험이 있었다. 조직 내에서 수순을 밟고 자리에 오른 것이 아니라 단번에 상대 머리를 쓰러뜨리고 통이 된 나로서는 단기간에 내부의 움직임을 장악해야 했다.

그런 의미에서 이번 일은 그냥 넘길 수 없는 일이었고, 그것이 나에게 선배 노릇을 하려던 3학년들의 불행이었다.

나는 자리에서 일어났다.

"와라. 받아주마."

"이 자식이 근데!"

3학년 중 한 명이 손을 들어 올려 나의 뺨을 때리려고 했다. 나는 말없이 그 손을 틱! 하고 잡았다.

"이 새끼가…… 안 놔?"

"이야……. 정말 깬다, 깨. 무슨 1학년이 이러냐?"

"빨리 놔. 안 놔?"

"이런 개새끼가……. 야! 이 반에 있는 놈들. 다 일어나서 운동장으로 튀어 나가."

"안 일어나? 다 죽고 싶어? 안 튀어 나가?"

3학년들이 우리 반 아이들에게 큰소리를 치고 있었다. 그러자, 정말로 눈치를 보며 반 아이들이 자리에서 슬그머니 일어나는 것이었다.

"앉아 있어!"

나는 신경질적으로 고함을 질렀다.

그리고…….

딸깍!

내가 잡고 있던 3학년의 손목에서 이상한 소리가 났다. 나는 그 녀석의 손목 관절을 순간적으로 이탈시켰다.

"억."

그 순간이었다. 나는 정현이 쪽으로 그 녀석을 밀쳐내며 다른 두 녀석들에게 달려들었다.

"잡고 있어."

정현이는 억센 두 팔로 내가 밀쳐낸 3학년을 힘껏 껴안았다.

"이 새끼 안 놔?"

그 순간 나는 펄쩍 뛰어올라 한 녀석의 어깻죽지를 발뒤축으로 찍어 내리고 이어서 몸을 회전해 다른 녀석의 안면에 주먹을 날렸다.

퍽!

이빨 서너 개가 부러져 쏟아졌다.

"크악!"

모든 것이 순식간에 일어난 일이었다. 나는 동작이 크고 시원스러웠다. 허점이 많은 자세지만 스피드로 극복을 하고 있었다. 워낙 동작이 빨라 크고 시원하게 단번에 끝내버리는 것이었다.

3학년들은 화가 난 얼굴로 내게 달려들었지만 전혀 내 상대가 되지 못했다. 나는 3학년들의 주먹을 이리저리 피하며 동시에 다시 사정없이 주먹을 날렸다.

살갗을 주먹으로 찢어버리는 소리가 교실 전체에 울렸다.

쩍! 쩍!

"악!"

"어이쿠!"

그 소리가 끝이었다. 교실 안은 너무도 조용했다. 3학년 두 명은 얼굴을 감싸고 바닥에 새우처럼 몸을 굽히고 끙끙거렸다.

"꺼져."

나는 억양 없는 낮은 말투로 한마디 내뱉었다. 정현이 뒤에서 껴안고 있던 3학년을 놓아주었다. 녀석은 주춤거리고 있었다. 싸우고 싶지만 왠지 마음이 내키지 않는 그런 상태인 것 같았다. 어정쩡한 눈빛으로 날 보고만 있을 뿐이었다.

"꺼지라고 했지?"

"뭐가 어째? 이 새끼가……."

자존심이었을까? 3학년이 1학년에게 깨진다는 것은 일종의 모욕이었을 것이다. 하지만 나 역시 그런 3학년의 자존심을 세워주고 싶은 마음은 추호도 없었다.

순간 나는 달려드는 3학년의 턱을 발로 후리며 정통으로 날려버렸다.

콰앙!

"헉!"

이상한 소리가 입가에서 새어 나오더니 녀석의 눈알이 돌아갔다. 그러더니 녀석은 힘없이 교실 바닥에 무너져 내렸다.

"야야 재형아, 괜찮아?"

"재형아, 재형아."

다른 두 녀석이 간신히 몸을 추스르고 호들갑을 떨기 시작했다. 그때였다.

"거기 너 이정우지?"

이건……?

학생주임이었다. 어느 틈에 왔는지 학생주임이 교실 앞에 서서 날 보고 있었다.

'이런……. 언제 왔지?'

"이정우, 이제 봤더니 네놈이 문제였군."

'젠장……'

생각지도 않은 일이었다. 나는 이제 학생주임의 요주의 인물 명단에 오를 것이다. 그것은 나의 앞길이 불량과 문제아란 이름으로 점철될 것을 의미했다.

2.

나와 학생주임은 정면으로 대치했다. 학생주임은 늘 들고 다니던 봉을 추켜세우며 내게 다가오고 있었다. 그것은 당구 큐의 아랫부분만 따로 떼어놓은 것이었고 검은 매직으로 '정신봉'이라고 적혀 있었다.

"너희들은 뭐야?"

3학년들은 학생주임의 눈치를 살폈다.

"아…… 아닙니다."

"어서 가."

"예."

3학년들은 서둘러 교실 안을 빠져나갔다. 그와 동시에 학생주임의 서슬 퍼런 시선이 나에게 박혔다.

"이정우."

"예."

나는 정면으로 학생주임을 바라보았다.

"이놈 봐라? 어디다 눈깔을 부라려?"

"불러서 대답했습니다."

"뭐야?"

학생주임의 언성이 순간적으로 높아졌다.

"이 새끼가 아주 개기는 게 몸에 뱄구먼, 응?"

그러면서 학생주임은 정신봉으로 내 목을 쿡쿡 찔렀다.

"야야. 너 죽고 싶어? 어디서 개겨?"

선생이나 학생이나……. 왜 이렇게 귀찮게 하는 거야? 젠장.

"너 지금 내 눈앞에서 어떤 일이 벌어졌었는지 내가 납득할 수 있도록 설명해."

그러면서 학생주임은 눈을 부라렸다. 난 학생주임에게 거침 없이 대답했다.

"3학년이 들어와서 선배를 몰라본다고 폭행하려 했습니다."

"뭐?"

"그래서 맞선 겁니다."

누가 들어도 터무니없는 대답이었다. 학생주임은 큰 건수를 올린 것 같은 표정으로 능글맞게 말했다.

"이 새끼가. 좋아, 그럼 네가 무슨 짓을 했는데 3학년들이 1학 년 교실까지 왔는지 얘기해."

"아무 짓도 안 했습니다."

"뭐야? 그 말을 지금 믿으라는 거야?"

"예."

나의 대답이 어이가 없었을까……? 학생주임은 한동안 날 가만히 바라보고 있었다. 난 당당하게 버티고 서 있었다.

"예라고?"

"예."

"뻔뻔한 놈이구나, 너."

나는 학생주임을 바라보았다. 무언가 꼬투리를 잡지 못해 안달하는 학생주임의 모습이 눈에 들어왔다. 학생주임은 날 노려보며 고개를 끄덕이기 시작했다.

"아아, 그래그래. 너 같은 놈들 내가 잘 알지. 잘 들어라. 난 학생주임을 맡고 별의별 놈을 다 봐왔다. 너 같은 놈 옛날에는 없었을 줄 알아?"

학생주임은 그러면서 내게 한 발 다가섰다. 그리고 정신봉으로 내 명치 부분을 쑥쑥 질렀다.

"너 같은 놈을 다루는 방법을 알고 있지. 오늘은 이쯤에서 물러나겠지만, 명심해. 네까짓 놈이 아무리 폼 잡고 설쳐대봐야 결국 내 손아귀 안이야. 손오공이 날아봤자 부처님 손바닥 안이듯이 말이야. 나한테 꼬투리 잡히는 일 없도록 행동하는 게 신상에 좋을 거다."

학생주임은 그 말을 남기고 교실 문을 나섰다. 나서면서 아이들에게 경고하는 것도 잊지 않았다.

"이 새끼들, 머리 긴 놈들이 많아. 안 잘라? 머리 강제로 자른다고 교육청에다 신고하기만 해봐. 이놈의 새끼들."

내 행동반경은 좁아졌다. 선생들 눈에 띄기 시작한다는 건 그리 반가운 일이 못 되었다. 하지만 상관없다. 그런 걸 일일이 신경 썼다면 지금의 나는 없었을 것이다.

나는 학생주임이 완전히 사라지는 걸 확인하고 정현을 불렀다.

"정현아."

"응?"

"김인범…… 어느 병원인지 알아?"

"글쎄……. 왜?"

"녀석이 필요하다."

"음……. 인범이 형도 조직에서 키우고 있어. 인범이 형 보고 조직에서 우리 모두에게 장학금을 지급해왔었고."

"그래? 그 정도의 녀석이?"

"훗! 네가 너무 강한 거겠지. 아마 조직에서 마련해준 병원에 있을 거야. 너한테 반 죽었잖아?"

"그래? 나한테 접촉해올지도 모르겠군. 그런 녀석이라면."

"내가 알아볼게. 아는 형이 있어."

"그래."

가끔 학교 폭력 서클은 성인 조직과 연계된다는 얘기는 앞서 한 바 있다. 김인범을 내게 끌어들인다는 것은 나 또한 성인 조직에 노출된다는 얘기였다. 그것이 나에게 부담감으로 다가왔다. 누군가가 나의 배경이 되어준다면 나로서는 재미없는 일이다. 어쨌든…….

이튿날.

"정우야, 가자."

학교 수업이 끝나자 정현이 나를 보며 말했다.

"음."

"조심해야 될지도 모르겠다."

"왜?"

"글쎄. 그냥 그래. 인범이 형 뒤를 보고 있는 조직이 어딘지는 모르겠는데 서울에 나이트클럽, 단란 주점, 미시방……. 관리하는 업소만 수십 군데라고 들었어."

"그래?"

"조심해라. 병원 안에도 득시글거릴 거야. 인범이 형은 장래를 보고 투자하던 존재였으니까."

"걱정 마라."

저녁 7시쯤에 나는 한 개인 병원에 도착했다. 정현이 나를 보고 말했다.

"여기 잠깐 있어. 아는 형하고 얘기 좀 할게."

정현이 병원 안으로 들어가고 나는 밖에서 병원 건물을 바라보았다. 개인 병원이라고 하더니 제법 큰 건물이었다. 의사 여럿이 연합해 마련한 듯했다. 병원 출입구에는 다섯 명의 의사 이름이 나란히 적혀 있었다.

"정우야, 들어와라."

잠시 후 정현이 나를 불렀다.

"230호야."

나와 정현은 2층 올라가는 계단에 들어섰다. 개인 병원이라 그런지 저녁 시간에 환자는 없었다. 2층, 3층은 입원실 전용인 듯했다.

그때였다.

"여어! 이정우!"

"넌?"

"큭큭큭, 알아보는군. 여긴 어쩐 일이냐?"

"김진우."

부산에서 학교를 다닐 때 3학년 통이었던 김진우였다. 진우는 손에 든 콜라 캔을 마시며 나를 보고 있었다.

"캬하! 역시 몸에 나쁜 게 최고라니까."

진우는 학교를 거의 나오지 않았으며 먼발치서 얼굴만 몇 번 봤을 뿐이었다. 딱 한 번 싸우는 걸 본 적이 있기는 한데 잔인하고 난폭한 싸움이었다.

녀석은 여러 면에서 나와 비슷한 구석이 있었다. 우선 덩치가 그리 좋은 편은 아니었다. 키는 178. 몸은 호리호리했다. 더군다나 생김새는 쌍꺼풀이 짙게 진 큰 눈의 미소년이었다. 그러나 들려오는 소문은 김진우의 잔인함뿐이었다. 진우도 날 알고는 있었다. 부산 학교에서 언젠가 씩 웃으며 지나친 적이 있었다. 그것은 날 주목하고 있다는 뜻이었다.

"병문안 왔다."

"김인범?"

"……."

"어떻게 알았냐고? 나 학교 때려치우고 여기 연수 온 것 알아?"

"서울 왔다는 말은 두현이한테 들었다."

"내 첫번째 임무가 김인범을 지키는 거야. 사실 지키는 건 아니고. 인범이는 아직 그 정도의 물건은 아니니까. 그냥 형식적인 일자리 하나 준 거라고 해둘까?"

"관심 없다."

"여전하군. 넌 재미가 없어, 큭큭큭. 지나치게 차가운 척, 폼만 잡는단 말야. 하긴 그게 매력이지. 남을 끌어들이는 카리스마라고나 할까……?"

"더 이상 할 이야기 없으면 가겠다."

진우는 언젠가 내게 그랬던 것처럼 씩 웃었다. 그러더니 이내 정색을 하고 말했다.

"널 주시하고 있어. 네놈이 어느 정도 스스로 성장하는지 지켜보는 놈들이 있다. 그것 알아?"

"뭐라고?"

내가 돌아보자 진우는 다시 싱글거리며 말했다.

"알고는 있으라고 하는 소리야, 큭큭큭. 김인범 방 저기."

진우는 그러면서 손가락으로 입원실 하나를 가리키고 돌아섰다.

'정신 나간 놈 같으니.'

돌아서는 진우를 보고 정현이 말했다.

"형님은 어디 가세요?"

"설마 정우가 죽이기라도 하겠어? 정우 너 아직 사람 죽여본 적 없지?"

"뭐?"

"처음에 죽이기가 어렵지. 한 번만 하고 나면 별것 아냐. 어쨌든 일이 생기면 네놈이 인범이를 지킬 것 같은데?"

이놈…….

김진우는 연신 미소를 지으며 여유를 부리고 있었다.

"인범이가 필요해서 온 거 아냐? 인범이를 해치려고 온 건 아니지? 그럼 얘기 잘해봐."

그러면서 진우는 다시 씩 웃으며 병원 문을 나서고 있었다. 마치 나에 대해서는 모두 다 알고 있다는 투의 표정.

기분이 나빴다.

또, 한편으로 내가 지금껏 대해왔던 아이들과는 다른 무게를 느끼게 했다.

"정현아, 아는 형이 저놈이냐?"

"어……. 너도 알아? 인범이 형 통해 알게 되었어."

"훗. 출세했군, 김진우. 연수라고?"

나는 230호 문을 열었다. 2인실이었지만 김인범 혼자 쓰고 있었다. 김인범은 말 그대로 환자의 몰골이었다.

"김인범."

"이……정우?"

병실 안에는 처음 보는 누군가가 날 보고 있었다. 김진우……. 호기 있게 밖으로 나가더니 역시 병실 안엔 다른 사람이 있었다.

인범이 그 사람을 보고 손짓을 했다. 녀석은 날 한번 훑어보더니 병실을 나섰다.

"부탁이 있어서 왔다."

"부……탁……? 턱이…… 아파서…… 말이…… 잘…….”

"네가 학교 2, 3학년을 맡아주어야겠다."

"…….”

인범은 날 물끄러미 볼 뿐이었다. 한동안 말이 없어서 답답해져 나는 인범을 채근했다.

"싫어? 죽어도 네가 선배라 이거냐?"

"아니, 아니다. 하지만…….”

"뭐?"

"날 끌어들이면 너도 사장님께 인사를…… 해야 할 거다."

"사장?"

"너한테 호기심을 가지고 있어. 제 발로 걸어 들어오지 않는 놈은 신경 쓰지 않는다는 철칙 때문에 널 보고만 있지만."

"…….”

"한 번 발을 들여놓으면 빠져나가기 쉽지 않다."

나는 숨을 들이켰다.

"난 이미 이 학교를 장악하겠다고 결심했어. 그리고 그러려면 너의 힘이 필요할 뿐이다. 내 앞가림은 내가 해."

"학교와 같다고 생각하는 거냐? 네가 모르는 세상이야."

"할 거냐, 말 거냐?"

인범은 무언가를 깊이 생각하는 것 같았다. 그러고는 이내 입을 열었다.

"조건이 있다."

"조건?"

"우리 학교 근방에 유림정보고가 있어. 알아?"

"유림정보고?"

나는 정현을 돌아보았다. 정현이 안다는 듯 고개를 끄덕였다.

"유림정보고에 지존회라고 있다. 회장은 이영수. 부회장은 윤성욱, 하현미. 남녀공학이야."

"그래서?"

"녀석들을 깨뜨려라."

"그게 조건이냐?"

"그래, 내가 병원에 들어가니까 일방적으로 연합을 파기했어. 배신을 한 거지."

"배신……?"

"왜? 말이 웃기냐? 고딩 양아치 주제에 연합이니 배신이니 웃기긴 할 거야. 하지만 우리에겐 중요한 일이다. 고등학교 경쟁에서 뒤처지면 졸업 후에 정식으로 조직에 입회하고 난 후에도 힘들어지거든."

"복잡하군. 어쨌든 좋다. 그렇게 하지, 그럼."

나는 몸을 돌렸다.

"잠깐."

"할 말 있어?"

"너 혼자 해라."

"뭐?"

"너 혼자 깨라. 그게 조건이다."

녀석은 그렇게 말하고 있었다.

정현이 약간 놀란 얼굴로 나를 돌아보았다. 본 라운드는 이렇게 시작되려 하고 있었다.

3.

다음 날이었다.

오래갈 것 없이 나는 단번에 해결하려고 유림정보고를 찾았다. 정현과 난 아무 말 없이 5교시를 마치고 학교를 빠져나온 참이었다.

"얼굴 알고 있지?"

"몇 번 연합 의식이 있었어."

"그래?"

우린 근처 오락실에 갔다가 하교 시간에 맞춰 나왔다. 유림정보고는 언덕배기에 있었다. 아니 사실 산 중턱이라고 해야 옳았다. 차가 다니는 도로에서 교문까지 경사진 길이 2백여 미터는 이어진 것 같았다. 폭은 좁았다. 양 길가에는 문구점, 노점상, 슈퍼 등이 어지럽게 늘어서 있었다. 경사진 곳에서는 아래에서 위를 보는 쪽이 싸우기에 불리한 법이다. 우선 제대로 싸우려면 내가 위치 선정을 잘해야 했다. 이대로라면 교문을 올려다보고 있는 내가 불리했다.

그런 생각을 하고 있는데 교문에서 아이들이 나오기 시작했다. 나는 아이들을 보며 정현에게 물었다.

"있냐?"

"아니, 안 나오는데?"

"그 애들 학교는 다니냐?"

"안 다니는 애들도 있겠지만 임원진들은 특별한 이유 없으면 학교는 나와."

"임원진?"

임원진이니 회장, 부회장이니……. 정말이지 생색은 다 내고 있다는 생각이 들었다.

그때 정현이 손을 들어 누군가를 가리켰다.

"저기!"

"응?"

"이름은 기억이 안 나고 저기 교복 단추 풀고 나오는 양아치 보이지? 2학년인데 지존회 멤버야. 같이 나오는 여학생은 모르겠어."

"알았다."

나는 재빨리 지존회 멤버라는 녀석의 앞으로 다가가며 버티고 섰다. 녀석은 날 힐끔 보더니 피해 가려고 했다. 난 다시 녀석의 앞을 막았다.

"뭐야? 동진고 교복인데……? 나한테 볼일 있어?"

"지존회냐?"

녀석은 쓴웃음을 지었다.

"오늘은 대꾸할 생각이 없다. 우리 회에 볼일 있으면 다른 회원한테 물어."

그러면서 녀석은 옆에 있는 여학생을 보았다. 데이트 나가는 중이었을까?

어쨌든…….

"고맙다."

나는 그 말과 함께 공중으로 치솟았다. 휘익! 하고 내 발끝에서 바람 소리가 났다. 그리고 녀석의 빗장뼈를 강하게 내리찍었다.

뚝!

"억."

"어멋!"

옆에 있던 여학생의 눈이 휘둥그레졌다. 지나치던 다른 학생들도 무슨 일인지 궁금해하며 고개를 이쪽으로 돌리고 있었다.

"너…… 이 새끼."

녀석은 분노로 나를 노려보았지만 빗장뼈가 부러진 고통 때문에 몸을 쓰지는 못하고 있었다.

"너도 지존회냐?"

난 녀석의 옆에 있던 여학생에게 차갑게 내뱉었다.

"아…… 아니요. 그냥 아는 사이……인데요."

겁먹은 표정이었다.

"그럼 비켜."

여학생은 급히 길가로 물러섰다. 그러나 쭈뼛거리며 그곳에 서 있을 뿐이었다.

"뭐야? 동진고! 뭐하는 거야?"

녀석의 쥐어짜는 목소리가 내 귀에 꽂혔다. 나는 왼손으로 녀석의 머리털을 잡고 오른 주먹으로 강하게 턱을 쳤다.

빡!

"컥!"

울컥. 녀석의 입에서 피가 솟구쳐 나왔다. 생각할 것도 없이 나는 다시 턱을 강타했다.

"껙!"

신음 소리가 핏물에 섞여 나오고 있었다.

"꺄악!"

여학생들의 비명 소리가 들려왔다. 주위에서 여학생들이 울상이 되어선 발을 동동 구르고 있었다. 나는 아랑곳하지 않았다.

픽!

"키익!"

이번엔 자신의 의지로 내는 소리가 아니었다. 본능적인 신음이 그저 목에서 튀어나오고 있었다.

그때였다.

타다다다!

하굣길에 있던 학생들 중에 몇 명이 가방을 내팽개치고 나를 향해 달려오고 있었다. 나는 잡고 있던 머리통을 놓고 자세를 고쳐 잡았다. 2학년이라는 이 녀석은 곧바로 눈이 돌아가더니 그대로 바닥에 얼굴을 묻으며 쓰러졌다.

그리고…….

"이 새끼가!"

나를 향해 달려들고 있는 몇 명이 어느새 목전에 다다랐다. 맨 앞에 있던 녀석이 힘껏 주먹을 내 안면에 날리고 있었다. 나는 몸을 젖혀 피하며 제 풀에 녀석의 몸이 돌아가게 내버려두었다. 아니나 다를까 녀석의 몸은 제어를 못 하고 주먹이 가는 방향대로 돌아가버렸다. 나는 그런 녀석의 등판을 밟으며 공중 높이 솟구쳤다.

동시에…….

퍼퍼퍽!

앞장섰던 놈의 안면에 발을 찔러 넣으며 코를 주저앉히고 뒤이어 있던 녀석의 목을 쳤다. 그리고 연달아 몸을 뒤틀어 공중에서 한 번 더 솟구친 후 두 명의 안면을 또 주저앉혔다.

"우아…….."

"봤어? 공중에서 두 번 움직인 거……?"

"쩐다. 소장감이다, 이거."

구경하고 있던 유림정보고 학생들 입에서 탄성이 나오고 있었다. 몇몇은 서둘러 휴대폰을 꺼내 동영상을 찍기 시작했다. 교문을 나서 저 아래 길가까지 내려갔던 유림정보고 학생들이 "싸움 났어, 싸움!" 소리치며 다시 되돌아오고 있었다.

나는 등판을 밟았던 녀석의 팔을 곧바로 꺾어 올리며 속삭이듯 위협했다.

"이영수 어디 있어?"

"이 새끼, 안 놔? 이…… 씹……."

나는 사정없이 팔을 비틀었다.

뚝!

"크악!"

"꺅!"

놈의 비명 소리와 구경하고 있던 몇몇 여학생들의 비명이 동시에 울렸다. 팔을 부러뜨린 건 아니었다. 그저 관절을 뽑아내었을 뿐이었다. 핏줄이 튀기며 꽤 큰 소리가 났고 모두가 팔이 부러진 줄 아는 모양이었다.

"이영수 어디 있어?"

"아…… 아직…… 안 나왔어."

내가 만드는 분위기에 주위가 모조리 빠져들고 있었다. 수적 우세에도 불구하고 아무도 내게 정면으로 달려들지 못했다. 조금 전 내게 맞았던 무리들은 비틀거리며 일어났지만 그저 날 보고만 있을 뿐이었다. 눈빛엔 증오가 가득했지만 쉽게 덤비지 못하고 있었다. 그리고 어느새 또 다른 멤버들이 내 주위를 둘러싸기 시작했다. 10여 명은 되어 보였다.

나는 팔에 힘을 주었다.

"윤성욱, 하현미. 지존회 임원진들 언제 나와?"

나는 목소리를 한껏 깔며 다시 놈의 귀에 속삭였다.

"이…… 이것 좀 놓고 얘기해."

"말해."

"모…… 몰라."

"장난하냐? 너희 같은 놈들은 따로 다니지 않아. 언제나 몰려다니지. 어디 숨어서 구경하고 있어? 응?"

나도 이런 녀석들의 생리는 알고 있었다. 일진들은 혼자 다니다 습격당하는 경우가 있어서 대체로 몇몇이 같이 다닌다. 아니면 몇몇이 같이 다니는 녀석들이 일진처럼 군다.

녀석은 궁지에 몰린 쥐같이 나를 바라보고 있었다.

"3학년끼리 회의 중이야. 곧 나올 거야."

"야! 동진고! 너 혹시."

날 둘러싸고 있던 녀석들 중 한 녀석이 내게 말을 걸고 있었다. 그러더니 불현듯 깨달은 표정으로 혼잣말을 했다.

"이정우다!"

"이정우?"

"이……정우……?"

"네가 이정우라고?"

이런 분위기는……? 어느새 인근 학교에 내 소문이 퍼진 것일까?

그때였다.

슝!

무언가 허연 물체가 나를 향해 날아들고 있었다. 나는 본능적으로 고개를 젖히며 물체를 피해냈다.

탕!

물체는 교문 모서리를 맞고 튕겨 나갔다.

"이건……?"

야구공?

교문 안 운동장에서 연습 중이던 야구부들이 성큼성큼 걸어

나오고 있었다.

"어떤 자식이 남의 학교에서 행패야?"

키가 190은 되어 보였다. 유니폼에는 18이란 번호가 선명히 찍혀 있었다.

'18번. 주장쯤 되는 녀석인가?'

18번은 알루미늄 배트로 손바닥을 탁탁 치며 나오고 있었다. 그 뒤에 야구부원 10여 명이 따라오는 중이었다. 18번은 배트 끝으로 날 가리켰다.

"너!"

경사진 곳에다 위쪽에서 아래쪽을 내려다보는 18번은 다분히 위압적이었다. 원래부터 큰 키에 위치마저 위쪽이니 쳐다보는 고개가 아플 지경이었다.

"훈련하는 데 방해된다. 안 꺼져?"

"비켜."

"남의 학교에서 허튼짓하지 마. 좋은 말로 할 때 가라."

그러면서 18번은 알루미늄 배트를 다시 손바닥에 탁탁 치는 것이었다.

사실, 학교 주먹과 운동부 사이에는 암묵적인 관계가 형성되어 있다. 학교 주먹들은 교내에서 무소불위의 권위를 누리지만 운동부는 절대 건드리지 않는다. 운동부 역시 학교 주먹들이 교내에서 무슨 짓을 하든 크게 관여하지 않는다. 운동부들은 싸움에 관련되면 경기 출장 정지 등의 징계가 있기 때문에 싸움에 나서지 않는다. 하지만 운동부들은 학교 주먹을 아래로 내려다보는 경향은 있었다.

어쨌든 예외적으로 이들 두 집단이 함께 힘을 뭉치는 경우가 있었다. 바로 같은 학교 학생이 타 학교 학생에게 맞을 때에는 상대가 누구이고 피해자가 누구이든지 상관하지 않고 함께 힘을 모으는 습성이 있었다. 즉, 우리 학교라는 연대감이 형성되는 것이었다. 하지만 나로서는 그런 운동부의 입장을 이해해야 할 처지가 아니었다.

"비켜."

나는 턱을 조금 끌어당겼다. 공격할 때의 내 버릇이었다.

"수한 형, 저 새끼 죽여버립시다."

"주장, 뭐해?"

"배트로 부숴!"

뒤에 있던 야구부원들이 소리를 지르고 있었다. 수한이라는 18번이 입에다 손가락을 갖다 대자 이내 조용해졌다.

그리고……

툭! 툭!

한쪽에서 축구부원들이 교문을 향해 다가오고 있었다. 한결같이 인상을 그리고 있는 게 나한테 볼일이 있는 모양이었다.

'이것 봐라?'

나는 지존회 회원들에 둘러싸인 데다 야구부라는 만만치 않은 상대를 만났다. 더구나 축구부 애들마저 이리로 오고 있었다. 야구부가 나서는 걸 보고 그네들도 괜히 합세하는 것 같았다.

"남의 학교에서 뭐하는 거야? 죽고 싶어?"

축구부 중 한 명이 소리쳤다.

'우선 평지로 가야겠군.'

나는 교문 안으로 뛰어들었다. 그것이 18번을 향해 달려드는 듯이 보였던 모양이다.

"어? 이 새끼가."

"잡아, 잡아."

나는 운동장에 들어섰다.

평지였다. 그리고 평지란 걸 확인하자 날 잡으러 달려든 야구부 한 명을 몸을 날려 그대로 찍어 쳤다.

빡!

한 방에 야구부원은 바닥에 쓰러졌다. 달려드는 서슬이라 충격이 큰 것 같았다.

"이 새끼가 진짜 미쳤나……. 야! 훈련 다 때려치우고 집합."

18번이 격분하여 아직도 훈련 중이던 선수들을 불렀다.

"집합."

"집합하십시오."

야구부들이 복창하며 나를 향해 달려오는 게 보였다.

'이것 봐라……?'

운동장 가운데로 나는 나도 모르게 걸음을 옮기고 있었다. 나를 중심으로 수십 명이 원을 그리기 시작했다.

"야, 동진고! 무릎 꿇고 사과하면 집에 보내주겠다."

야구부 주장이라는 18번이 거드름을 피웠다.

"여기가 어디라고 새끼가!"

축구부에서도 위협이 터져 나왔다. 나는 주먹을 고쳐 쥐었다.

따다닥……!

손가락 마디마디에서 관절 꺾는 소리가 울렸다.

"정우야!"

정현이었다. 정현이 어느새 원을 비집고 뛰어들고 있었다.

"윤정현?"

"뭐야, 넌?"

"윤정현!"

지존회 중에서 정현을 알아보는 놈들이 있었다. 정현은 체구에 맞지 않게 날렵한 동작으로 어느새 나와 등을 맞대고 섰다.

"이 자식들이 진짜 미쳤구나. 우리 학교를 뭐로 보는 거냐?"

18번이 화난 음성으로 소리치고 있었다.

"정현아, 이건 나 혼자만의 일이야."

"지존회에 한해서지. 운동부 애들까지는 아니지."

우린 서로 등진 채 얘기를 나누는 호기를 부렸다.

그때…….

"아, 아, 운동장에 너희들 뭐야? 동진고 놈들, 안 나가?"

스피커에서 울리는 소리였다. 교무실에서 방송을 내보내고 있었다. 교무실에서 지켜보다 못한 교사가 열이 받은 것 같았다.

"안 나가? 학생부 선생님들 저놈들 잡으세요. 경찰에 넘기게."

'위협인가?'

나는 나도 모르게 입가에 미소가 맺히는 걸 느꼈다.

"어때, 정현아? 원정 경기는 이래서 재미있어. 모든 게 불리

하거든."

"아, 아, 빨리 안 나가? 동진고 놈들, 경찰 부른다. 이 새끼들."

스피커는 쩌렁쩌렁 울리고 있었다.

"해보자고! 젠장!"

느닷없이 정현이 큰 소리로 외쳤다. 스스로를 독려하기 위해 포효한 것이다. 나도 긴장이 되었다.

"준비됐어? 하나, 둘, 셋 하면 각자 치고 나가는 거야."

"좋아."

"하나."

"둘, 셋!"

정현이는 둘, 셋을 연달아 외치고 야구부와 축구부가 서 있던 방향으로 용수철이 튀듯 뛰어갔다.

"이런, 자식하고는. 뭐가 그리 급해?"

나도 투덜거리며 지존회가 있는 쪽으로 달려갔다.

그래. 해보자고, 젠장!

4.

"우아아아아아아!"

"이 개새끼……."

"죽여! 죽여!"

갖가지 욕설이 운동장을 가득 메웠다. 정현은 두말없이 야구부 18번을 노렸다.

18번은 야구방망이를 휘둘렀으나 이내 정현의 손에 붙잡혔다. 정현은 몇 번 힘겨루기를 하더니 18번의 손에서 야구방망이를 뺏어내 멀리 던져버렸다. 그러고는 18번에게 엄숙하게 말했다.

"남자라면 맨손으로 해라."

이내 정현은 덥석 18번의 멱살을 잡았다. 상황이 좋지 않게 보였던지 야구부원들이 정현을 향해 달려들었다.

"주장."

"수한 형!"

"선배님!"

야구부들은 모두 정현이 주위로 몰려들어 18번을 정현에게서 떼어놓으려고 했다. 어느 놈은 배트로 정현을 가격했고, 어느 놈은 발길질로, 다른 놈은 주먹질로 각각 18번을 정현의 손에서 빼놓으려고 안간힘을 쓰고 있었다.

그러나 정현은 태산같이 버티며 18번을 거의 죽이다시피 몰아치고 있었다. 그러자 축구부 애들은 정현을 내버려둔 채 나에게로 달려왔다. 나는 지존회 멤버들과 축구부를 상대해야 했다.

아무리 수가 많다고 하더라도 결국 공격해 들어오는 방향은 정해져 있다.

전후좌우.

사방이 기본이다. 그리고 각도에 따라 팔방까지 나누어진다. 물론 땀깨나 빼야 하지만 조금만 수고스럽게 몸을 돌리면 숫자가 아무리 많아도 이론적으로는 제압할 수 있다. 그러나 이런 경우는 상대가 수적 우세를 믿고 나를 정점에 두고 공격해올 때에나 해당되는 말이다. 내가 무리를 향해 공격해 들어갈 때가 아니라 그저 수비를 할 때 통용되는 법칙인 것이다.

그렇다면 지금처럼 사방이 텅 빈 공간에서 내가 공격해 들어갈 때는 어떻게 무리를 제압하는가……? 시범 케이스라는 단어는 이럴 때 쓰인다. 처음에 부딪히는 몇 명을 확실히 박살 내버리는 것이다.

내게 달려드는 축구부 애들을 나는 바라만 보고 있지 않았다. 나 역시 마주 달려들며 정면충돌을 감행한 것이다. 한 가지 다행스러운 일은 지존회 아이들이 이정우라는 이름을 들어본 적이 있어 섣불리 내게 달려들지 못하고 있다는 점이었다.

어쨌든…….

휙! 휙!

내가 차올리는 발끝에서 바람 소리가 났다.

따각!

빡!

앞서서 덤비던 축구부 두 녀석이 운동장 바닥에 부러진 이빨을 쏟아놓으며 고꾸라졌다. 이것이 축구부들을 더 흥분시킨 모양이었다.

"이 자식이 미쳤나."

누군가가 도끼눈을 뜨고 내게 주먹을 지르고 있었다. 흥분 탓인지 동작이 지나치게 컸다. 이 기회를 놓치면 안 된다. 이 순간 기에서 밀리면 승부는 내가 진다.

쉬익!

나는 틈을 놓치지 않았다.

쾅!

나의 주먹은 녀석의 주먹이 내 얼굴을 스치기 직전 직선으로 놈의 안면에 꽂혔다.

"푸헉."

나는 녀석의 뺨을 찢어놓았고 녀석의 이빨도 뭉개버렸으며 녀석의 코도 주저앉혀버렸다. 주먹 한 방으로 말이다.

일순…….

축구부 애들이 멈춰 섰다. 지존회 멤버들도 폼만 잡고 있을 뿐 덤벼들지 못했다. 야구부 중 몇몇은 그런 나에게 정신이 팔려 정현을 놓칠 지경이었다.

그때였다.

"정우야! 저기 스탠드 위에 이영수다! 주머니에 손 꽂고 있어!"

정현이 그 와중에 소리를 질렀다. 나는 위를 보았다. 전체 조회 때 교장이 훈화한다고 올라가는 단상 뒤에 스탠드가 보였다. 그리고 누가 봐도 눈에 확 띄는 이영수가 주머니에 손을 꽂은 채 운동장을 내려다보고 있었다. 생각할 필요가 없었다. 나는 몸을 날렸다.

목표는 이영수였다.

그때서야 지존회 멤버들이 나를 가로막으려 했지만 큰 의지는 없는 듯했다. 나는 거침없이 달려가다 단상 앞에서 치솟았다.

그것은…… 정말로…… 비상이었다!

운동장에서 단상까지는 계단이 10여 개 정도 있었다. 나는 단숨에 10여 계단을 뛰어올랐고 그것도 모자라 뒤편 스탠드까지 공중을 휘저으며 다가가고 있었다. 멀리서 달려들어 도약한 것이긴 하지만 결코 아무나 할 수 있는 짓은 아니었다.

구경하고 있던 학생들의 탄성 소리가 들렸다.

"우와……."

"말이 되냐?"

그만큼 나의 동작은 화려했고 완벽했으며 재빨랐다.

"영수 형! 피해요!"

등 뒤에서 그런 외침이 들려왔다. 아무도 내가 그렇게 높이 뛰어오르리라고 생각하지 못했을 것이다. 이영수도 넋이 나간 채로 나의 비상을 지켜보고 있었다.

그리고 뒤늦게 무언가를 깨달은 모양이었다. 이영수는 운동장에서 치솟아 한 번도 착지하지 않고 그대로 공중에서 자신을 공격해 들어가는 발길질을 그제야 눈치챈 것이다.

"어…… 어."

무엇에 압도당했는지 이영수는 제대로 피하지 못했다.

퍼억!

나의 오른발은 정확히 이영수의 머리를 가격했다.

그리고…….

거짓말처럼 이영수는 2미터가량을 뒤로 튕겨 떨어졌다. 그러한 광경을 지켜보던 모두가 무엇에 홀린 듯 조용해졌다. 교실 창문 틈으로 고개만 내밀어 보거나 하교하던 1,500명가량의 재학생들, 지존회 멤버들, 축구부원들, 야구부원들, 하물며 우리를 잡으러 나온 것 같은 남자 교사들마저.

모두 침묵했다.

내 주위엔 정적만이 휘감아 돌고 있었다. 이 수많은 구경꾼의 존재가 전혀 느껴지지 않았다. 나는 거침없이 바닥에 쓰러진 이영수를 주워들었다.

그랬다. 정말로 나는 이영수를 주웠다. 이영수는 눈동자가 풀려 있었다. 나는 이영수의 머리를 곧바로 스탠드 모서리에 처박았다.

쿵!

"꺅!"

또 마음 약한 몇몇 여학생들이 비명을 지르며 제자리에서 깡충깡충 뛰고 있었다. 그 처참한 모습에 눈물짓는 여학생들도 있었지만 대부분은 나를 경악하는 눈으로 보는 것 같았다.

그런데 어찌 된 건지 지존회장이 이렇게 만신창이가 되고 있는데도 지존회원 중 누구 하나 내게 달려드는 놈이 없었다. 나의 행동에 얼어비린 것인지 모두들 멍청하게 구경만 하고 있었다.

이제 윤성욱과 하현미를 부수면 된다. 여자를 때려본 적이 없는 나로서는 하현미의 존재는 커다란 고민거리였다.

더 이상 이영수를 때리는 건 의미가 없다는 생각이 들 무렵 어디선가 사이렌 소리가 울렸다.

정말로 유림정보고는 경찰에 신고를 했던 것이다.

"정현아! 가자!"

나는 이영수를 팽개치고 운동장으로 내달렸다. 아무도 날 건드리지 못하고 있었다.

"끄응!"

정현도 마지막 힘을 쓰며 녀석을 둘러싸고 있던 야구부원들을 집어 던지기 시작했다. 처음 정현을 봤을 때 씨름부를 연상시켰던 몸뚱이가 내뿜는 완력의 실체였다.

애애애애애앵!

사이렌 소리가 지척으로 들렸다.

"담이다!"

나는 손가락으로 충분히 넘어갈 만한 담을 가리켰다.

경찰차가 그 순간 교내로 진입하고 있었다. 어떻게 신고를 했는지 뒤에는 호송차도 있었다.

언제나 느끼는 거지만, 정현은 체구에 어울리지 않게 날렵한 몸놀림으로 달려가더니 그대로 담을 뛰어넘었다. 담 뒤에는 산길이 있을 뿐이었다. 유림정보고는 경사길 끝 쪽, 산 중턱에 위치한 학교인 것이다.

정현이 넘어가는 걸 확인하고 나도 담을 향해 내달렸다.

탕! 탕!

등 뒤에서 하늘에 대고 쏘는 공포탄 소리가 들려왔다.

'뭐야? 총을 쏘겠다는 거야?'

경찰차에선 스피커로 뭐라고 떠들어대고 있었다. 경고인 듯했다. 하지만 내 귀엔 들리지 않는 소리였다.

나는 힘껏 담을 향해 치솟았다.

탕!

확실히 조금 전과는 소리가 다른 총성이 등 뒤에서 폭발하고 있었다.

스승이란

1.

"세상이 어찌 되려고, 츳."

나는 정현과 갈빗집에서 마주 앉았다. 돼지갈비 6인분에 공깃밥 두 개를 시켜놓고 텔레비전에서 흘러나오는 뉴스를 보는 중이었다.

"오늘 오후 서울 소재 Y고등학교에서는 교복을 입은 학생들끼리 조직폭력배를 연상케 하는 난투가 벌어졌습니다."

나는 정현을 보며 씩 웃었다. 정현은 몸으로 버텨내느라 여기저기 멍이 들어 있었지만 쌩쌩했다.

텔레비전에서는 그림으로 이해를 도우며 이런저런 소리가 흘러나왔다.

— 오늘 오후 하교 시간, Y고 학생들은 예전과 다름없이 하굣길에 올랐습니다. 그러나 D고등학교 학생으로 보이는 10여 명이 나타나 갑자기 하교하던 Y고 학생을 구타하며 순식간에 교내는 수라장이 되었습니다.

"이봐, 이봐……. 우린 두 명이라고."

정현이 식탁에 손가락을 탁탁 튀겼다. 삽화에는 인상을 쓰고 있는 세 명이 한 명을 폭행하고 있었고, 맞고 있는 한 명은 꽤나 불쌍하게 묘사되어 있었다.

— 모교의 학생들이 느닷없이 집단 폭행을 당하는 것을 보고만 있지 못했던 Y고의 야구부, 축구부, 배구부 등 교내 운동부 다섯 개 부와 재학생 10여 명이 이들을 만류했지만 각종 무기로 무장한 괴학생들을 당해내지 못했습니다.

"뭐야, 저거?"

나도 어이가 없었다. 갈빗집에 있던 손님들이 다시 혀를 차댔다.

— 운동장에 난입한 이 괴학생들은 학교 측의 신고를 받고 출동한 경찰이 공포탄을 쏘며 위협하자 곧바로 담을 넘어 산 중턱으로 사라졌습니다.

그러면서 화면은 학교와 담이 어떤 형태를 하고 있는지 전경을 비추어주었다.

— 경찰은 이번 사건이 학교 간 폭력 서클의 세력 다툼으로 보고 각 학교 일진회 등의 명단을 입수, 수사를 벌이고 있습니다.

그리고 기자는 몇몇 학생들과 인터뷰를 했고 마지막으로 담당 경찰관의 일성을 담아냈다.

— 우리 경찰은 이와 유사한 학원 폭력이 두 번 다시 발생하지 않도록 최선을 다할 것을 국민 앞에 약속드리겠습니다.

— 한편 야구부 주장 이 모 군은 전치 7주의 상해를 입었습니다. 지금까지 심희정이었습니다.

"야, 이거 뭐야?"

나도 모르게 웃음이 나고 있었다.

"다 이렇다니까? 뉴스가 이러니 믿을 게 있어야지."

삐삑! 정현의 휴대폰에 문자 앱 수신음이 울렸다. 정현이 주머니에서 휴대폰을 꺼내 들고 고개를 갸웃거리더니 전화를 걸었다.

"여보세요? 이게 무슨 소리냐? 응? 뭐?"

나는 불판 위에 갈비를 올려놓으며 정현의 통화가 끝나기를 기다렸다. 정현은 인상을 쓰며 곧 통화를 마쳤다.

"태한인데 우리 수업 빼먹은 거 결과 처리되었대."

"책상 빼놓고 왔잖아? 그런데도 들켰대?"

그렇다. 수업을 빼먹으려면 책상을 빼놓아야 한다. 아예 처음부터 빈자리를 보이지 말아야 한다.

"선생이 누구였지? 출석 안 부르는 선생 아냐?"

"강덕중. 원래 잘 모르고 넘어가는 타입인데 들어오자마자 널 찾았다는 거야."

강덕중…….

언젠가 그 선생의 수업 시간에 앞문으로 들어가며 깊은 인상을 남긴 바 있었다. 당연히 날 기억하고 있을 것이다.

"쳇! 확인하고 나오는 건데."

정현이 투덜거렸다.

"상관없어. 이거나 먹어."

나는 구워진 갈비를 가위로 잘라주며 정현에게 권했다.

"담임이 열 받았대. 너하고 나 내일 학교 가면 죽음이라고 겁주는데?"

"그래?"

나는 짧게 대답하며 갈비 한 점을 입에 넣었다. 꽤 달콤했다.

"낼 학교 가지 말까? 어떻게 생각하냐, 정우야?"

덩치에 어울리지 않게 정현은 겁을 먹고 있었다. 적어도 이 녀석은 나같이 세상을 거꾸로 사는 놈은 아니다.

"가자."

"응?"

"학교 가야지. 맞지 않도록 해주마."

정현은 물끄러미 날 보고 있었다.

"왜?"

"아니, 이상하게 네가 말하면 뭔가 무게가 있어. 신뢰감이 간다고 할까?"

"내 친구는 확실히 챙겨. 넌 걱정 말고 학교에 와."

"으응, 그래."

그때였다. 정현의 휴대폰이 기운차게 울렸다.

"여보세요? 네?"

정현이 놀란 눈으로 나를 보았다.

"일단 알았어요."

"뭔데 그러냐?"

"너 배성여고 알아?"

"아니."

"우리하고 연합하자는 제의가 들어왔어."

"누구한테? 인범이야? 나야?"

"너지, 당연히. 인범 형한테 할 거면 나한테 연락하지 않았겠지."

"배성여고? 뭐하는 학교야?"

"날라리 학교는 아니야. 얼마 전에 복학한 김보영이라는 애가 뭘 만들었다나 봐. 동지회라고. 신생 서클이야."

"김보영?"

"응, 배성여고 3학년이야."

"그래? 여학교에서 연합을?"

"아직 신생이고, 너에 대한 소문 탓일 거야. 빨리 크려고 그러는 거겠지."

"배성여고라……."

"어차피 동지회는 바깥으로 돌아야 할 거야. 배성여고라는 학교 자체가 양아치 분위기가 아니니까."

"그래서? 만나자고 하는 거야?"

"그렇지."

"지금 몇 시야?"

"9시 30분."

"지금 볼 수 있어?"

"응? 글쎄……."

"나한테 생각이 있어. 쇠뿔도 단김에 빼랬다고……. 오늘 볼 수 있으면 오늘 보자."

"잠깐만. 전화해보고."

정현은 전화를 걸었다. 그 후 몇 번의 통화가 더 있고 난 후 우린 김보영과 사거리 '마시따치킨' 앞에서 10시까지 만나기로 약속을 잡았다.

"얼굴 알아?"

"내가 전화하기로 했어."

"전화?"

"휴대폰."

"……."

나는 휴대폰이 없었다. 굳이 가지고 다녀야 할 필요를 느끼지 못했기 때문이었는데 이런 경우엔 공연히 아쉬웠다.

우리는 갈비 4인분을 더 시켜 먹고 갈빗집을 나섰다. 거의 정현이 혼자서 다 먹어치웠다. 나는 그런 정현을 보고 말했다.

"궁금한 게 있는데……."

"응?"

"너 혹시 씨름했니?"

"하하, 아니. 유도 선수였어."

"유도? 그런데…… 왜?"

"다 그런 거지. 실력만큼 대우해주지 않더라고. 중등부 전국 대회에서 심판이 돈 먹고 나한테 불리한 판정을 한 거야. 하도 열 받아서 욕을 했더니 선수 자격 박탈이라나? 1년 자격정지 먹고 그냥 관뒀어."

이 녀석……. 역시 사연이 있는 대어급이었다. 그러고 보니 옥상에서 싸울 때도 마지막까지 날 노려보던 놈이었고 부산 친구들이 올라왔을 때도 털끝 하나 다치지 않고 내 앞에 무릎을 꿇으며 나타났었다. 오늘 야구부 애들에게 맞서는 것만 봐도 보통 기량이 아니었다.

"너, 이정우지?"

느닷없이 여학생 다섯이서 우리 앞을 가로막았다. 교복을 입고 있는 애는 한 명도 없었다. 그러나 앳된 얼굴을 감추기엔 화장이 너무 어설펐다.

"뭐야?"

정현이 괜히 분위기를 잡았다.

"나 김보영이고 여기 우리 애들이야. 덩치 큰 사람하고 날씬한 사람이라더니 금방 알아보겠네."

"나 보자고 했다며?"

나는 턱을 치키며 눈을 내리깔았다. 여자건 남자건 기세는 내가 먼저 올려야 한다.

"그래. 요 앞에 커피숍 갈래? 단골인데."

"앞장서."

처음부터 커피숍에서 만나자고 하지…….

"처음부터 거기서 볼걸 그랬지? 근데 아저씨가 교복 입으면 잘 안 들여보내줘. 사복 입으면 못 이기는 척하고서는 담배도 갖다 주면서 말야. 너희들 교복 입고 있다고 해서."

'음? 속마음도 듣나?'

나는 마음속으로 웃으며 별말 없이 김보영을 따라갔다. 이내 들어간 이른바 커피숍 안은 담배 연기로 가득 찬 곳이었다.

"아저씨, 76번이요."

무슨 소린가 했더니 맡겨둔 담배를 찾는 소리였다. 아저씨는 힐끔 우리를 쳐다봤지만 여자애들을 보고 순순히 넣어주었다.

안에는 웬일인지 애들만 있었다. 하나같이 어려 보이는 것들이 담배를 꼬나물고서는 제법 폼을 잡고 있는 모습이었다. 교복을 입고 있는 애들은 우리밖에 없었다.

느낌이 묘했다. 이런 애들이 아지트 삼아 애용하는 곳인 듯했다. 솔직히 말하자면 나는 아직 담배를 배우지 못했다. 구태여 배우고 싶지도 않았고 어쨌거나 그런 이유로 담배 연기를 싫어한다. 괜히 하루에 담배를 한 갑 이상씩 피운다는 걸 자랑같이 얘기하는 놈들이 있는데 나는 그런 놈들이 정말 한심하다는 생각을 가지고 있었다. 그런데 여기는 그런 놈들이 왜 그리 많은지 숨이 막힐 지경이었다. 아니 사실 폼을 잡으며 담배를 물고 있는 아이들 중엔 여자가 더 많은 것 같았다.

김보영과 다른 네 명도 모두 담배를 입에 물었다.

"한 대 줄까?"

"됐어."

"나 좀."

정현이 몸을 기울여 담배를 받았다. 이렇게 되고 보니 나 혼자만 멀뚱거리고 있었다. 나는 괜히 화가 났다.

"담배 한 번만 빨고 다 내려놔."

"뭐?"

"나한테 볼일 있으면 나한테 예의를 지켜라. 정현이 너도 내려놔."

"으응."

정현은 내 말이 떨어지기 무섭게 담배를 꺼트렸다. 김보영도 그런 정현을 보더니 조용히 담배를 비볐다. 그러자 다른 아이들도 모두 담배를 껐다. 위계질서는 있는 애들이었다. 나는 약간 계면쩍었지만 할 수 없었다.

김보영은 그런 날 물끄러미 보더니 갑자기 웃음을 터뜨렸다.

"킥……. 너 귀여운 데가 있네? 아직 담배 못 배웠구나?"

김보영은 신기한 물건 보듯이 날 바라보며 미소를 짓고 있었다. 마치 어린아이를 구슬리는 것 같았다.

"나 김보영이야."

김보영은 그러면서 악수를 하자고 손을 내밀었다.

"이정우."

나는 가볍게 받으며 손을 잡아주었다. 김보영은 여자지만 만만치가 않았다. 내가 동생뻘이긴 하지만 정말로 동생 대하는 눈빛으로 날 보고 있었다.

"여긴 2, 3학년들 최유리, 성은미, 이혜진, 윤미라."

"윤정현."

소개가 왜 필요한지 모를 일이었다. 대충 소개가 끝나자 김보영이 뜬금없이 입을 열었다.

"뭘 원하니?"

불쑥 내뱉는 김보영의 말이 쉽사리 이해가 되지 않았다.

"원해? 내가? 너희들이 볼일 있는 거 아니었어?"

"그러니까 너희들도 뭐 우리한테 바라는 거 없어? 몸도 줄 수 있는데."

"아유, 언니."

옆에 있는 애들이 깔깔거렸다.

"망측해요."

정말 망측하게 여기는 말투가 아니었다. 이런 여자애들 머리 아프다.

"근데 3학년 아닌가?"

"누구? 혜진이? 3학년 맞아."

"근데 언니라니? 너 몇 살인데?"

"스무 살. 복학했어."

"스무 살?"

"왜? 스무 살처럼 안 보여?"

"아니, 아니다."

김보영은 빙긋 웃었다. 어쩐지 여우같이 군다 싶었더니 스무 살이었군. 김보영이 입을 열었다.

"우린 얼마 전에 서클을 만들었어. 힘이 없지. 인원도 아직 적어. 그래서 연합 좀 하려고."

"왜 하필 우리 학교지?"

김보영의 눈빛이 반짝였다.

"이정우, 아직 모르는구나? 지금 너에 대한 소문이 파다해. 무슨 전설이나 신화 같아. 내가 너하고 연합하면 금방 여자애들 중 톱이 될걸?"

"그래서 뭐가 나아져?"

"글쎄. 그렇게 물으면 딱히 할 말 없지만 어차피 우린 이런 데 의미 두고 사는 애들 아냐?"

김보영은 성냥갑을 튀겼다.

"네가 우리 배경이 되어주면 심심할 때 우리 애들 불러도 좋아. 몸을 달라면 몸을 줄 수도 있어."

김보영은 그런 말을 하는 데 주저함이 없었다. 그러면서 나를 바라보는 끈적한 눈빛은 정면으로 마주하기가 버거울 정도였다. 오히려 내가 민망해지고 있었다.

나는 헛기침을 하고 말했다.

"몸은 됐고 하나 부탁하지."

"응?"

"하현미 알아?"

"유림정보고? 참, 뉴스 나왔던데?"

"그래. 원래 내 몫이야. 내가 깨야 할 상대지만 여자는 때려

본 적이 없어. 사내들은 개 패듯이 패도 상관없는데 계집애들은 기분이 안 나."

김보영은 무슨 말인지 감을 잡았다는 듯 고개를 끄덕거렸다.

"알았어. 하현미만 잡으면 돼?"

"그래, 하현미 하나면 족하다."

"그럼 우리 연합은?"

"하현미가 어떻게 되나 보고 난 후에."

"좋아."

그렇게 협상은 끝났다.

그 후 나는 다른 데 놀러 가자는 여자애들을 뿌리치고 밖으로 나왔다.

"인범이 형은 가끔 사창가에 데리고 가주었는데……."

밖으로 나오자 정현이 시답잖은 소리를 하고 있었다.

"응?"

"가끔 말야. 인범이 형은 우릴 끌고 창녀촌에 갔어. 갑자기 그게 생각이 나네. 난 안 했지만."

뭔 소리를 하고 싶은 거냐? 윤정현…….

"1학년들은 그렇다 쳐도 2, 3학년들은 장학금을 못 받게 되어서 불만이라고 하던데. 그것도 모르지?"

내부 불만 요인이 그런 것이라고? 나로서는 불편하지 않은 사항이었지만 무시하고 넘길 수는 없는 일이었다. 더구나 2, 3학년들에 대한 장악에 관한 문제라면 더욱 그렇다.

확실히 부산에서 친구들하고 학교를 휘어잡을 때하고는 뭔가 다르다는 것이 느껴졌다. 그때는 그저 두드려서 내 앞에 무릎을 꿇게 하면 그만이었는데.

나는 일단 김인범을 만나 '사장'이라는 사람을 만나야겠다고 생각하며 다음 날을 맞았다.

학교.

"이정우! 윤정현!"

조회 시간에 담임이 서슬 퍼렇게 고함을 치고 있었다.

나는 거침없이 앞으로 나갔다. 정현이도 그런 나를 보더니 성큼성큼 나왔다.

"엎드려, 이 새끼들. 결과가 결석보다 더 나쁜 거야. 알아? 수업 시간에 도망을 갔다는 소리 아냐!"

"벌점제 아닙니까?"

"뭐야?"

"결과는 3점입니다."

나는 눈썹 하나 까딱하지 않았다.

"교사 지도에 불응하는 거야?"

"지도 불응은 5점입니다."

우리 학교는 체벌을 없애고 벌점제를 시행하고 있었다. 사실 다른 학교는 어떤지 몰라도 우리 학교는 그게 실천이 안 되고 있었다. 무지막지하게 몽둥이를 휘두르면 그냥 맞는 게 습관이 되어 있었고 사실 그게 더 편했다. 선생들도 여선생 몇 명을 제외하고는 벌점제를 쓰는 경우는 거의 없었다.

"어쭈, 이정우. 당돌한데?"

담임은 몽둥이 끝을 내 목에다 쿡 찔렀다.

"그래서 안 맞겠다?"

"예."

"윤정현, 너도냐?"

"아닙니다."

정현은 나처럼 아래위를 몰라보고 버티는 성미는 아니었다. 정현은 주섬주섬 엎드리려고 했다.

"엎드리지 마."

나는 낮은 목소리로 그러나 위압적으로 말했다. 정현이 흠칫했다.

"이 놈의 자식이…… 근데."

담임의 얼굴에 핏발이 섰다.

"정현이 몫은 제가 맞겠습니다."

"뭐야?"

"정현이는 내버려두십시오."

"이놈 봐라. 나 참 기가 차서……. 네가 나한테 빌어도 시원치 않을 판에 아주 명령 투야. 그래 좋아. 엎드려."

나는 두말 않고 엎드렸다.

"이 자식이……."

담임이 힘을 모으는 것이 느껴졌다.

슈욱!

몽둥이가 떨어지는 소리가 들렸다.

120

그런데…….

턱!

"뭐…… 뭐야? 윤정현 너?"

이건…….

놀라운 일이었다. 정현이 담임의 몽둥이를 손으로 붙잡은 것이다.

"그만하시죠, 선생님. 우리 학교는 전면 벌점제 아닙니까?"

그것은 차라리 협박이었다. 담임이 당황한 얼굴로 말했다.

"이…… 이놈들. 지금 뭐하는 짓인 줄 알아……? 이 새끼들. 이런 유치한 짓거리가 의리라고 생각하는 거냐?"

"네!"

정현은 그렇게 말하면서 몽둥이를 손에서 놓았다.

"어이쿠."

손에 잔뜩 힘을 주고 있던 담임은 그 바람에 힘을 주체 못하고 교실 바닥에 주저앉아버렸다.

그 순간 아이들이 일제히 휴대폰을 꺼내 들었다. 마치 재미있는 동영상이라도 찍을 것 같은 모양새였다.

2.

교실 안엔 무거운 공기가 감돌았다. 방금 정현은 담임을 밀친 것이다. 담임은 어이가 없는 표정으로 말을 잇지 못하고 있었다.

"너…… 너."

정현은 태산같이 내 앞에 버티고 있었다. 이건 내가 바라지 않았던 일이었다. 나는 정현이 같은 애들이 학교에 빠지기 시작하면 걷잡을 수 없다는 것을 잘 알고 있었다.

정현은 선생들과 다투기를 싫어했다. 먼저 결석하자고 제의했던 것만 봐도 알 수 있는 일이었다. 그런 정현을 굳이 학교에 나오라고 한 이유는, 현재 나와 뜻을 같이하는 녀석으로 믿을 만한 사람이라곤 정현이밖에 없기 때문이었다. 지금은 독불장군처럼 혼자 돌아다닐 때가 아니었다. 항상 누군가와 함께한다는 유대감을 가져야 할 시기였다. 그래서 정현에게 맞지 않게 해주겠다고 안심시켰고 대신 맞으려고 했던 것이다. 그런데 뜻밖의 상황이 벌어지고 있었다. 사건이 커진 것이다.

"이놈들, 뭐하는 짓들이야?"

난데없이 교실 문이 확 열렸다.

강덕중……?

언젠가 날 붙들고 상담을 시도했고 내가 교실에 없는 걸 단박에 알아챘다는 강덕중 선생이었다. 강덕중은 우리를 보며 고성을 내었다.

"이놈들이 아주 막돼먹었구나, 막돼먹었어. 담임선생님을 밀쳐?"

가득 노기 띤 음성이었다.

좀처럼 화를 잘 안 내는 선생이었고 내가 수업을 가볍게 빼

122

먹은 것도 워낙 인식이 물렁해서였다. 이런 강덕중의 음성에 노기가 가득하자 왠지 느낌이 좋지 않았다.

"강 선생님."

담임이 중얼거렸다.

"여긴 어쩐 일로……?"

그것은 정말 힘없는 중얼거림이었다.

"내 수업에 빠진 놈들인데 궁금해서 가만있을 수가 있나요? 내 밖에서 다 봤습니다."

나는 몸을 일으켰다. 쉽게 넘어갈 일은 아닌 것 같았다.

"이놈들."

젠장, 또 뭐야? 괜히 상담이랍시고 날 교무실로 불렀던 선생. 또 무슨 짜증 나는 훈계를 하려고?

"왜 이렇게 비뚤어졌어? 이놈들아."

응? 노기 띤 음성은 어느새 바뀌어 있었다. 어쩌면 이 목소리는 간절함이었다.

"왜 이렇게 세상을 헛살아? 네놈들 생각엔 그렇게 살면 폼 나니? 응? 그래?"

"예."

나는 예전처럼 거침없이 대답했다.

철썩!

놀랍게도 강덕중이 내 뺨을 쳤다. 나는 어이가 없어 그의 화난 모습을 마주 보았다.

노망이 들었나? 이게……!

"못난 놈······."

쳇! 뭐야? 신경 써주는 척하지 마. 내 속에서 반감이 치솟았다. 그러나 이런 분위기는 어쩐지 내게 불리했다.

"어서 사과드려!"

강덕중의 목소리는 다시 노기를 띠었다. 이번에는 멀뚱하게 서 있는 정현에게 소리치는 것이었다. 정현은 내 눈치를 살폈다. 강덕중의 노성이 다시 터졌다.

"얼른!"

"죄송······."

마지못해 하는 소리라 그런지 뒷말이 제대로 나오지 않았다.

"똑바로 못 해?"

정현은 강덕중을 한번 바라보았다. 그리고 다시 담임을 보았다.

"죄송합니다."

진심에서 나오는 소리 같지는 않았지만 어쨌거나 또렷한 발음이었다.

담임은 말이 없었다.

그러길 한참······.

"들어가라."

담임은 귀찮다는 듯이 우리에게 손짓을 했다.

"양용수."

강덕중이 갑자기 반장을 불렀다.

"예."

"이 반에 내 수업 몇 교시야?"

"3교시인데요."

"그 시간에 자습하고 너희 두 놈! 나하고 면담 좀 하자."

또……? 지겨운 선생이다. 면담, 상담……. 이런 타입도 짜증 나기는 마찬가지다. 차라리 몽둥이로 몇 대 치고 뒤끝 없는 편이 속 편하다.

조회 시간이 끝나자마자 난 승태를 불렀다.

"야! 김승태."

녀석은 놀란 토끼눈이 되어 날 돌아보았다. 한때 친한 척하려고 했던 것에 비하면 경기를 일으킨 수준이었다.

"뭐야? 왜 그래? 내가 어려워? 너하고 그런 사이냐?"

"아…… 아니."

녀석은 어느새 나를 경계하고 있었다.

"강덕중 뭐하는 놈이냐?"

"강덕중 선생님?"

"선생님은 무슨……. 그래, 걔."

나는 지금껏 초등학교 입학하고 나서 한동안 불러본 이후, 선생님이라고 교사를 불러본 적이 없었다. 직업으로 교사는 있어도 선생님이나 스승은 없다는 것이 내 생각이었다. 백번을 양보해도 선생까지가 내 한계였다.

"강덕중 선생님 좋아. 학생들 다 기억하려고 하고……."

그러고 보니 반장의 이름을 부르는 건 흔치 않은 일이었다. 아무리 기억을 더듬어도 반장을 부를 때는 보통 '반장'이라고 부르는 게 아니었던가? 더구나 그 사람은 담임도 아닌데. 나와 처음 대면했을 때도 앞문으로 쑥 들어온 나를 그렇게 책망하진 않았었다. 오히려 웃음까지 터뜨린 선생이었다. 그리고 곧바로 나와 상담했으며 내가 수업을 빠졌을 때 금방 알아보았고 다음 날 자기 수업에 빠진 놈들 궁금하다며 조회 시간에 우리 교실 앞에 나타났다. 이런 타입은 정말 피곤한데.

젠장. 잘못 걸렸는지도 모르겠다.

"그래? 뭐가 좋다는 거야?"

"넌 전학 와서 잘 모르겠지만 강덕중 선생님, 몇 안 되는 진짜 선생님이야."

놀고 있네. 나는 속으로는 반발하고 있었지만 굳이 내색하진 않았다.

"알았다."

그리고…….

3교시.

나와 정현은 상담실로 갔다.

뭐라고 할까? 뻔한 소리로 날 갖고 놀겠지. 아니면 공포 분위기를 조성하며 날 협박할지도 모르고. 뭐, 레퍼토리야 뻔하지.

"앉아라."

상담실 문을 열자 강덕중은 반가운 듯이 우리를 맞았다.

'저것도 연기야. 반가운 척하는 거라고. 한두 번 당하는 것도 아니고 당신 같은 선생들 스타일을 알지. 어떻게 보면 말로 은근히 어르는 당신 같은 타입이 더 야비하다는 것도.'

126

나는 강덕중의 미소를 보면서도 경계를 늦추지 않았다.

"아침에는 미안했다. 뺨은 치는 게 아닌데……. 커피 한잔할래?"

"아닙니다."

나는 경계하고 있었다. 내가 확실한 태도를 취해야 정현이도 행동을 분명하게 할 수 있었다.

'넘어가면 안 돼, 윤정현.'

"그래? 하긴 너희한테는 몸에 해롭지."

'본론이나 말하라고, 아저씨.'

강덕중은 미소 지었다.

"어디 보자. 너희들 말이야. 학생부에 사정사정해서 이렇게 자리를 마련한 거야. 안 된다고 그러는 걸, 허허."

'뭐가 우습다는 거야? 고맙수다, 젠장.'

"이놈들. 허허, 그래. 누구나 다 너희들같이 살고 싶을 때가 있지. 세상에 반항하면서……. 그런데 이놈들아, 세상에는 어떤 삶이 있는지 아니?"

"성공한 삶과 그렇지 않은 삶입니다."

나는 거침없이 뇌까렸다. 언젠가 김인범이 나에게 했던 말이었다. 강덕중은 몇 번 고개를 끄덕이더니 정현을 돌아보았다.

"너도 그렇게 생각하니?"

"예."

정현도 고민하지 않고 대답했다.

"글쎄. 그렇게 볼 수도 있겠지. 너희들 생각을 부정하는 건 아니다. 하지만 말이야. 이렇게 보는 게 너희들보다 조금 더 산 내가 보기엔 나은 거 같구나. 자식으로 사는 삶과 부모로 사는 삶."

자식으로 사는 삶과 부모로 사는 삶. 나는 강덕중을 거부하고 있었지만 이 말에는 알 수 없는 공감대가 형성됐다. 하지만 나는 고집을 버리고 싶진 않았다.

강덕중은 말을 이었다.

"아무리 나이를 먹어도 자식을 낳아 길러보지 않고서는 어린애에 불과해. 그런데 이 자식이라는 것들이 보통 머리 아픈 게 아니거든?"

무슨 소릴 하려는 거야?

"처음에는 눈에 넣어도 안 아플 것 같은 것들이 커가면서 아주 미워 보일 때가 있어. 괜히 미운 거야. 아버지한테 책 산다고 거짓말해서 노래방에 가고 말이야, 허허. 커가다 보면 한창 미운 시기가 있지."

혼자 고개를 끄덕끄덕하면서 강덕중은 커피 한 모금을 마셨다. 그의 선한 행동에도 불구하고 나는 그를 노려보듯 바라볼 뿐이었다. 상담을 좋아하는 교사들의 뻔한 제스처에 불과하다고 생각했던 것이다.

"그런데 말이야. 신기하지? 그 시기가 지나면 몸도 커지고 귀여운 구석이라곤 하나도 없는데 다시 예뻐 보인다 말이야. 애가 좀 철이 들어서 징그러운데도 오히려 예뻐 보여."

그러더니 강덕중은 우리 앞으로 몸을 당겼다.

"너희들은 미운 시기야. 이건 시기란다. 누구나 그런 때가 있지. 너희들은 개성이 강해서 조금 눈에 잘 띄는 것뿐이야. 이 시기만 지혜롭게 넘기면 너희들은 아주 건강한 삶을 살 수 있어."

이런! 제법 설득력이 있었다. 나는 내 의지와는 무관하게 갈등을 일으켰다. 강덕중은 말을 이었다.

"친구들하고 어울리면서 선생님, 부모님한테 반항하고 자기 마음대로 살고 싶고 왠지 주먹 쓰면서 이기면 쾌감을 느끼고……. 그건 모두 시기란다. 때가 지나면 말이다, 그 시기가 지나면 아무 의미도 없는 그런 거야."

'어쭈, 연습 많이 했는데? 제법 그럴듯한걸?'

나는 마음속으로 반항하고 있었다.

'아무리 그럴듯하게 떠들어대봐라. 내가 속을 줄 알아? 내 인생은 내 거야. 잘난 척 까불지 말라고, 아저씨.'

내 생각을 아는지 모르는지 강덕중은 좋은 말을 들려주려고 했다. 나는 마음속으로 그런 강덕중의 말에 하나하나 반박하며 상담 시간을 버텼다.

시간이 지나 나와 정현은 상담실 문을 나섰다.

"어떻게 생각해, 정현아?"

"글쎄?"

"저딴 말에 넘어가지 마. 뻔한 술수라고."

나는 정현에게 그렇게 말하면서 스스로에게도 다짐하고 있었다.

"그래."

"참, 김인범한테 가자."

"왜?"

"장학금 문제 해결해야지."

강덕중을 만난 이후 나는 마음속이 불편해졌다. 얼른 다른 신경 쓸 일을 찾아야 했다. 얼핏 떠오른 것이 장학금 때문에 내부에 불만이 있다는 소리였다.

방과 후, 병원.

"가자."

김인범이 내가 찾아온 이유를 듣더니 몸을 일으켰다.

"괜찮아?"

"뭐가? 내 몸이야, 지금 가도 괜찮냐는 거야?"

"둘 다."

"괜찮아. 사장님께는 말씀드려놨으니까 언제라도 데리고 오라고 하셨어."

김진우도 자리에서 일어섰다.

"크크크. 이정우 놀라겠네. 완전 별천지거든. 학교하고는 비교가 안 될걸?"

진우는 예의 그 능글맞은 미소를 지으며 내게 말했다. 그때 인범이 말했다.

"참, 유림정보고 하현미는 배성여고에서 대신해준다며?"

"그래."

"너 혼자 깨라고 했을 텐데?"

"그 조건이 들어왔을 때 배성여고와는 아무 사이 아니었어.

연합 학교를 만들고 이용하는 건 내 재능이다."

"하하. 어쨌든 뉴스에도 나오고, 사장님 관심이 대단하다고 들었어."

나, 정현, 인범은 진우가 모는 차에 올라탔다. 서울에 온 지 얼마 되지 않은 나로서는 어디가 어딘지 분간이 되지 않았다.

차는 아라비아라는 성인 나이트 앞에 멈춰 섰다. 여기는 갖가지 쇼로 중장년층을 주 타깃으로 하는 나이트클럽이었다. 크기는 중간 정도. 별로 사람이 다니지 않을 것 같은 위치인데도 건물 앞에 대놓은 차가 꽤 많았다.

기도가 진우와 인범을 알아보고 이내 우리를 안내했다. 우리는 다른 문으로 돌아 건물 안에 들어갔으며 사무실 같은 데서 한참을 기다려야 했다. 그리고 나는 다시 혼자서 여기저기를 미로같이 돌아 사장실에 들어갈 수 있었다.

내부는 꽤 잘 꾸며놓았다. 넓고 깨끗했다. 여느 드라마에서 회장실이라고 꾸며놓는 세트보다 몇 배는 더 나아 보였다. 바닥에는 대리석이 깔려 있었고 매끄럽게 코팅된 바닥에 내 모습이 거울처럼 비쳤다.

사장실에 비치되어 있는 가구나 책상은 한눈에 봐도 비싼 외제품이란 걸 짐작할 수 있었다.

"앉거라."

사장이라는 이 사람.

나이는 30대 중반으로 보였다. 잘 다져진 체구였지만 호리호리하다고 보는 편이 옳았다. 넥타이를 매지 않은 정장 차림이었으며 인상은 그리 무섭지 않았다.

"인범이한테 얘기 들었다. 장학금 문제로 날 보려 한다고?"

"예."

"넌 내가 누군지 아느냐?"

"조폭이라면서요?"

나의 대답은 거침이 없었다. 사장은 잠시 별놈 다 보겠다는 듯 나를 보더니 이내 폭소를 터뜨렸다.

"하하하하. 배짱 하나는 타고난 놈이군. 나한테 전혀 기죽지도 않고 남자다워. 요즘은 사내놈들이 다들 계집애들 같아서 맘에 안 들었는데 넌 제법이야."

"장학금 문제로 왔습니다."

쓸데없는 얘기 듣기 싫어 나는 화제를 돌렸다. 그러나 사장은 진지했다.

"흠, 네가 내게서 장학금을 받는다는 건 졸업 후의 진로가 정해지는 것이다. 나는 강요는 하지 않아. 이런 삶, 남자로서 매력이 있지만 싫다면 끌고 갈 생각은 없다. 대신 일단 함께 간다면 죽을 때까지 함께 가야 한다. 넌 어떠냐? 나와 함께 같은 길을 가볼래?"

"……."

대답이 나오지 않았다. 조직폭력배……? 그곳으로 들어오라는 소리인가? 사장은 말을 이었다.

"원한다면 대학도 보내주지. 넌 그릇이 다른 것 같으니 내가 한번 키워보겠다. 전과 기록 없게 하고 군대는 공익이나 대체

복무로 빼주마. 이런 제의는 아무나 받는 게 아니다."

나는 고민했다. 또 나에게 다가온 달콤한 유혹이다. 문득 오전에 강덕중 선생과 상담한 게 떠올랐다.

'이건 한때의 시기란다. 그 시기만 지나면 아무것도 아닌 그런 거야.'

그것은 강덕중에 대한 알 수 없는 반감을 치솟게 했다.

"졸업 후 이리로 오겠습니다."

"하하하. 시원시원해서 마음에 든다. 한 달에 얼마씩 너에게 주마. 천만 원 정도면 될까? 돈이 적으면 말해. 올려줄 테니."

천만 원?

그것이 정확한 액수를 말한 건 아니었지만 이건 전혀 뜻밖의 일이었다. 사장은 즐거운 상상을 하듯 미소를 짓고 말했다.

"네가 돈을 어떻게 쓰는지 지켜보겠다. 진짜 물건이라면 돈 쓸 줄도 알겠지."

그렇게 말하는 사장의 눈동자에서 빛이 솟고 있었다.

"그리고. 이거 받아라."

그리고 사장은 내게 휴대폰 박스를 꺼내주었다.

"최신형이야. 어디 가서 기계로 꿀리지는 않을 거다, 하하."

그것은 나온 지 며칠 되지 않은 최신 스마트폰이었다. 사장은 말을 이었다.

"번호는 전원 스위치 누르면 나올 거다. 앞으로는 나의 통제를 받아야 한다."

이런. 벌써 간섭인가……?

"널 지켜보겠다. 내가 직접 통제한다는 건 그만큼 널 높이 사고 있다는 뜻이다. 넌 잘 모르겠지만 이번 대우는 파격이다."

파격……? 모를 소리였다.

그렇게 사장과의 만남은 끝이 났다. 나는 사장실을 나오면서 명패에 패인 이름을 보았다.

'대표 윤재식'

윤재식…….

내 운명을 바꾸어버릴지도 모를 이름이었다.

3.

한 주가 지났다.

배성여고에선 유림정보고 여학생들을 어떻게 했는지는 모르겠지만 확실히 깨뜨렸다는 정보가 들어왔다. 그리고 곳곳에서 연합 제의가 들어왔으며, 나는 인근 지역에서 확실한 절대 강자로 부상하였다. 이제 2, 3학년들도 어느새 나의 밑에 있음을 느낄 수 있었다.

그리고…….

"안녕하세요? 한진대 영문과 4학년 윤정임입니다. 여러분들 만나서 반갑고 앞으로 4주 동안 열심히 하겠습니다."

윤정임.

그녀가 교생으로 우리 반에 배정받은 것이다. 정임은 인사가 쑥스러운 듯 연신 싱글벙글이었다. 힘차게 인사를 하고 나더니 나와 시선이 마주쳤다. 나를 곧바로 알아본 것 같았다. 정임은 나와 눈이 마주치자 곧 눈웃음을 짓더니 반가운 듯 손을 흔들었다. 반 아이들의 시선이 잠시 나를 향해 쏠렸다 흩어졌다.

물론 정임의 기억 속에 부산에서 올라온 친구들과 있었던 일은 없을 것이다. 그땐 고개조차 들지 못했으니까. 언젠가 내가 부상을 입고 정임의 자취방에 누웠던 것을 떠올린 것 같았다. 나는 굳이 반가운 표정을 짓고 싶지 않았다. 정말 별로 반갑지 않았고 굳이 알은체하고 싶지도 않았다. 나는 무뚝뚝하게 정임을 노려보듯이 바라보았다. 하지만, 눈치가 없는 건지 정임은 여전히 날 보고 웃고 있었다.

정임은 부지런했다.

교생이 되면 뭐하는지 모르겠지만 다들 바쁜 척을 했었는데 정임은 쉬는 시간이면 꼬박꼬박 교실로 와서는 잠깐이라도 얼굴을 비추고 가는 게 버릇인 듯했다.

"안녕? 오랜만이네."

'나한테 존칭 써주면서 대접하더니. 교생 주제에 선생이라 이거지?'

정임은 반가운 표정을 짓고 다가왔지만 나는 대답하지 않았다. 대답할 필요를 느끼지 못하고 있었다. 정임은 내 명찰을 들여다보며 말했다.

"이름이 이정우? 다친 덴 좀 나아졌어?"

"예."

건성이었다.

"너, 너무 무게 잡는 거 아니니? 요즘 여자들 그런 남자 안 좋아해."

정임은 깔깔 웃으면서 손으로 내 어깨를 쳤다.

'이건 뭐야? 재수 없게 친한 척이야?'

나는 어이가 없었다. 지독하게 눈치 없는 여자였다. 정임은 아직도 뭔가를 느끼지 못했는지 생글거리며 말을 이었다.

"넌 우리 집 알 테니까 반 애들 데리고 시간 나면 놀러 오고 그래. 난 정말이지 학생들하고 친구 같은 그런 선생님이 되고 싶거든."

교생인 주제에 벌써부터 별 꿈을 다 꾸고 있다. 아니 애초에 난 그딴 소리에 관심이 없었다. 공연히 친한 척하면서 알랑대는 모양이 귀찮을 지경이었다.

"괜찮지? 집도 가까우니까 부담 없겠지? 선생님은……."

"선생입니까?"

나는 마침내 정임의 말을 잘랐다.

"교생이지."

"으……응? 그, 그래."

툭 내뱉는 내 말투에 정임은 조금 당황하고 있었다. 적대감 까지 보이는 나에게서 당황하지 않는다는 것이 더 이상한 일일 지도 몰랐다.

하지만 정임은 이내 활짝 웃었다.

"그렇네. 고맙다, 야. 나 정말 선생님인 줄 착각하고 있었나 봐, 후후. 정우 아니었으면 4주 뒤에 월급 달라고 학교 측에 떼 쓸 뻔했다. 큰일 날 뻔했네."

'젠장. 지금 그걸 웃긴다고 하는 소리야? 너 지금 웃으라고 농담하는 거지?'

"어머. 시간이 벌써. 이제 가야겠네. 다음에 봐."

교실 벽시계를 보더니 정임은 내게 살래살래 손을 흔들어대며 교실을 빠져나갔다.

그런 식으로 정임은 틈틈이 교실을 들락거리며 반 아이들과 이야기를 했고 나름대로 부지런히 학생들 이름을 외우려 들었다. 그런 정임을 두고 반 아이들 사이에서는 좋은 평판이 돌고 있었지만 내 눈에는 그저 쓸데없는 짓으로밖에 보이지 않았다. 그리고 무엇보다 나에겐 확장된 내 세력을 관리하는 게 더 급했다. 비록, 인근 일대에 소문이 난 덕분에 지금은 소강상태로 접어들었지만 언제 어느 때 무슨 일이 일어날지는 모르는 일이었다. 또 나 같은 새로운 인재를 발굴하는 것이나 장애물을 제거해야 하는 것도 내가 해야 할 일이었다.

전학 온 지 3주 만에 무섭게 커버린 나로서는 이제 내부를 관리하며 결속력을 다져야 할 시기인 것을 잘 알고 있었다. 더 이상의 세력 확대는 자칫 허울 좋은 껍데기가 될 우려가 있기 때문이었다. 주먹으로 치고받는 것과는 성질이 달랐다. 이젠 머리를 써야 할 때이고 그래서 더욱 난 신경이 날카로웠다. 이런 때에 정임 같은 존재는 정말 귀찮은 것이었다.

"정우야, 네 폰 소리 아냐?"

정현이 내 어깨를 흔들었다.

"응?"

나는 가방 안에서 휴대폰을 꺼냈다. 아직 난 휴대폰이 울리는 걸 금방 알아차릴 정도로 이 낯선 기계에 익숙하지 않았다.

"네."

"정우냐? 나 진우다."

"왜?"

"수업 언제 마쳐?"

"내 맘이야."

"하하. 5시까지 학교 앞으로 가겠다."

"왜?"

"어떻게 일하는지 구경시키라는데?"

"일?"

"만나보면 알아. 넌 구경만 하면 돼. 까치하고 개구리란 놈들 둘이서 다 할 거야."

"넌?"

"난 연수생이잖아. 나도 구경만 할 거야. 그럼 이따 봐."

진우는 전화를 끊었다. 나는 정현에게 적당히 얘기해두고 5시쯤에 학교를 나왔다.

빵빵!

어디선가 경적이 울렸다.

"여기다."

진우가 검은 세단의 운전석에 앉아 있었다. 내가 조수석에 앉자 진우는 곧 어딘가를 향해 차를 몰았다.

"수업 다 끝났어?"

"정규 수업은."

"그래? 지금은 뭐야? 자습? 보충수업?"

"자습."

"요즘도 그래? 요즘 애들 학교에서 빨리 나오던데?"

"우리 학교는 아니야. 근데 일이라니?"

"사채업자 한 명을 손볼 모양인데 어떤 식으로 하는지 보라는군. 넌 처음이지? 난 몇 번 봤는데 손가락 마디마디를 잘라내면서 협박하던 게 기억에 남아. 헛소리를 할 때마다 한 마디씩 톱으로 썰더라고. 결국엔 손가락 두 개가 날아가니까 술술 불더군."

진우는 운전을 하면서 무용담을 늘어놓고 있었다.

"또 한 번은 남편 보는 데서 마누라 유두를 잘라내는 거야. 한 번 그런 일을 당하고 나면 말 잘 듣거든."

무슨 소리를 하는지 알 수 없었다. 진우는 무슨 자랑처럼 이야기를 늘어놓았지만 내겐 죄다 생소한 이야기들이었다. 내가 모르는 이야기라고 생각되니 재미가 없어졌다. 나는 화제를 돌렸다.

"너 면허증 언제 땄냐?"

"응? 면허? 따긴, 이제 따야지."

"무면허야? 그런데 운전해도 돼?"

"큭큭큭. 조만간 시험 볼 거야. 너도 운전 배울래? 미리 배워 두면 좀 나을걸?"

"됐다."

"큭큭. 하긴 넌 나이가 안 되니까. 참, 인범이 내일부터 학교 나갈 거야."

"그래?"

"응, 아직 완전치는 않지만 어찌 됐건 인범이 학교에 나가면 네가 편해지겠지. 경영에 노하우가 있는 녀석이니까."

경영이라? 그럴듯한 표현이었다.

"인범이 주먹은 시원찮지만 제법 약삭빠르게 경영은 잘하지. 당분간 인범이하고 의논하면서 꾸려봐. 그리고 넌 당분간 네 식구들 챙기기보단 일 배우느라 바쁠 거다."

"무슨 소리야?"

"사장이 널 아주 좋아해. 최단기 코스로 키울 거야, 혜택이지. 약간의 성의만 보이면 곧바로 인범이한테 학교는 넘겨버려라."

아직은 감이 쉽게 잡히지 않았다. 그러나 무언가 엄청난 운명이 날 기다리고 있는 것은 분명했다. 진우가 다시 입을 열었다.

"너 아직 여자는 없지?"

"관심 없다."

"카하. 말하는 걸 보니 아직 총각이군. 딱지 떼고 나면 달라질걸? 세상에서 제일 재밌는 게 육떡질이야."

"여자엔 관심 없어."

사실이었다. 나는 지금껏 여자에 큰 흥미를 갖고 있지 않았다.

"큭큭큭. 어린놈. 누가 사귀래? 심심할 때 만날 여자는 있어야지."

"입 닫아."

"큭큭. 분위기 잡긴. 네 식구들은 좋아할 거야, 그렇지?"

나는 대답하지 않았다. 몰랐는데 꽤 성가시게 말 많은 놈이었다.

"애들 이끌고 가려면 너도 별다를 바 없다는 연대감을 심어주는 것도 한 방법이야. 가끔 애들 끌고 사창가에 가서 몸 푸는 것도 나쁘지 않아. 아! 요즘은 단속이 좀 심한가? 오피스텔 연락처 줄까? 한번 가볼래?"

"언제 도착하냐?"

"큭큭. 어린놈이라 놀려 먹는 재미가 있다니까? 하지만 기억해. 네가 관심이 없더라도 아이들에게 줄 줄은 알아야 돼."

"뭐?"

"흥미가 생기냐? 언제 어느 때 죽을지 모르는 애들이지. 넌 밟는 과정이 다르니까 쉽게 죽지 않겠지만 네가 이끌 애들은 경우가 달라. 담배 한 개비나 술 한 잔 그리고 여자를 부둥켜안는 게 그네들의 유일한 낙이랄까……? 어차피 걔네들 인생은 그런 거야. 일 끝내고 난 뒤에 여자를 던져주는 건 일종의 선물이지."

나는 침묵했다. 그러자 진우는 더 떠벌리고 있었다.

"요즘은 여권신장이 어쩌고저쩌고하던데 여자들이 날 보면 죽이려 할지도 모르겠군, 큭큭. 하지만 어차피 우린 아웃사이더야. 이 세상의 아웃사이더더야. 우리가 뭐 여대생을 가지고 놀겠냐? 몸 파는 걸 직업으로 삼는 년들이지. 하긴 요즘은 여대생들도 몸 팔러 다닌다고 하더라만."

"다 끝났나?"

"큭큭, 애송이. 귀엽다니까? 다 왔다."

차는 주택가로 미끄러져 들어갔다. 앞에서 두 명이 신호를 보내고 있었다. 진우는 그 두 명을 태우고 같은 길을 몇 바퀴나 돌았다.

"길 잘 알아놔. 만일의 사태에 대비해야지."

"알았다."

"언제 치는 건데?"

"새벽 2시가 가장 적당해. 며칠간 봐왔는데 그 시간대가 제일 한적해."

곧이어 까치라는 사람이 설명하기 시작했다. 나보다 예닐곱 살은 많아 보였지만 피차 존칭 쓸 필요를 느끼진 못하고 있었다.

"며칠 동안 보안 시스템을 건드려서 지금은 보안 시스템이 작동하지 않는 상태야. 그냥 침투해서 처리하고 나오면 만사 오케이지."

"오래 걸리나?"

"아니, 금방 끝날 거다. 네가 이정우? 장래 우리를 이끌 재목이라더니? 후후."

뭐야? 이런 분위기, 어색하다. 어쨌거나 까치는 설명을 계속

했다.

"이번 일은 간단하다. 집은 꽤 크지만 집 안에는 혼자뿐이야. 명동 아이들 자금줄 끊으려고 하는 일이다. 이번에 놈이 명동 쪽에 자금을 대는 액수가 커. 명동 쪽에서 그 돈으로 무기를 구한다는 거야. 미리 끊어놓는 거지."

명동 쪽……?

다른 조직인 것 같았다. 까치가 어깨를 폈다.

"너희들은 구경만 해. 궂은일은 우리 몫이니까."

차는 다시 같은 길을 몇 번 돌았고 새벽 2시를 기약하며 다른 곳으로 향했다.

"수금하러 간다. 이번 수금은 전부 우리 수당이야. 일 끝나고 나면 같이 놀아보자."

개구리가 나에게 말했다. 확실히 이들의 행동거지나 말투는 뭔가 다른 느낌이었다.

그때 전화가 왔다.

"네."

"어디냐?"

"정현이? 좀 바빠. 왜?"

"아니, 교생 말이야."

"교생이 왜?"

"널 찾더라고."

"그래서?"

"적당히 둘러대긴 했지. 그런데 매일같이 아무 시간에나 학

교를 빠져나가긴 앞으로는 어려울 것 같아. 교생이 애들한테
관심이 너무 많고 우리 결과 처리된 거 강덕중 선생님 덕에 징
계 먹진 않았지만 학교 경비가 강화될 거래."

"알았다."

"그래, 그럼. 참, 너 교생하고 아는 사이냐? 친한 것 같던데?"

"끊어."

"어……? 어, 야!"

나는 멀어지는 정현의 목소리를 들으며 전화를 끊었다.

"교생이라니?"

진우가 내게 물었다.

"아니다."

"연상이 취미야? 하하."

시끄러운 녀석이었다. 나는 상대하지 않았다. 우리는 여기저
기를 드나들며 수금을 했고 얼마인지는 모르겠지만 하룻밤 새
벌어들인 돈치고는 꽤 되는 듯했다.

"이 정도면 확실히 놀 수 있겠어."

까치가 만 원짜리 돈 뭉텅이를 손바닥에 탁탁 쳤다.

그리고…….

2시가 되었다.

조직폭력배

1.

　진우가 모는 그랜저는 잘 꾸며진 양옥집 앞에 멈춰 섰다. 까치와 개구리가 문 앞에서 딸깍거리더니 신기하게도 문이 곧 열렸다.

　"들어와."

　우리는 빠르게 대문 안으로 들어섰다. 정원이 눈앞에 펼쳐졌다.

　"잘해놓고 산다니까. 전부 세금하고 상관없이 번 돈이지."

　까치가 중얼거리며 현관문으로 향했다. 그때였다.

　"개새끼들 거기 스톱!"

　어딘가에서 우렁찬 소리가 들리며 정원 곳곳에서 십수 명의 검은 양복들이 모습을 드러냈다.

여유롭던 까치와 개구리의 안색이 바뀌었다. 검은 양복들 뒤편에서 빡빡머리의 중년 남자가 입에 담배를 물고 앞으로 걸어 나오고 있었다. 하얀 상의에 검은 신사 바지를 입고 있어 검은 양복들 사이에서 눈에 띄는 인물이었다.

그가 바로 심 사장이었다. 심 사장은 입꼬리를 실룩거리며 입을 열었다.

"너희들 언제 들어오나 다 보고 있었어. 보안 시스템 망가뜨린 줄 알고 좋아했지?"

까치와 개구리는 나와 진우 앞에서 우리를 보호하며 뒷걸음질 치고 있었다. 하지만 이내 대문 쪽에서 검은 양복들이 우르르 들어와 퇴로를 막았다. 까치가 자기도 모르게 중얼거렸다.

"틀렸어. 당했다."

진우가 이죽거렸다.

"안 싸웁니까?"

"싸워야지. 하지만 수가 너무 많아. 미안하다. 너희들까지 죽게 생겼네?"

"큭큭, 죽기는 누가?"

진우는 팔을 몇 번 휘두르더니 소매 끝에서 20센티미터가량의 짧은 사시미 칼을 스르르 빼내 들었다. 심 사장이 그런 진우를 보고 피식 코웃음을 터뜨렸다. 그것은 조소였다. 심 사장은 뻑뻑 빨아들이던 담배를 툭 손가락으로 튕겨냈다.

"죽여."

"으아아앗!"

검은 양복들이 우르르 우리를 향해 달려 들어왔다.

그 순간, 진우가 몸을 날렸다.

스걱!

진우가 한 번 검은 하늘을 그어버리자 뜨거운 물이 튀었다. 그것은 가장 먼저 달려들었던 검은 양복의 갈라진 목에서 터진 피였다.

"켁!"

검은 양복의 숨넘어가는 소리와 진우의 괴성이 함께 터졌다.

"끼야아아앗!"

쉭! 쉭!

진우는 거침없이 검은 양복들을 향해 몸을 날렸다.

콱! 콰콰콱!

그리고 진우가 스치고 지나간 자리엔 피가 튀었고 사람들이 쓰러지고 있었다. 동시에 길게 이어지지 못하는 단말마가 이어졌다.

"크악!"

"켁!"

"끄윽."

진우의 모습에 심 사장이 당황하고 있었다. 동시에 까치와 개구리 역시 칼을 꺼내 들고 함께 달려들었다.

"쓸어버리자!"

"이야앗!"

그러기를 얼마나 지났을까?

정원에는 진우의 칼에 찔린 조폭들이 누워 끙끙거리고 있었고 진우는 어느새 심 사장의 뒤에 서서 심 사장의 목에 칼을 겨누고 있었다. 당황한 얼굴의 심 사장은 어쩔 줄 모르는 듯했다. 까치가 만족한 듯 고개를 끄덕였다.

"잘했다. 뒤는 우리한테 맡겨라."

까치는 성큼성큼 심 사장 앞에 다가섰다. 진우가 심 사장의 오금을 발로 찼고 그 바람에 심 사장은 자기도 모르게 무릎을 꿇었다.

까치가 위협적으로 말했다.

"이봐, 심 사장. 당신 제법 간이 커. 우리 사장님하고 거래하다가 돈 만져놓고 이제 와서 저쪽에 붙어?"

"이…… 이거 왜 이러시나. 명동 쪽에서 가족을 걸고 협박을 해서. 나하고 윤 사장 관계야 세상이 다 아는데."

심 사장이라는 이 사람, 거의 울상이었다.

"명동 애들이 그렇게 무서워? 이야! 우린 만만하고? 그래서 가족 빼돌리고 혼자 여기 숨어 있으면 우리가 못 찾아낼 줄 알았어?"

까치의 눈빛이 예사롭지 않았다. 손끝에서 휙휙 돌아가는 칼도 여간 위협적이지 않았다. 심 사장은 공포로 부들부들 몸을 떨고 있었다.

"이것 보게. 내, 내 말을 들어봐."

"안됐지만 우린 들어봤자야. 그건 그렇고 명동 쪽에 경고하는 의미로다가 당신 몸 좀 찢어놔야겠는데. 그렇게 알라구."

"뭐, 뭐라고……? 컥!"

까치는 재빠르게 칼을 뽑아 들더니 심 사장의 목을 찔렀다. 뭐라고 말할 틈도 주지 않았다. 그 순간 놀란 건 나였다. 정말로 목에다 칼을 찔러 넣은 것이다. 까치가 날 보고 말했다. 흠칫하는 나를 보며 킬킬거리고 있었다.

"잘 봐. 그냥 찔렀다 빼면 안 돼. 이렇게 확실히 동맥을 끊어줘야 돼."

짤깍!

아직도 숨이 붙어 헐떡이는 심 사장의 목에 꽂힌 단검이 뒤틀렸다. 그 순간 심 사장의 목에선 핏물이 솟구쳤고 동시에 끅 하는 소리가 났다. 숨이 끊어지는 모양이었다. 가슴이 쿵쾅쿵쾅 뛰었다.

"이런 데 처음이니까 일일이 설명해주는 거야."

까치와 개구리는 날 보며 낄낄거렸다. 하지만 나는 어쩐지 속이 메스꺼워졌다. 분명히 지금 내 눈앞에서 멀쩡한 사람 하나가 죽은 것이다. 이 현장에 내가 존재한다는 것만으로도 그것은 죄악이었다. 머리가 아파왔다.

기분이 이상했다. 이건 뭔가 아닌 것 같았다. 내가 살인을 목격하다니. 이것이 정말 내가 본 일이라니……?

"어때? 기분 묘하지? 처음엔 다 그래."

진우가 씩 웃으며 내 어깨를 쳤다. 개구리가 날 힐끔 돌아보았다.

"표정이 왜 그래? 쿠쿡."

까치도 날 보더니 픽 웃었다.

"킥킥. 쫄았냐? 하지만 알아둬. 모든 건 사장님이 결정할 문제고 우린 시키는 대로 할 뿐이야. 지금 하는 걸 보고 앞으로 네가 위치에 오르면 신중하게 결정해서 지시를 내리길 바란다."

젠장! 이런 건가……?

나는 결국 눈도 깜짝하지 않고 그들의 행동을 모두 지켜보았다. 하지만 마음속에서 치솟는 떨림은 나도 어쩔 수 없었다.

"큭큭큭. 어때? 레벨이 다르지? 학교에서 애들끼리 우우 몰려다니는 거랑 비교가 안 되지? 하지만 걱정하진 마라. 네 손에 이렇게 피 묻힐 일은 없을 거야. 키우는 놈한테는 깨끗한 기록을 남겨주려고 하지. 혹시 네가 범죄를 저지르더라도 다른 녀석이 네 전과를 대신 짊어질 거야."

진우가 내 어깨를 쳤다.

"영화 보면 사장 목숨 한번 구해서 벼락출세하는 경우 있지? 하지만 실제로는 그런 일 거의 없어. 오히려 그렇게 출세에 눈이 먼 놈들은 소모품이야. 단계가 있고 레벨이 있지. 넌 밟는 과정 자체가 다를 거야."

나는 머릿속이 어지러웠다. 사실 오늘 일은 내게는 충격이었다. 아무렇지도 않게 일을 처리하는 이 녀석들이 더 이상했다.

빌어먹을…….

어떻게 이놈들은 웃으면서 얘기할 수 있는 거지?

우리는 밖으로 나왔다.

"자, 뒤처리하라고 연락하고 우린 놀러 갈까?"

까치가 차에 오르며 유쾌한 듯 얘기했다. 좀 전에 한 사람의 숨통을 끊어놓은 놈이라고는 도저히 생각하기 힘들었다.

진우가 운전대를 잡고 뒤를 돌아보았다.

"어디에 내려줄까?"

"응? 같이 안 가고?"

진우의 말에 까치가 놀라 돌아보았다.

"하하. 난 정우랑 볼일이 있어."

"그래? 그럼 여기서 내려줘. 우리끼리 가게."

"그럴래?"

까치와 개구리가 차에서 내려 어딘가로 사라졌다. 의아했다.

"왜 보내는 거지?"

"큭큭. 생각해봐. 놀 때는 확실히 놀아야지. 넌 밟는 코스가 다르다고 했지? 넌 앞으로 저놈들을 이끌어야 돼. 장래의 보스란 말야. 맘대로 놀지 못해. 널 신경 쓰지 않을 수 없다고."

"음."

"밑에 애들에 대해 알아야 할 부분이 있고 알지 말아야 할 부분이 있어. 일 끝나고 무슨 지랄을 하든 그건 애들 맘이야. 그냥 맘대로 놀게 내버려둬야 해. 그런 데까지 신경 쓰면 안 된다고."

"알았다. 그런데."

"응?"

"사장이 직접 통제한다더니 왜 널 보낸 거지?"

"모르겠어?"

"응."

"난 연수생이잖아. 앞으로 10년쯤 후에 너와 난 실세가 된다고. 미리 잘 지내라는 배려야. 혹시 알아? 네가 검찰한테 쫓겨서 부산으로 도피라도 할지. 반대의 경우도 있고. 그럴 때 몸을 의탁할 상대잖아. 또 널 통해 내가 어떤 인물인지 알고 싶기도 할 테고."

"날 통해서 뭐?"

"큭큭큭. 사장은 널 통해 날 볼 거다. 어떤 타입인지 너에게 물어볼 거야. 그리고 자기가 본 것과 비교할 거야. 미래에 내가 적이 될지 지금처럼 동료가 될지 확인해보지 않겠어? 머리가 있는 사람이지. 보통내기가 아니야."

"그렇군."

나는 깍지를 끼며 이마를 툭툭 쳤다. 단순히 학교에서 깨고 부술 때에 비하면 확실히 너무 많이 달랐다. 솔직히 두렵기까지 했다.

내가 지금 제자리에 서 있는 걸까……?

진우는 그런 내 속을 아는지 모르는지 주절주절 말을 늘어놓았다. 한껏 신이 난 모양이었다.

"기억해둬. 네가 속해 있는 곳은 기업이야. 그것도 대기업이지. 넌 그중 유망한 계열사에 들어간 거야. 미래가 열린 만큼 책임도 크다고."

미래가 열렸다고……? 그 말은 무슨 마술 같았다. 나도 모르게 진우의 말에 빠져들고 있었다. 진우는 말을 이었다.

"생각해봐라. 너 고등학교 졸업하면 뭐할래? 대학 갈 만큼 공부를 잘하는 것도 아니고 그냥 백수? 그러다가 군대 가겠지. 2년이 지나 사회에 다시 나오면 학교 다닐 때처럼 마음대로 세상을 휘저을 수 없다는 걸 알게 되지."

맞는 말인 것 같았다. 젠장.

"그럼 먹고는 살아야 되니까 더 이상 놀 수는 없고 학원이나 기웃거리면서 자격증을 따고 운이 좋으면 시시한 중소기업에 취직하겠지. 그런데 여자들은 미래가 없는 널 안 좋아해. 그러다가 지나다니는 눈에 들어오는 여자한테 대시하다가 뼁! 차이고 나중엔 동남아로 가야지. 비행기 타고 슝!"

"훗."

"큭큭큭. 웃을 일이 아니야. 그렇게 결혼해서는 애들 낳고 애들 뒷바라지한다고 남은 인생 다 보내면서 그렇게 늙어간다고. 그러다가 말이야, 문득 길에서 고등학교 동창을 만난 거야."

나는 녀석의 얘기에 흥미를 느끼기 시작했다. 마치 내 미래를 보면서 얘기하는 것 같은 녀석의 주절거림이었다.

"그런데 그 동창은 학교 다닐 때는 만날 맞고 사는 녀석이었는데 해외 유학도 갔다 오고 해서 사회적으로 끝장나는 위치에 있는 거야. 그 녀석이 학교 다닐 때 같으면 감히 너한테 말도 못 붙였는데 허름한 잠바 입고 손에 기름 묻히고 있는 널 보고 약 올리는 거야. '너 고등학교 때 그렇게 잘나가던 이정우 아니니? 여기서 이런 일 해?' 어때? 그렇게 살고 싶어?"

"글쎄."

"돈 못 벌어 온다고 매일같이 바가지 긁히고 자식새끼 용돈 대주느라 허리 휘고 너한테 끽소리도 못 하던 놈들이 무슨 차를 뽑을까 고민하고 있는데 넌 대중교통비 올라가면 서민 죽이는 정책이라고 데모나 하고 동네 아저씨들하고 소주 마시면서 괜히 정권 탓이나 하고. 다 그렇게 되지."

"젠장."

나도 모르게 튀어나온 소리였다.

"크큭. 하지만 걱정할 거 없어. 이제 네 미래는 환하니까."

진우는 키득거렸다. 그리고 보니 햇빛이 보이며 서서히 어둠이 걷히고 있었다.

"거짓말 아냐. 네가 하기에 따라선 검사가 널 집어넣고 싶어도 집어넣을 수 없는 거물이 될 거다. 집에다 별장에 골프장 회원권에 1억 2천만 원짜리 모피 코트를 마음에 드는 여자한테 선물할 수도 있어. 네가 밟는 길엔 붉은 카펫이 깔릴지도 모르지."

할 말이 없었다. 터무니없는 것 같기도 했지만 마음은 끌리는 소리였다. 진우는 말을 이었다.

"백화점 수입품 코너 우수 고객에 네 이름이 낄지도 몰라. 사장도 시내 세 개 백화점에 골드 회원이야. 사장실에 들어가서 봤지? 외제 가구들하며 사장이 입고 있는 양복, 이탈리아산인데 9백만 원짜리야. 어때? 재미있는 세상이지? 킥킥."

정말일까……? 나는 마치 마술에 걸린 것 같았다. 이 녀석의 이야기, 모두 환상같이 들렸다.

나는 진우와 인근 포장마차에서 우동을 먹었다. 그러면서 아침을 맞았고 진우는 나를 학교 앞으로 태워다 주었다.

6시가 조금 늦은 시간.

몇몇 부지런한 아이들이 등교하고 있을 뿐 학교는 조용했다. 진우가 능글거리며 말했다.

"안 피곤하냐? 밤샘했는데 그냥 여관 하나 잡지그래?"

"됐다."

나는 뒤돌아보지도 않고 교문 안으로 들어섰다. 우선 매점에 가서 캔 음료를 뽑아 마셨다. 우리 학교 매점 아저씨는 게을러서 그런지 7시가 훨씬 넘어야 문을 열었다. 그리고 곧 우리 반으로 향했다. 주번이 와서 교실 문을 열어놨으면 다행이고 아니면 교무실까지 가서 열쇠를 가져와야 했다.

"음?"

교실 안에서 인기척이 났다.

"주번인가?"

나는 중얼거리며 문을 열었다. 6시를 조금 넘긴 이 시간에 한 번도 학교에 와본 적이 없는 나에게는 이 시간에 사람이 있다는 사실이 신기했다.

"어? 이정우!"

이런……. 윤정임이었다.

윤정임은 아이들 책상을 돌아다니며 메모지 같은 걸 남기고 있었다.

"너 어제 어디 갔었니?"

날 보는 정임의 눈이 동그래졌다. 나는 대답하지 않고 내 사물함을 열었다. 정현이가 내 물건들을 알아서 챙겨놨는지 정리가 잘 되어 있었다.

"야야, 사물함 좀 깨끗이 써. 그거 챙기느라고 얼마나 애먹었는지 알아?"

응? 정임이 손댄 건가?

"근데 일찍 온다? 이야……. 다시 봐야겠네?"

정임이 어울리지 않게 너스레를 떨었다. 나는 정임을 무시하고 그대로 지나쳤다. 간밤의 일로 마음이 붕 떠 있었다. 만사가 귀찮았다. 정임은 생글거리며 내 옆에 앉았다. 화장품 냄새가 확 하고 코끝을 찔렀다.

"너어…… 나하고 말하기 싫어?"

"예."

나의 대답은 망설임이 없었다. 정임의 얼굴에서 미소가 사라졌다.

"그……러니? 왜 그럴까? 내가 뭐 잘못한 거 있니?"

"아니요."

"그런데 왜?"

"그냥 싫습니다. 알은체 말아주십시오."

그리고 나는 입을 다물었다. 정임이 쪽으로는 고개조차 돌리지 않았다. 정임은 가만히 있었다. 어색한 시간이었다. 이윽고 결심한 듯 정임이 입을 열었다.

"난 그래도 너하고 알은체해야겠는데? 그리고 너 야간 자습은 신청 안 했다고 하던데? 그래도 수업 끝나고 자습하는 것까지 빼먹으면 어떡해? 담임선생님한테 물어보니까 전학온 지 3주밖에 안 됐다면서? 근데도 벌써 널 포기하는 눈치야."

정임은 속사포처럼 말을 쏟아냈다. 말투는 타이르는 듯 다정했지만 조금 전처럼 생글거리지는 않았다. 사뭇 진지한 느낌마저 들었다.

"고등학교는 인생에 있어서 중요한 시기야. 졸업하고 후회할 짓을 하는 건 현명하지 못해. 네 미래를 생각해서라도⋯⋯."

"이런 씨팔! 시끄러워 죽겠네!"

나는 빽 고함을 지르며 자리에서 홱 일어났다. 정임도 놀라며 엉겁결에 같이 일어섰다.

"미래가 어쩌고 어째? 어차피 난 대학하곤 상관없는 놈이니까 참견 말란 말이야. 친한 척하면서 알랑거리지도 마!"

나는 정임의 코끝에 내 코끝이 부딪힐 정도로 가까운 거리에서 고래고래 소리를 질렀다. 정임의 눈동자는 한없이 커지며 몸은 당황인지 노여움인지 모를 감정에 휩싸인 채 부들부들 떨고 있었다.

"저⋯⋯ 정우야."

"입 닥치고 여기서 나가시지, 교생 선생님."

그것은 비아냥거림이었다. 정임의 눈에 눈물이 고이기 시작했다.

"젠장. 나가기 싫어? 그럼 내가 나가지, 아침부터 재수 없게."

나는 주절거리며 교실을 나가려고 성큼성큼 발걸음을 옮겼다.

"야! 이정우!"

앙칼진 소리였다. 정임의 찢어지는 외침이 내 등을 찔렀다. 나는 쓱 뒤를 돌아보았다. 정임은 바들바들 떨고 있었다.

"내가…… 내가 널 포기할 줄 알아? 너…… 넌."

정임의 목소리는 심하게 떨렸다. 그러더니 정임은 무너지듯 주저앉아 끝내 울음을 터뜨렸다.

"으아아앙!"

2.

질질 짜기는. 젠장!

날 포기하지 않으면……? 어쩌겠단 거야? 두드려 패기라도 할 건가?

물론 정임의 의도는 그게 아니었지만 나는 비뚤어진 눈으로 정임을 보고 있었다. 억울함과 서러움이 겹친 정임의 눈물은 제법 처량했다.

끼익!

교실 문이 조심스럽게 열렸다. 부지런한 한 녀석이 등교하는 중이었다. 녀석은 멀뚱거리며 교실 안을 바라보고 있었다. 누가 봐도 예사롭지 않은 상황이었다. 정임은 다른 학생이 들어오자 수치심을 느꼈는지 눈물을 훔치며 빠르게 교실을 나섰다. 녀석은 물끄러미 날 보고 있었다. 아마 무슨 일인지 묻고 싶은

데 상대가 나라 묻지 못하는 듯했다.

"별일 아니다."

나는 자리에 앉았다.

"어? 이게 뭐지?"

내 소리에 고개를 돌리던 녀석이 책상 안에서 뭘 발견한 모양이었다. 메모지였다. 내 책상 안에도 정임이 남긴 메모지가 있었다.

'정우에게.

학교를 다니다 보면 힘들기도 하겠지만 친구들과 친하게 지내면서 다니다 보면 재미도 있을 거라고 생각해. 그나저나 날씨 참 좋다. 그지? 애들 데리고 자취방에 놀러와. 건강하고.'

"유치하긴."

나는 메모지를 쫙쫙 찢으며 바닥에 아무렇게나 버렸다.

"야!"

"으응?"

"너한테 뭐라고 적었어? 가지고 와봐."

녀석은 싫은 듯했지만 마지못해 다가오고 있었다.

'진성에게.

언제나 공부 열심히 하고 말이 없는 멋진 남자 봐. 어제 네가 물어본 문제 말이야. 내가 잘못 가르쳐준 것 같아서. 흑흑, 미

안해. 이렇게 실력이 없다니까, 헤헤. 그거 강조 용법이야. 너도 생각해봤겠지? 그럼 공부 열심히 해.'

나하고 다른 내용이 담겨 있었다. 꼴에 성의는 보이는 듯했다.

"너 어제 뭐 물어봤어?"

"으응? 그냥 'it … that' 구문이 가주어, 진주어인지 강조 용법인지."

"뭔 소리야? 근데 잘못 가르쳐준 거야?"

"아냐, 같이 생각해보자면서 이런저런 방법을 얘기해주면서."

"그러니까 잘못 가르쳐준 거 아냐?"

"그게 아니고 일부러 내가 생각하게 하려고……."

"무슨 소리야? 똑바로 얘기해봐."

"그냥 자기도 잘 모르겠다고 'it … that'을 생략해서 말이 되면 강조된 거라고 자기는 가주어, 진주어 같다고 장난스럽게 그랬는데. 잘못 가르쳐준 게 아니라 내가 생각할 수 있도록 일부러……."

"야야. 알았어, 알았어."

도대체 말을 끊지 못하고 있었다. 나는 옆자리에서 또 메모지를 꺼내 봤다. 그렇게 몇 자리에서 꺼내 본 메모지엔 모두가 다른 말이 적혀 있었다.

"쳇."

나는 바닥에 떨어진 조각난 내 메모지를 주워들었다. 그리고 책상 위에 조각을 맞추며 다시 읽었다. 묘한 기분이 들었다. 더구나 종이에 밴 화장품 냄새가 이상하게 날 자극했다. 나는 손가락을 책상에다 딱딱 튀기며 메모를 보고 또 보았다.

윤정임. 좋은 냄새다.

지금껏 땀 냄새밖에 맡아보지 못한 내게서 정임의 화장품 냄새는 쉽사리 떠나가지 않았다.

"젠장."

머릿속이 복잡해지고 있었다. 감상에 빠지지 말자.

나는 사물함에서 충전기를 꺼내 콘센트에 꽂았다. 배터리가 다된 휴대폰을 충전하며 나는 주먹을 쥐었다.

'내가 옳다. 아무도 날 막지 못해. 난 통이니까. 언제 어디서든 내가 최고다.'

점심시간이 되자 김인범이 날 찾아왔다.

"이정우, 나 좀 보자."

나는 인범과 단둘이서 매점으로 향했다. 매점은 북새통이었고 시끄러웠다.

"여기 좀 시끄럽다."

인범이 한마디 하자 어느새 우리 패거리들 열댓 명이 고함을 쳐댔다.

"이 새끼들 조용히 안 해?"

녀석들은 우리를 중심으로 원을 그리며 뒤돌아섰다. 매점에 온 아이들이 우리 눈치를 보며 슬금슬금 밖으로 나가기 시작했다.

인범은 껌을 내밀며 말했다.

"간밤에 현장에서 작업하는 거 봤다며?"

"그래."

나는 고개를 저었다. 인범은 껌 종이를 벗겨내고 자신의 입에 말아 넣으며 말했다.

"어때? 느낌이?"

"글쎄."

"처음에는 누구나 거부감을 느껴. 나도 그랬지. 일부러 그런 현장만 처음으로 보여주는 것 같아. 곧 익숙해질 거다."

"그 말 하려고 불렀나?"

"녀석, 틱틱대긴. 그건 아니야. 넌 1학년이라서 아이들 모두 잡는 데 한계가 있어. 넌 타 학교나 외부에 상징적인 짱으로 남겨두고 우리 학교는 내가 계속 경영하는 게 어떨까 해서. 사심 없는 말이다."

"그렇게 해."

"물론 경제권은 네가 쥐고 모든 결정은 네가 할 거야. 지금 서열은 네가 1위니까. 학년에 관계없이 서열은 분명하게 하겠다."

"그렇게 하라고."

나는 자리에서 일어섰다. 더 들을 게 없었다.

"잠깐."

"왜?"

"조만간 전쟁이 있을 거야. 학교는 아니고 명동 쪽하고. 준비 해둬라. 진짜 남자들의 세계니까, 후후."

"전쟁? 어떻게 알아?"

"간밤에 심 사장 쳤잖아. 그런 건 저쪽에서 그냥 넘어가지 않아. 전쟁이 일어나기엔 적당치 않은 시기지만 형식적으로나마 전투 양상은 띌 거야. 넌 참관인으로 가게 될 거야."

"들은 소린가?"

"아니, 누구나 예측할 수 있어. 마음의 준비를 해둬라. 애들 싸움하고는 질적으로 다르니까."

나는 고개를 끄덕이고 매점을 나섰다. 참관인이라면 또 보고 배우라는 소리겠지?

"어? 정우야."

신경이 날카롭게 선 나를 누군가가 불렀다. 정임이었다. 같이 교생 실습 나온 친구와 같이 있었다. 아침에 그렇게 나한테 당하고 눈물까지 흘렸으면서 손을 흔들어대며 친한 척하고 있었다.

"매점 갔다 오니? 조폭 놀이 같은 거 하면 못쓴다?"

나는 대답하지 않고 그냥 지나치려 했다.

"넌 도시락 안 싸 와? 내가 네 것도 싸다가 올 테니까 같이 먹자, 응? 왜 대답이 없어? 어우 야아."

"후!"

갑갑한 마음에 절로 한숨이 나왔다.

"제발 친한 척 좀 하지 말지그래요?"

나는 이번에는 아주 공손하게 말했다. 한번 으름장을 놓아서 안 통하는 상대에겐 방법을 바꿔야 하는 법이다. 하지만 정임은 오히려 생글거리며 내 머리를 툭툭 치고 있었다.

"어머? 친한데 어떻게 안 친한 척하니? 괜찮아, 괜찮아. 우리 사이 다 이해할 거야."

제법 농담까지 했다. 옆에 있던 친구가 정임이를 놀렸다.

"야, 둘이 사귀니?"

"응, 몰랐어? 사귄 지 오래됐는데? 연하가 얼마나 좋은데?"

예상치 못했던 정임의 너스레였다. 이걸 어떻게 한다? 딴에는 비뚤어진 놈 하나 사람 만들어볼 거라고 꽤 노력하는 건 분명했다.

삐리리리!

그때 내 전화벨 소리가 울렸다. 그 소리가 이렇게 반갑게 들릴 줄은 몰랐다.

"여보세요."

"어? 이정우. 폰 좋다? 내 거보다 비싼 거잖아?"

나는 정임의 말을 무시했다.

"나 윤재식이다."

사장이었다.

"네."

"오늘은 푹 쉬고 내일 학교 앞으로 차를 보낼 테니 내일 보자. 이번 일은 너에게 소중한 경험이 될 것이다."

"무슨 말입니까?"

"내일 와."

그러면서 사장은 전화를 끊었다. 사장도 나처럼 긴말을 좋아하지 않았다.

"정우야? 누구니?"

나는 정임의 물음을 무시한 채 교실로 향했다. 인범의 말이 가시화되는 것일까? 정임이 귀찮게 내 옷자락을 잡았다.

"야아, 누구냐니까?"

"아 진짜?"

나는 눈을 무섭게 부라리며 정임을 쏘아보았다. 하지만 정임은 잠깐 멈칫하더니 깔깔거리며 웃고 말았다.

"야, 눈 그렇게 뜨니까 귀엽다 정말. 넌 그렇게 눈 뜨면 내가 무서워할 줄 알았지? 아유, 자식."

"그만하시죠."

나는 무겁게 음성을 내리깔았다. 불안했는지 정임의 친구가 정임의 옆구리를 팔꿈치로 쿡 찌르는 모습이 보였다. 하지만 정임은 그럼에도 멈추지 않았다.

"쳇, 폼 너무 잡는 거 아냐? 에라! 한 대 맞아라!"

그 순간이었다. 정임은 내 뒤통수를 탁 하고 치더니 후다닥 달아나버렸다. 그러더니 멀리 서서 날 돌아보고 혼자 신 나서 떠들었다.

"너 자꾸 까불면 또 맞는다? 알았지? 알았지?"

어이가 없는 건 나뿐만이 아니었다. 그곳에 있던 다른 아이들도, 정임의 친구도 기가 막힌 표정이었다.

윤정임. 도대체 왜 이러는 거야? 난 네가 생각하는 그런 학생이 아니라고.

3.

다음 날.

"이야, 뭐야?"

"벤츠 아냐?"

아이들이 웅성대고 있었다. 나를 태우러 온 차는 벤츠였다.

"쟤가 이정우래."

"이정우?"

근처에 있던 아이들은 내 이름을 들먹이며 자기네들끼리 감탄하고 있었다.

나를 데리러 온 사람은 영업부장 장성태였다.

"기분이 어떠냐?"

"좋습니다."

"널 보고 첫눈에 형님이 반했어. 사람 보는 안목이 있는 분이니 잘못 보진 않았을 테고."

장성태는 윤재식을 형님이라고 부를 수 있는 몇 안 되는 존재 중 하나였다.

학교 교문을 벗어나는 내 눈에 정임이 띄었다. 물끄러미 내가 탄 차의 꽁무니를 바라보는 정임의 표정은 어쩐지 화가 난 모습이었다. 나의 시선을 따라 장성태가 고개를 돌렸다.

"누굴 보는 거야? 저 여자?"

"예."

"저런 타입 좋아해? 교생 같은데……?"

"좋아하는 게 아니고……."

나는 말문이 막혔다. 딱히 뒤를 이을 말이 떠오르지 않았다. 그런 나를 장성태는 힐끔 보더니 큰 소리로 웃어댔다.

"하하하, 네 나이에는 연상을 좋아하는 게 당연해."

젠장. 무슨 뜻으로 하는 소리야?

차는 이번에는 호텔로 미끄러져 들어갔다. 장성태는 거침없이 나를 이끌며 앞장섰다. 17층에 있는 전망 좋은 방 앞에 이르자 장성태는 두 번 끊었다가 길게 벨을 눌렀다. 그게 일종의 약속인 듯했다. 곧 문이 열렸고 안에는 윤재식 혼자 와인 잔을 들고 있었다.

"들어와라."

윤재식은 손에 와인을 들고 소파에 앉았다. 마치 영화에서 보던 재벌 2세처럼 기품 있는 동작이었다.

"잘 지내니, 정우야?"

"예."

"여기 너에게 주는 자금이다. 현금이야. 네가 알아서 써라."

"예."

나는 노란 서류 봉투를 받아 들었다. 사장이 그런 나를 보더니 살짝 미소를 머금고 말했다.

"얼만지 안 물어보냐?"

"얼맙니까?"

"천만 원이다."

"예."

덤덤한 내 모습에 사장과 장성태가 서로 눈짓을 교환했다.
사장이 말했다.

"고1이 현금 천만 원을 손에 쥐었는데 아무렇지도 않나 보군."

"놀라야 합니까?"

"음? 하하하하."

사장은 큰 소리로 웃었다.

"성태야. 이 녀석 배포 좀 봐라, 하하하. 장군감이야, 장군감."

곧 사장은 웃음을 그쳤다.

"이번에 작업 현장에 갔었지?"

"예."

"그것 때문에 조만간 힘을 써야 될 것 같아. 명동 아이들이 이번 일을 빌미로 우리 영업장 하나를 치려 한다는 정보야."

인범에게 들었던 그대로였다.

"전면전은 아니야. 그쪽에서도 위험부담을 느끼고 있고 자기 아이들 사기 진작 차원에서 걸고넘어지는 거니까 형식적으로 끝날 수도 있어."

사장은 담배 한 개비를 꺼내 입에 물었다. 와인을 마시며 담배라…… 내가 보기엔 뭔가 어울리지 않았지만 본인은 멋으로 즐기는 모양이었다.

"그렇다고 해도 적당히 당해줄 수는 없는 거야. 요즘 애들 하는 소리로 우리가 발라버려야지."

사장은 깊이 연기를 들이마셨다. 꽤 뜸을 들이는 모습이었다.

"후……! 내가 관리하는 영업장이 세 군데다. 그중에 한 곳이 녀석들 타깃이 되고 있는 모양인데 이번에 너와 진우를 참관시킬 생각이다."

"알겠습니다."

"평일보단 주말일 가능성이 높아. 이번 주말은 비워둬라."

"예."

"그래. 넌 싸울 필요는 없어. 지켜보기만 해라."

"예."

그리고 나서 나는 장성태와 사장의 방을 나와 호텔 식당에서 스테이크를 먹었다. 장성태가 포크며 나이프 쓰는 법을 이리저리 가르쳐주었다.

"너, 정장 없지?"

"예."

"스타일 좋은데? 기성품도 잘 어울리겠어. 나하고 정장 하나 하러 가지."

"괜찮습니다."

"부담 가질 것 없다. 결국 투자니까. 공짜가 아니야. 우리도 제법 신사인 척한다고, 하하. 어중이떠중이 동네 양아치들하고 우린 레벨이 달라. 너도 달라야 하고."

무슨 소린지……?

덕분에 나는 신사복 두 벌을 맞췄다. 구두도 두 켤레를 맞췄고 그 외 옷가지 몇 개를 더 샀다. 내 나이를 고려해서인지 모두 캐주얼한 것들이었다.

"다음에 한 벌 더 하지, 응?"

장성태는 내 어깨를 쳐주었다. 나는 불편했지만 마다하지는 않았다. 무언가 이런 상황에 있는 내가 특별한 존재처럼 생각되었다. 이게 남들이 말하는 성공이란 건지도 몰랐다.

다음 날부터 나는 사장의 전화를 기다리기 시작했다.

"정우야."

정현이었다.

"왜?"

"대신공고에서 너하고 손잡고 싶어 하는데?"

"대신공고? 어디 있는 학교인데?"

"우리 학군이 아냐. 하지만 거리는 가까워."

"타 학군에서 연합 제의가 들어왔다는 거야?"

어느새 내 소문이 그렇게까지 퍼졌단 말인가?

"아니 연합 제의라기보단⋯⋯."

"뭐야?"

"아예 우리 밑으로 들어오겠대. 대신 자기네들을 도와달래."

"무슨 소리야?"

"그러니까 대신공고하고 인근 성동고하고 다투는 중이었나봐. 그런데 성동고가 기천고, 동일고하고 손잡고 세력을 확대한 거지. 그런 후에 대신공고는 완전히 책잡힌 모양이야."

"그러니까 우리보고 성동고를 잡아달라는 거야?"

"음, 성동고만 잡아달래."

"대신공고 통이 누구야?"

정현이도 통이 무엇인지 이제 알고 있었다.

"전형수라고 복학생이야. 2학년인데 나이로는 3학년이겠지. 전형수가 복학하고 곧 이런 일이 터졌대."

전형수……?

젠장. 머리 아프게. 언제 사장한테 불려갈지 모르는 판국인데.

"네가 나한테 한 얘기니까 그대로 전달해줘. 거절이야."

"알았다."

정현이는 곧바로 휴대폰을 들고 어딘가로 전화를 했다.

"나, 윤정현. 정우가 흥미 없나 봐. 거절이야."

정현은 간단하게 통화하고, 아니 일방적으로 자기 얘기만 하고 전화를 끊었다.

그리고…… 그날은 가끔 정임이 날 귀찮게 한 걸 제외하곤 그럭저럭 무난한 하루가 흘러갔다.

사장에게서 받은 돈은 인범에게 모두 맡겼다. 인범은 조금 놀라는 것 같았지만 한 번 신뢰한 녀석에겐 그 녀석이 나를 배신하기 전까진 신뢰를 거두지 않는다. 그것이 내 방식이었다.

그렇게 평온한 하루가 지나갔다.

방과 후.

모처럼 나는 하교 시간에 아이들과 섞여서 교문을 나서는 중이었다. 언제나 윤정현과 같이 다녔었지만 지금은 혼자였다. 최근에 일련의 일로 머릿속이 복잡해진 나로서는 혼자 다니는 게 편했다.

그러나 사실.

정현과 서너 명의 아이들이 내 등 뒤 10여 미터 밖에서 날 경호하고 있었다.

교문 밖에서 처음 보는 교복을 입은 아이들이 담배를 피우며 서성이는 모습이 보였다. 나는 뭐하는 놈들인데 남의 학교 앞에서 담배를 피우는지 궁금해서 그들을 물끄러미 지켜보았다.

"야! 뭘 봐? 이 새끼야."

그 무리 중 한 명이 날 보고 눈을 부라렸다. 나는 어이가 없었다. 녀석들은 모두 다섯 명이었다.

"야! 그냥 가! 다쳐."

그중 제법 의젓해 보이는 녀석이 호의적인 말투로 날 보내려 했다.

"참 나."

나는 어이가 없어 웃음을 지으며 녀석들 곁을 지나쳤다.

"야! 너 방금 웃었나?"

조금 전 눈을 부라리던 놈이었다.

"이게 간땡이가 부었구만."

녀석들은 공연히 한마디씩 하며 위협적인 분위기를 조성하고 있었다. 하굣길에 있던 아이들이 내가 있는 쪽을 눈치 보며 피해 다녔다.

"야! 보내줘!"

나에게 호의적인 말투로 말하던 녀석이 무리들을 향해 소리쳤다. 이 녀석이 통인가 싶었다. 녀석은 제법 덩치가 좋았고 고등학생이라고 하기에는 지나치게 나이가 들어 보였다. 얼굴에 한껏 핀 여드름이 아니었다면 도무지 제 나이를 짐작할 수 없었을 것이다.

"야! 가라."

여드름이 날 보고 또 한 번 외치자 눈을 부라리며 날 위협하던 녀석은 마지못한 듯 내 앞길을 열어주었다.

"야! 이정우!"

그때였다. 등 뒤에서 정임의 목소리가 들려왔다. 어느새 교생 몇 명과 함께 정임도 교문을 나서는 중이었다. 나는 뒤돌아보지 않았다. 전혀 나하고 상관없는 이름인 듯 앞만 보고 걸어갔다. 그런데 타 학교 교복을 입은 놈들이 내 이름을 듣고 두리번거렸다.

그때 정임의 목소리가 다시 울렸다.

"정우야!"

젠장.

나는 그 자리에 우뚝 멈춰 섰다. 뒤돌아보지는 않았다. 정임이 어느새 내 뒤에 바싹 다가와서는 손가락으로 쿡 하고 옆구리를 찔렀다.

"부르면 대답 좀 해라. 어우, 얘는 진짜."

"후……."

나는 고개를 들어 한숨을 내쉬었다.

"내가 어떤 놈인지 모르는 모양인데, 나하고 친해져봐야 좋을 거 없습니다."

진심으로 하는 말이었다. 나아갈 길, 살아갈 세계가 다르다.

피투성이였던 날 처음으로 봐서 동정을 하는 것인지도 모르겠지만 이런 식의 접근은 윤정임 본인에게도 좋을 게 없었다. 자칫하면 내가 앞으로 만날 수많은 적들 때문에 희생양이 될 수도 있었다.

'이런…… 내가 지금 걱정을?'

나는 쓸데없는 걱정이라고 생각하며 고개를 저었다. 하지만 정임은 너무나도 나를 몰랐다.

"오늘부터 맘 잡았구나! 지금 집에 가는 거 보니."

정임은 생글거리며 나에게 말을 했다. 하긴 나에게만이 아니라 얼굴 표정은 원래부터 그런 듯했다.

그때.

여드름 무리들이 나에게로 천천히 다가오는 게 보였다.

"뭐야? 저것들이."

"응? 정우야, 왜?"

내 이름을 듣고 오는 것이라면 또 싸움을 걸어오는 것이라고 생각했다.

"빨리 가십시오."

나는 주먹을 쥐며 정임을 등 뒤로 내몰았다. 내가 내뿜는 이상한 분위기 탓인지 정임의 생글거리는 표정도 금방 굳어졌다. 나는 가방을 길바닥에 떨어뜨리고 다리를 약간 벌리며 몸의 균형을 잡았다. 한눈에 봐도 내게로 다가오는 녀석들은 예사 놈들이 아니었다. 눈치 없는 정임의 친구들이 정임에게 인사하는 소리가 들렸다.

"정임아, 먼저 간다."

"어, 신영아. 내일 봐."

"아 놔! 빨리 가라니까요."

나는 등에 꼭 붙어 있는 정임이 불만이었다. 무슨 일이 벌어질지도 모르는데 성가시게.

이윽고.

"너, 1학년 이정우야?"

"그런데?"

대답을 하면서 난 상황을 살폈다. 여드름이 재차 확인했다.

"너 부산에서 전학 왔다는 그 이정우 맞나?"

"그런데?"

"그 이정우라고……?"

"생각보다 왜소한데?"

"동명이인 아냐?"

"그 이정우 맞다. 전형수!"

내게서 거리를 두고 그림자처럼 따라오던 정현이 여드름 무리를 향해 외쳤다. 놀란 표정을 짓고 잇는 무리들을 향해 정현이 다시 한 번 말했다.

"그 이정우 맞다니까? 거절하니까 여기까지 온 거야?"

그 순간이었다. 여드름, 아니 전형수 무리들이 내 앞을 막아섰다.

"뭐야?"

"이정우, 우리를 받아다오."

"뭐? 너희들 대신공고 애들이냐?"

"네 이름은 들었다. 배성여고 김보영 알지?"

"안다."

"김보영이 너한테 부탁해보라더군. 이 근방에서는 널 모르는 사람이 없더군."

눈치 없는 정임이 또 끼어들었다.

"이정우, 네가 그렇게 유명해? 다시 봐야겠네?"

나는 손가락으로 입을 막으며 조용히 하라는 시늉을 했다. 전형수가 다급히 말을 이었다.

"이정우, 우릴 살려다오. 앞으로 어떤 일이 있어도 네가 요구하면 뭐든지 다 하겠다."

그러면서 전형수는 나를 보고 고개를 숙였다. 잇따라 뒤에 있던 나머지 녀석들도 고개를 숙였다.

쳇! 어디서 본 건 있어 가지고.

"관심 없으니까 돌아가."

나는 한마디 내뱉고 돌아섰다. 그러면서 나도 모르게 팔을 정임의 어깨 위에 올렸다.

"가자."

이런. 내가 무슨 짓을.

내가 저지른 일이었지만 내가 생각해도 황당했다. 하지만 아무렇지도 않은 듯 나는 정임의 어깨를 감싸며 길을 재촉했다. 정임도 약간 당황하는 듯했지만 이내 생글거렸다.

"야, 이정우. 왜 그래? 애인 같잖아."

농담인지 진담인지 구분이 안 되는 말투였다.

"이얏호!"

"휘이이이익!"

"커플 탄생!"

정현이 무리들이 괴성을 지르고 휘파람을 불기 시작했다. 특히 정현은 양 손가락을 입안에 집어넣고 미친 듯이 휘파람을 불고 있었다.

"저것들이?"

그때였다. 전형수와 나머지 놈들이 미끄러지듯 무릎을 꿇으며 내 앞을 막았다.

"이정우, 아까는 몰라봤다."

내게 눈을 부라리던 녀석이었다. 녀석은 얼굴이 사색이 되어 있었다.

"그런다고 달라질 것 같아? 난 애들 싸움에 끼어들 만큼 여유롭지 않아."

"네가 우리하고 딴 세상에 산다는 건 알고 있다. 그래서 너한테 부탁하는 거다."

정임이 내 옷자락을 당기며 물었다.

"애네들 무슨 소리 하는 거야? 정우, 너……."

"훈계하려면 집어치워."

어느새 나는 자연스럽게 정임에게 반말을 하고 있었다. 정임은 내가 내뿜는 분위기에 압도된 탓인지 말을 잇지 못했다.

"이정우, 이번 한 번이다. 이번 한 번."

젠장…….

사람들 다 보는 데서 단체로 무릎까지 꿇고 있는데 타박을 놓기도 그랬다. 그 소문이 나면 앞으로 누가 나에게 진심으로 복종하겠는가? 인정머리 없는 놈이라고 인식되기 시작하면 자칫 내 위상이 떨어질 우려가 있었다. 그리고 배신이나 내분은 바로 그런 작은 틈에서 나온다.

"이번 주는 안 돼."

녀석들의 표정이 밝아졌다.

"고맙다, 이정우."

"야! 정현아."

"응."

"인범이한테 얘기해서 얘네들 지원해주라고 해. 그럼 난 간다."

"예썰!"

간신히 녀석들을 떼어냈다. 나는 정임을 보았다. 언젠가 보았던 그 화난 표정이었다.

"무슨 표정이 그래?"

"너희들, 뭐하는 거야?"

"훗! 가라고."

나는 정임의 등을 치며 팔을 떼내었다. 정임은 무언가 불만 어린 눈빛으로 나를 보고 있었다.

"나 같은 놈 관심 갖지 마. 영어 과목이니까 강덕중하고 붙어 다닐 테고 덕분에 쓸데없는 소리 듣고 딴에 선생 노릇 하려는 모양인데."

나는 손가락을 까딱까딱하며 말했다.

"나는 네 생각과 달라. 관심 가져주면 감동해서 마음을 열고 눈물 쏟으며 착한 학생 되는 유치한 스토리는 기대도 하지 마."

정임은 이제 날 노려보는 듯 심통이 난 모습이었다. 나는 피식거리며 그런 정임을 비웃어주었다. 그러고서 나는 뒤돌아서서 내 갈 길을 갔다. 뭘 하고 있는지 정임은 기척도 없었다. 멍청히 서서 내 뒷모습이라도 바라보고 있는 것일까?

어쨌든 나에겐 두 가지 일이 생겼다. 하긴 애들 싸움이야 인범이한테 위임하면 될 일이고 문제는 언제 터질지 모르는 전쟁이었다.

전쟁이라……. 표현만은 그럴듯했다.

4.

토요일.

나는 사장의 연락을 받고 언젠가 가보았던 성인 나이트로 향했다.

"계획이 바뀌었다. 우리가 명동을 친다."

나를 기다린 건 명동을 친다는 사장의 한마디였다. 나는 선발대 뒤를 따라 사장, 진우와 함께 영업부장이 모는 차에 올라탔다. 선발대는 승합차 몇 대에 나눠 탄 모양이었다.

"이정우, 오늘 일은 잘 봐줘라."

영업부장이 나에게 말했다.

"어떻게 된 겁니까?"

"명동 쪽에서 섣불리 일을 벌이지 않더라고. 결국 우리한테 쫄았다는 얘기지. 이럴 땐 우리가 선수 쳐서 완전히 짓밟아놓아야 뒤가 편해."

"토요일을 택한 건……?"

"지금 가는 곳은 젊은 애들 상대하는 나이트다. 사람이 꽉 차 있을 테고 수라장이 되면 전시효과가 크지. 우리도 경고 차원이지 완전히 부수겠다는 건 아냐."

"자자, 정우야. 재미있겠지? 나도 직접 부대끼는 건 처음 보는데, 킬킬."

진우가 품속에서 칼을 꺼내 들어 매만졌다. 장성태가 그런 진우를 보며 안심이 안 되는 듯 입을 열었다.

"잘 들어. 너희들은 모두 참관인이다. 섣불리 몸을 날리지 마. 특히 김진우! 네가 다치면 부산에 우리 입장이 난처해진다."

"걱정 마십시오, 히히."

진우의 오늘 태도는 남다른 데가 있었다. 별종인 건 알았지만 오늘은 더욱 미친 것 같았다. 진우의 커다란 눈망울에 어린 건 분명히 광기였다. 차가 목표 지점에 다다르자 영업부장이 무전기 같은 것을 꺼내 들었다.

"들어가."

그 말이 떨어지기가 무섭게 주위 승합차 몇 대에서 우르르 조직원들이 뛰어내렸다. 손에는 각목, 칼, 손도끼 등이 들려 있었다.

"우와아아아아!"

"꺄악!"

조직원들은 순식간에 입구의 기도를 손도끼로 찍어 넘기고 홀 안으로 들어갔다. 비명 소리가 밖에 있는 우리 귀에도 생생하게 들렸다. 오래지 않아 입구 쪽으로 손님들이 비명을 지르며 뛰쳐나오고 있었다.

"이제 들어가볼까?"

사장, 영업부장, 진우, 그리고 나는 여유 있게 천천히 입구를 통해 건물 안으로 들어갔다. 안은 아직 난리였다. 양 조직원들이 서로 맞붙어 피를 튀기고 있었다. 언제 모두 사라졌는지 손님들은 보이지 않았고 웨이터들도 도망치는 한두 명만이 눈에 들어왔다.

"끼얏호!"

"엇! 진우야."

느닷없이 진우가 환호성을 지르더니 맥주병을 하나 깨뜨려 주워 들고 난리통 안으로 뛰어들었다.

"야, 김진우!"

영업부장이 큰 소리로 만류했지만 소용없었다.

"이 새끼들, 카하하하하."

진우는 깨진 맥주병을 상대편의 얼굴에 푹 꽂아 넣었다. 그와 함께 순식간에 상대편의 낯가죽이 벗겨져 내렸다.

"으악!"

비명 소리가 진우를 더욱 자극하는 것 같았다. 진우는 깨진 맥주병을 상대의 얼굴에 문지르며 꾸역꾸역 얼굴에서 흘러내리는 핏물을 보고 쾌감을 느끼는 듯했다.

'김진우…….'

순정 만화의 주인공을 닮은 외모였지만 일찍부터 소문은 자자했었다. 나는 지금 그런 진우의 실체를 보고 있었다. 녀석은 기본적으로 잔인한 녀석이었지만 몸 돌아가는 게 예사롭지 않았다. 나처럼 공중에서 이중 동작을 일으키진 않았지만 테크닉만큼은 평범한 레벨이 아니었다.

나와 일대일을 한다고 해도 글쎄……?

쉽게 제압하기 어려울 것 같았다. 진우는 종횡무진으로 날뛰었다.

"이얏호! 으라라라라차."

입에선 끊임없이 환호성인지 괴성인지 이상한 소리가 솟구치고 있었다. 그러던 녀석은 어느새 손에 칼을 들고 있었다. 칼은 때로는 상대편의 이빨을 뚫으며 혓바닥을 갈라놓는가 하면 눈알에 정면으로 꽂히기도 했다. 진우는 주로 얼굴을 노렸으며 열 번이면 아홉 번이 적중하는 놀라운 솜씨를 보였다.

얼핏 봐도 우리가 우세였다. 상대편은 곳곳에서 무너지고 있었다. 영업부장이 손짓을 하자 용케 신호를 알아보고 싸움이 그쳤다. 서로는 그저 경계 자세만 취한 채 마주 보고 있었고 우리는 한 발 한 발 다가갔다. 상대 조직은 예봉이 한풀 꺾여 사기가 죽은 것처럼 보였다. 영업부장이 다 끝났다는 듯 여유를 부리며 담배를 입에 물었다.

그때였다.

"우아아아아!"

입구와 비상구 쪽에서, 그리고 알 수 없는 곳곳에서 손에 무기를 든 놈들이 쏟아져 나왔다.

"뭐야, 이건?"

말 그대로 기습이었다. 영업부장이 허둥댈 정도였다.

"녀석들 작전이었나? 일부러 엄살 피워서 우릴 끌어들인 건가?"

우리 조직원들이 일순 당황했다. 갑자기 천지 사방에서 수적으로 몇 배에 다다르는 적들이 나타난 것이다.

"뙛! 재밌구나!"

힘이 남아도는 건 진우뿐이었다. 모두가 뭔가 잘못됐다고 생각하는 멍한 표정이었다. 영업부장이 넋 나간 듯이 말했다.

"뭔가 잘못됐어."

"훗. 멍청한 놈들. 역정보에 걸려들었구나."

상대편에서 나이가 좀 들어 보이는 자가 장성태를 보고 이죽거렸다. 그는 콧수염을 기르고 있었다. 장성태와는 아는 사이인 듯했다.

"역정보라고?"

"그래, 이제 세력 판도가 바뀔 것이다."

"이야아!"

놈들은 우릴 포위한 형태로 쳐들어왔다. 우린 약 40명 정도. 놈들은 얼핏 봐도 백 명 이상이었다. 나는 정말로 참관만 하고 싶었다. 내게 뭘 보여주려 했는지 모르겠지만 나는 일단 직접 싸우기가 싫었다. 하지만 이런 상황에서는 팔짱만 끼고 있을 수 없었다. 사장도 직접 싸우려고 주먹을 쥐고 있었다.

"개새끼들!"

그런 사장을 장성태가 막고 있었다.

"형님, 참으십시오. 다치십니다."

콧수염이 그런 우리 쪽을 이죽거렸다.

"다 죽여버려!"

외침이 터졌다. 그 소리를 신호로 다시 홀 안은 피를 튀기기 시작했다. 그리고 나도 몸을 날리려고 했다.

그 순간.

"끼야악!"

진우의 목에서 괴성이 터졌다.

그리고…….

진우는 정말로 눈 깜짝할 새에 상대 쪽으로 쳐들어가며 손끝의 칼날을 세웠다.

쐐액!

"엇!"

"저놈."

진우가 움직이는 순간 모두가 얼어붙고 말았다.

샤각!

진우의 칼날은 아래에서 위로 움직이며 맞은편 상대의 얼굴을 갈라버렸다. 그것은 정말 대단한 기술이었다. 뒤이어 진우는 몸을 날려 뒤에서 달려오는 상대편의 목을 그었다.

스팟!

상대편의 목에 붉은 선이 생기더니 이내 갈라지며 피가 쏟아졌다. 그 신기의 기술은 명동 쪽뿐만 아니라 우리 편도 얼려놓고 말았다. 상대방은 진우가 스치면 고통도 느끼지 못하는지 멍하게 있을 뿐이었다. 그러더니 한참이 지난 후에야 자신에게 무슨 일이 일어났는지 눈치채는 모양이었다.

"끄아악!"

진우는 킬킬거렸다. 눈에서는 소름 끼치는 광채가 났다.

"다 회를 떠주마. 쪽수 많으면 뭐? 킬킬. 이 씨방새이들."

그 모습은 지옥에서 온 사자 같았다. 140여 명이 차지하고 있는 홀 안에는 오직 김진우의 광기만이 가득했다.

김진우…….

단 한 명이 나머지 모두를 압도하고 있었다.

'역시 중량감이 있는 놈이야.'

모두 질린 표정이었다.

"덤벼! 덤비라구. 안 덤벼? 좋아. 그렇다면."

진우는 발광하듯 소리치더니 갑자기 놈들을 향해 뛰어들었다. 그 모습은 토끼를 사냥하는 호랑이 같았다.

"미친 한 명만 잡으면 된다. 저 새끼에게 밀리지 마라."

콧수염이 외쳤다.

그러나…….

김진우는 상상할 수 있는 등급이 아니었다.

슈각!

쐐액!

진우의 칼끝이 스치기만 해도 상대방은 입이 찢어졌고 귀가 떨어져 나갔으며 손목의 동맥이 끊기고 목덜미는 피분수를 토해냈다.

일당백. 정말로 일당백이었다.

"오늘은 진우를 위한 날이군."

사장이 중얼거렸다. 단 한 명 때문에 명동 쪽은 한 곳이 뚫리며 전체가 우왕좌왕하고 있었다.

"쳐라!"

기회를 놓치지 않고 영업부장이 명령을 내렸다.

"우와아아아!"

세 배가 넘는 인원이었지만 명동 쪽은 급격히 무너져 내렸다. 나는 한 발자국 뒤로 물러서며 영업부장과 함께 싸움터를 피했다. 구태여 내가 나설 필요는 없을 것 같았다.

진우는 물 만난 물고기처럼 종횡무진으로 날뛰었고 진우의 희생물이 된 살 조각이 바닥에 뚝뚝 떨어져 내렸다. 모두들 파이프, 각목, 손도끼 등으로 무장하고 있었지만 진우의 칼 놀림을 당해내는 놈은 아무도 없었다.

승부는 갈렸다.

세 배의 인원 차이에도 불구하고 우리는 압승을 거뒀다. 곧

콧수염이 영업부장 장성태 앞으로 끌려 나와 무릎을 꿇었다. 아니, 강제로 무릎을 꿇게 했다. 그 뒤편으로 명동 쪽 조직원들이 모두 무릎을 꿇고 앉았다.

치욕일 터이다. 사장은 담배를 입에 물며 거드름을 피웠다. 영업부장은 사장의 옆에, 나와 진우는 사장 뒤에 섰다.

"오소리, 역정보라고 했었나?"

콧수염의 별명이 오소리인 듯했다. 사장은 굳이 별명을 부르며 오소리의 위치를 평가절하하고 있었다. 아마도 오소리에게는 밑에 애들이 다 보는 데서 이런 대접을 받는다는 게 수치일 것이다. 오소리는 눈을 치켜떴다.

"그렇다."

"네놈들이 우리 등을 칠 정도로 성장했다고 생각하는 거냐?"

"나는 모르는 일이다. 판단은 형님이 할 뿐이다."

"훗! 형님이라? 구인철 그놈 말이냐?"

오소리의 눈에 불이 켜졌다.

"형님 성함을 함부로 입에 올리지 마라."

"하하하. 주제에 충성심을 보이려는 거냐? 똥오줌 못 가리지?"

"……."

"네놈들이 요즘 좀 컸다고 안하무인인데 말야. 이 세계에도 매너란 게 있다. 우리 자금줄을 빼돌려 무기를 구입하려 하더니 역정보를 흘려 함정을 파놓고 우리 습격을 대비했단 말이지?"

"다 알고 있는데 더 할 말이 있나?"

"이번에 확실히 해야겠다. 우리 사업장을 넘보면 어떻게 된다는 걸 구인철한테 보여줘야지."

"맘대로 해."

사장은 품속에서 뭔가를 끄집어내었다.

"몇 년 전 러시아인들로부터 구입한 권총이지. 요즘은 구하기가 힘들지만 한때는 대량으로 맘 놓고 구입할 때가 있었어. 네놈들도 총기류를 구입하려고 했다며?"

"날 쏠 생각이냐?"

"글쎄, 흐흠. 부산 형제들이 우리 부탁받고 구입해서 준 것 중 하나인데 꽤 쓸 만해. 총에 대해서는 잘 모르지만 몇 발 쏴 봤더니 꽤 재미있었어."

"쏠 테면 쏴라!"

"그러지, 뭐."

탕!

사장은 고민 없이 곧장 방아쇠를 당겼다.

"크헉."

총알은 오소리의 무릎에 박혔다. 오소리는 고통으로 바닥에 엎드려 꿈틀거렸다. 사장은 그런 오소리를 내려다보며 총구에 입김을 불었다.

"후! 서부영화 보면 총잡이들이 총 쏘고 난 뒤엔 항상 이러더군. 우린 경고의 의미에서 영업 방해만 하려고 했는데 네놈들이 잠복하고 전면전을 걸었지. 그건 그냥 넘길 수가 없어."

"으윽. 윽."

"총알이 아프지? 하긴 총인데 말야. 널 죽이는 것보다 병신으로 만들어야겠어. 그것이 우리 같은 놈들에겐 더한 치욕이니까."

"너 이 자식."

오소리가 눈을 부릅뜨며 고개를 들었다.

탕!

"아흑."

이번엔 총알이 어깨를 뚫었다. 퍽 하며 핏줄기가 치솟았으며 쇄골이 부러진 것 같았다.

"이젠 한쪽 팔에 힘 못 주지? 한쪽 다리 한쪽 팔. 진짜 반편이 되었군, 하하하. 그런데 말이야, 좀 부족하단 말이야."

탕!

"끼이익!"

이번엔 바닥을 짚고 있던 손등이었다. 오소리는 고통을 이기지 못해 꿈틀거렸다.

"이제 이 나이트는 우리가 접수하겠다. 뭐 별로 돈벌이가 될 것 같지도 않지만 상징적인 의미는 있겠지, 후후후."

오소리는 고통으로 신음하면서도 분노로 가득 찬 눈길로 사장을 노려보았다. 그리고 그의 눈길은 나와 진우 쪽으로도 향했다.

"오소리 이제 꺼져라."

장성태의 말이 떨어지기 무섭게 뒤편에 꿇어앉아 있던 명동 측에서 몇 명이 일어나 오소리를 부축했다.

"아악."

그러나 오소리는 제대로 일어나지 못했다. 그들은 고통으로 신음하는 오소리를 업었다.

"으아악."

어딜 잘못 건드렸는지 오소리는 목이 찢어질 듯 비명을 질렀다.

그리고.

패잔병들은 물러났다. 그들이 물러가자 우리 편 몇 명이 따라 나갔다. 무언가 일이 남아 있는 모양이었다.

"진우야."

사장이 진우를 부드럽게 불렀다.

"예."

"오늘 그게 뭐하는 짓이냐? 너한테 탈이 나면 부산 형제들 볼 낯이 없다고 하지 않았느냐."

"예."

"앞으론 자중해. 형님한테는 잘 말씀드릴 테니."

"예."

진우는 고개를 까딱까딱하며 '예'라는 대답만 했다.

"그리고 정우."

나는 고개만 들었다.

"너는 왜 나서지 않았느냐?"

"이길 것 같았습니다."

내 당돌한 대답에 사장이 흥미를 보였다. 날 보는 눈빛이 그것을 말해준다.

"음? 이길 것 같다니? 수적으로 열세였는데?"

"예."

"참관인이라고 해서 말 잘 듣는다고 그런 거 아니었냐?"

"아닙니다."

"아니라고?"

"예."

"그럼?"

사장은 날 바라보는 눈에 흥미를 넘어 감탄을 가득 담고 있었다. 나는 목소리를 높였다.

"내가 나서지 않아도 이기는 싸움에 굳이 나설 이유가 없습니다."

"음……."

순간, 사장과 장성태의 표정이 굳었다. 하지만 사장은 이내 미소를 지었다.

"그렇군. 역시 대범하다."

어쩐지 그 말은 진심 같지 않았다.

"그만 가지."

사장은 몸을 돌렸다. 장성태가 나를 한번 스윽 보고 지나쳤다. 그 눈빛이 무엇을 의미하는지 알 수는 없었다. 진우가 내 옆을 지나가며 미소를 지었다. 그것은 왠지 비꼬는 웃음 같았다.

'뭐야, 저 녀석?'

알 수 없는 놈이었다. 말 많은 수다쟁이인가 하면 지옥에서 온 야차 같고, 별생각 없이 사는 것 같다 싶어도 능글거리는 눈빛 속은 항상 어떤 아이디어로 가득 차 있는 듯했다.

'기분 나쁜 놈이야.'

거대함

1.

다음 날, 일요일.

나는 정현이와 지하철을 타고 어딘가로 향하고 있었다.

"인범이하고 애들은?"

"먼저 가서 기다리고 있어."

"방식은?"

"산에서 한 명씩 내세워서 맞짱 뜰 것 같은데 확실히는……."

"대신공고 편은 우리밖에 없어?"

"배성여고하고 우리하고 연합한 대서여고, 한창공고가 온다고 했는데 모르겠어. 우리 학교가 움직이니까 무조건 온다던데."

"그래?"

"상대 쪽은?"

"성동고하고 편먹은 애들 오겠지, 뭐."

나는 침묵했다. 생각 같아서는 인범이한테 모두 맡기고 싶었지만 그럴 수는 없는 일이었다. 사실 어제 일로 피곤하기도 했다. 대신공고를 도우러 가는 길이라니……?

지금의 나로서는 흥미 없는 일이었다.

얼마 후.

나는 산 아래에서 인범을 만났다. 인범이 손으로 누군가를 가리켰다. 아이들 몇몇이 어깨를 펴고 나를 마주 보았다.

"여기 전형수는 알지?"

"반갑다."

"와줘서 고맙다."

인범이 다른 아이들을 소개했다.

"여긴 내가 있을 때부터 연합했던 한창공고 부짱 김유정, 이쪽은 얼마 전에 연합한 대서여고 짱 현선희."

"한창공고도 공학인가?"

"그래, 반갑다. 짱은 요즘 연락이 안 돼서."

김유정이 내게 악수를 청해왔다. 배성여고 김보영도 아이들을 끌고 와 있었다. 보기 사나운 화장은 여전했다.

"오랜만이야."

이러고 보니 다섯 개 학교에서 60명가량이 모였다. 제법 많은 수다.

전형수가 말했다.

"산에 올라가면 그럴듯한 장소가 있어. 이 근처 학교에선 꽤 유명한 곳이지. 신고식도 거기서 치르고, 텐트 치고 거기서 잠을 자기도 해."

"이번 경기장은 거기냐?"

"그래."

"가자."

전형수와 대신공고 한 명이 길 안내로 나섰다. 바로 그 뒤에 나와 인범, 그 뒤에 김유정, 김보영, 현선희가 나란히 섰고 그 뒤편으로 60여 명이 뒤를 따랐다. 그 행렬은 사정 모르는 사람들에겐 꽤 볼만한 구경거리였을 것이다.

얼마나 시간이 지났을까. 오후 햇살이 따가웠다.

"이야, 이런 데가 있어?"

산중턱에 위치한 공터가 시야에 들어왔다.

"원래 여기 암자가 들어설 자리였는데 터만 닦아놓고 공사를 안 한 거야."

전형수가 말했다.

내가 물었다.

"상대는?"

"아직 안 왔는데?"

"지금 몇 시야?"

"2시 50분. 10분 남았어."

"편하게 앉아. 휴식해."

내가 먼저 우리 학교 아이들에게 소리치자 다른 녀석들도 소리를 쳤다.

"휴식!"

"휴식해."

60여 명의 아이들이 아무 소리 없이 땅바닥에 엉덩이를 붙이고 앉았다.

"정우야."

그러는 사이 정현이 2, 3학년 눈치를 보며 슬그머니 내게로 다가왔다.

"잠깐만."

나는 정현이 불편할 것 같아 자리에서 일어나며 정현의 어깨를 감쌌다.

"저쪽에서 얘기하자."

우리는 자리를 옮겼다.

"왜?"

"교생이 너한테 숙제 내준 거 알아?"

"뭐? 교생이? 나한테만?"

"응, 근데 검사는 강덕중 선생님이 한대."

"그 얘길 지금 하냐?"

"미안. 네가 하도 수업을 자기 멋대로 빼먹으니까. 강덕중 선생님 생각인 것 같아."

"나 참. 둘이 작당해서 날 어떻게 하겠다는 거야? 딴에는 사람 하나 만들어볼 거라고 발광들이군."

나는 말도 안 된다고 생각했다.

"그래서 우리 반 일등인 진성이한테 시켰는데 알고나 있으라고."

"뭐야?"

진성이라면 전에 내가 정임을 울린 걸 아침에 보았던 녀석이었다.

"야, 누구한테 시키지 마. 내가 알아서 할 테니까."

"응? 너 바쁘잖아."

"내가 알아서 할게. 알려줘서 고맙다."

내 주위엔 성가신 일들이 많은 편이다. 특히나 학교에서 강덕중 선생이나 윤정임 같은 존재는 그중에서도 압권이었다.

'쳇! 그래 봤자라고. 난 다르다니까?'

내가 속으로 투덜거리던 그때…….

"온다!"

누군가가 짧게 외쳤다.

60여 명의 아이들이 동시에 일어섰다. 마치 잘 훈련된 군인들 같았다. 정현이도 선배들 눈치를 보며 일어섰다. 나는 여전히 땅바닥에 엉덩이를 붙이고 있었다. 서열이 되는 아이들은 전형수를 빼놓고는 모두 앉아서 담배를 피우거나 잡담을 하며 여유를 부리고 있었다.

"저쪽도 꽤 많은데?"

"그래도 일단 쪽수가 엇비슷하니까."

"야야, 정렬해."

아무렇게나 퍼져 있던 아이들이 순식간에 열을 맞추며 늘어섰다. 인범이 씨익 웃으며 자리에서 일어났다.

"드디어 오셨군."

2.

"전형수, 제법인데? 어디서 다 끌고 왔지?"

"훗! 이기주."

성동고의 통은 이기주였다. 키는 180 남짓했고 어깨가 떡 벌어져 있는 보디빌더형 체격이었다. 이기주가 끌고 온 아이들은 대략 50여 명쯤 되어 보였다. 그렇다면 우리가 열 명 정도 많다고 볼 수 있지만 그중 여자가 20여 명이나 돼 실제적인 전력상 결코 유리하다고 볼 수 없었다.

산 중턱의 공터는 아이들로 북적거렸다. 산에 있는 공터치고는 넓었지만 패싸움을 벌이기엔 다소 협소한 기분이 들었다.

그때 이기주가 한 걸음 나와 소리쳤다.

"전형수! 쪽수에서 뒤지지 않으니까 한번 해보자 이거냐? 어쩐지 먼저 걸어오더라니. 근데, 저 얼간이들은 어디서 데리고 온 거냐?"

"동진고의 이정우라고 들어봤나?"

"이정우? 선배도 몰라본다는 개망나니 녀석? 동진고엔 그렇게 인물이 없나? 1학년 새끼 하나 못 잡고 말야."

이기주가 떠들어대자 우리 쪽에서 불끈거리는 모습이 눈에 띄었다. 나는 그런 모습들을 보면서 구석에 그저 처박혀 있었다.

"이기주, 우릴 자극하지 마라. 이정우는 일반적인 상상력으로 말할 수 없는 인물이다. 여기 동진고의 이정우란 이름 하나만 보고 다른 학교들이 모두 자발적으로 참여했어."

"하하하하."

이기주는 기세 좋게 웃었다. 뭐…… 기 싸움에서 지지 않으려면 처음에 이 정도 호기는 부리는 법이다. 모든 싸움은 기 싸움에서 출발하니까.

"전형수, 미쳤냐? 여기서 우리한테 안 되니까 타 학군까지 가서 구걸했다는 얘기야? 도대체 이정우가 누구냐? 그놈 얼굴이나 한번 보자."

모두가 나를 돌아봤다. 나는 엉거주춤하며 아이들 틈새를 비집고 나섰다.

"내가 이정우다."

"뭐야? 생각보다 왜소하잖아? 키도 보통이고 주먹도 별로 셀 것 같지 않은데?"

이기주는 그렇게 말하며 주위를 둘러보았다.

"정말인데? 소문하고는 생긴 게 너무 다르잖아? 무섭게 생기고 키는 적어도 185는 된다던데?"

녀석들은 자기네들끼리 수군거렸다.

"과장이 심했나 보군."

나는 혀를 끌끌 차며 말했다.

"너 진짜 이정우냐?"

"그렇다."

"사투리 한번 써봐."

어딘가에서 그런 놀림이 들렸다. 이기주 패거리들은 뭐가 재미있는지 그 한마디에 낄낄거렸다.

"개새끼들. 이정우를 뭐로 보는 거야? 입 닥쳐!"

느닷없이 정현이 튀어나왔다. 정현이는 정말로 분노에 겨워 부르르 떨고 있었다.

"됐어, 참아."

나는 손짓으로 정현을 막고 이기주를 향해 돌아섰다.

"바쁘니까 빨리 하자. 맞장이냐?"

"사람이 많으니까 5대5로 하자."

"이긴 놈은 계속 남고? 연달아 붙는단 말이지?"

"그래."

"그냥 맞장으로 끝내지?"

"여러 학교가 연합했기 때문에 누가 최고인지 모른다."

"너하고 나하고 하면 되잖아."

"그럼 3대3. 마지막에 남는 쪽이 승리."

"선발해."

나는 돌아서며 전형수에게 말했다. 전형수는 신중하게 말했다.

"처음엔 내가 나가고 마지막엔 이정우가 나가고 중간이 문제인데."

"내가 왜 마지막에 나가? 난 빼줘."

나는 고개를 젖히며 손가락을 까딱까딱했다.

"이…… 이정우."

전형수의 얼굴은 파랗게 질렸다. 그러거나 말거나 나는 주위를 둘러보며 말했다.

"여자애들은 응원이나 해. 한창공고에선 나올 사람 없어?"

"2학년에 유승호라고 왔어."

"그럼 걔 중간에, 전형수 처음, 마지막에 김인범, 이렇게 하자. 불만 있나?"

내 말에 아무도 뭐라고 말하지 못했다. 나는 절대 법이었다.

"링 만들어."

백여 명의 아이들이 순식간에 공터를 둘러싸며 공간을 만들었다. 그리고 아이들은 그대로 자리에 앉았다. 전형수가 우리 쪽에선 처음으로 나섰고 상대는 우락부락한 녀석이었다. 두 사람은 서로 폼을 잡고 빙글빙글 회전하며 탐색전을 벌였다.

멈칫!

전형수가 페인트 모션을 취하며 오른쪽 주먹으로 상대의 왼쪽 목을 노렸다. 상대는 황급히 고개를 꺾으며 피했으나 연이어 터지는 전형수의 2차 공격은 피해내지 못했다.

픽!

전형수는 한 발 다가가며 왼쪽 주먹으로 상대의 오른쪽 턱을 강타했다.

휘청!

상대가 휘청거리자 전형수는 그 기회를 놓치지 않았다. 제자리에서 뛰어오르며 오른발로 상대의 안면을 그대로 강타했다.

콰앙!

"헉!"

상대의 입안이 허물어졌다. 이빨 한두 개가 뱉어져 나왔고 터진 입가에선 피가 새어 나왔다.

"잘하는데?"

우리 쪽 아이들이 박수를 쳤다.

"마지막이다."

전형수는 입안이 터진 상대에게 공격하기 위해 마지막 혼신의 힘을 모아 몸을 날렸다.

"한 방이다!"

누군가가 그렇게 소리쳤다. 그러나…….

퍼억!

"키엑."

눈동자가 풀리며 바닥에 쓰러진 건 전형수였다. 너무 신 나게 기분을 내다 동작이 커 역습을 당한 것이었다. 전형수는 명치를 꼼짝없이 맞고 바닥에 쓰러진 채 꿈틀대고 있었다. 그것은 타고난 실력이 모자라서가 아니었다.

"멍청한 놈."

김인범이 중얼거렸다. 전형수는 대신공고 아이들의 부축을 받으며 공터 밖으로 나왔다. 상대 쪽은 긴장을 늦추지 않고 별다른 반응 없이 다음 상대를 기다리고 있을 뿐이었다.

우리 측에선 두번째로 유승호가 나갔다. 유승호는 폭이 좁은 동작이었지만 정확하고 섬세했다. 섣불리 공격하지 않았으며 헛동작으로 시선만 뺏고 있었다. 상대는 전형수에게 역전승을 거둔 탓인지 다소 의기양양했으나 빈틈은 쉽게 보이지 않았다.

"빈틈이 없으면 만들어야지."

나는 유승호가 페인트조차 쓰지 않는 게 못마땅했다. 정공법이었고 지나치게 소극적이었다. 그런 싸움에 지쳤는지 마침내 상대가 먼저 공격해 들어왔다. 유승호는 상대의 오른쪽 주먹을 왼손으로 막아내더니 오른발을 한걸음 내세우며 오른손 손바닥으로 턱을 쳐 올렸다.

탁!

"억!"

순간적으로 고개가 꺾인 상대는 잠시 멍한 모습으로 서 있었다. 그 틈을 놓치지 않고 유승호는 상대의 울대를 찔렀다.

"켁켁!"

상대는 목을 감싸 쥐고 고개를 숙이면서 바닥에 주저앉았다. 유승호는 그 순간 바닥으로 가라앉는 상대의 얼굴을 걷어차 올렸다.

픽!

"끄윽!"

상대는 본능적으로 목을 손으로 감싸며 바닥에 뒹굴었다. 유승호의 승리였다. 김인범이 담배를 하나 꺼내 입에 물었다.

"재미있는데?"

"역시 쌈 구경은 재밌다니까. 돈 안 들고 실감 나지."

우리가 주절거리고 있을 때 상대 쪽에선 이기주가 나왔다.

"벌써……?"

간신히 기운을 차린 전형수가 이기주를 보고 의아하다는 듯 이상한 표정을 지었다.

"왜?"

"이기주가 마지막일 줄 알았는데? 조기에 끝내버린다는 건가? 아니면 뒤에 또 히든이 있다는 건가?"

"이기주 잘하냐?"

"톱클래스지."

전형수의 말이 떨어지기 무섭게 이기주는 유승호 앞으로 돌진했다.

"이 새끼."

다앗!

유승호는 느닷없는 공격을 피해내며 주먹을 날렸다.

턱!

이기주는 어느새 유승호의 주먹을 잡아버렸고 순식간에 손목을 비틀어버렸다.

"아앗!"

"뭐야?"

"손목을 꺾었어."

그리고.

뚝!

유승호의 팔에서 이상한 소리가 났다. 그 소리와 동시에 유승호는 손목을 감싸 쥐고 바닥에 주저앉아 고통스러운 표정을 지었다.

"이기주! 팔을 부러뜨린 거냐?"

전형수가 자리에서 벌떡 일어났다. 김보영도, 김인범도, 아이들 몇 명도 놀란 듯 화난 듯 다양한 모습으로 자리에서 엉덩이를 일으켰다. 유승호는 고통에 신음 소리를 내며 땅바닥을 뒹굴고 있었다.

여러 명을 상대할 때는 급소를 치거나 뼈를 부러뜨려 상대방의 전력을 부숴나갈 수 있다. 하지만 이런 일대일 대결에서 팔을 부러뜨린다고?

"끼익…… 끽…… 끄윽."

고통이 크면 목구멍에서 소리가 제대로 나오지 않는 법이다. 비명도 아니고 신음도 아닌 그런 소리였다.

"뭐야? 이거? 싱거운데? 다음은 누구냐?"

이기주는 기세등등했다. 김인범이 엄숙한 표정으로 윗옷을 벗었다. 나는 그런 김인범을 손으로 제지했다.

"나다."

"이정우?"

아이들의 시선이 모두 나에게로 쏠렸다. 김인범도 한 학교를 통일했던 남자였다. 이기주보다 딱히 못한 실력이라는 생각은 들지 않았다. 그러나 내가 나서야 할 이유가 있었다. 이기주의 행동은 날 열 받게 했으니까.

"이…… 이정우."

전형수는 날 경외의 눈빛으로 보고 있었다.

"이정우라면……."

"이제 이긴 거나 다름없지."

김보영이나 김인범이 한마디씩 하며 고개를 끄덕였다. 녀석들뿐 아니라 우리 쪽 아이들 모두가 기대에 가득 찬 눈으로 날 바라보았다.

"이정우. 드디어 납시는군. 어디 소문대로인지 한번 볼까?"

이기주는 능글맞은 표정으로 이죽거렸다. 나는 주먹을 쥐었다. 어느새 우리 쪽 아이들은 하나둘씩 흥분하며 자리에서 일어서고 있었다.

"뭐야? 왜 일어나는 거지?"

이기주가 어리둥절해할 때 김인범은 손목시계를 풀었다.

"난 이정우가 10초 안에 널 눕히는 데 만 원 걸겠다."

이기주는 어이가 없는 표정이었다.

"별 미친 새끼들을 다 보겠군. 어디 얼마나 잘 치나 보자, 이정우!"

이기주는 그렇게 외치며 내게 달려들었다.

순간!

나는 몸을 굽히며 이기주의 턱을 손으로 잡았다. 그리고 녀석의 턱을 손목에 걸고 유도에서 업어치기를 하듯이 놈을 뒤집어 던져버렸다.

쿵!

"이 자식이……!"

이기주는 흥분했다. 실력의 차이라고 생각하지 않는 것 같았다. 이기주는 턱을 어루만지며 일어서더니 험악하게 다가왔다.

"머저리 같은 놈."

나는 조금 전 유승호가 썼던 주먹을 이기주에게 날렸다. 이기주는 아까처럼 내 손목을 잡고 비틀었다.

아니, 비틀려고 시도했다.

"훗!"

나는 몸을 뒤틀어 회전했다. 그리고 어느새 내가 이기주의 손목을 비틀어 잡고 있는 형상으로 변해버린 것이다.

순간, 이기주의 낯빛이 어두워졌다.

"돌려주마."

우두둑!

"끼악!"

나는 순식간에 이기주의 팔을 탈골시키고 꺾어 쳐들면서 부러뜨렸다. 순식간에 힘을 제압당한 이기주는 어쩔 줄을 몰라 했다.

"이정우, 레벨이 다르다는 걸 보여줘라!"

전형수가 소리 높이 외쳤다. 순간 나는 이기주의 머리털을 붙잡고 가까운 나무에 그대로 처박았다.

쿠웅!

20년은 족히 된 것 같은 나무가 휘청거렸다. 나무껍질이 떨어져 나갔고 이기주의 찢진 이마는 뻘건 핏물로 물들기 시작했다.

쿠우웅!

나는 사정없이 한 번 더 녀석의 이마로 나뭇등걸을 내리찍었다. 언젠가 김인범을 건물 벽에다 찍어버렸던 것처럼 말이다.

"크억! 그만……!"

이기주의 입에서 거품이 솟구쳤다. 나는 이기주의 머리털을 놓았다. 이기주의 몸이 그대로 땅바닥으로 떨어졌다. 이제 상대 쪽 아이들도 흥분하며 자리에서 일어나기 시작했다. 이기주의 눈동자는 이미 엉망으로 풀려 있었고 얼굴은 이마에서 흘러내리는 피로 뒤엉켜 있었다.

김인범이 시계를 높이 들며 외쳤다.

"8초다!"

"그렇지!"

전형수가 불끈 주먹을 쥐었다. 우리 쪽 아이들은 흥분하며 웅성거리고 있었다.

"그만. 그만해, 이정우. 승부는 났다. 다음은 나다."

소란 틈에서 상대 쪽 누군가가 소리쳤다.

"엇! 이정우 조심해. 저 녀석은……."

전형수가 녀석의 얼굴을 보자 뭐라고 내게 외치려 했다. 그러나 내 귀엔 제대로 들리지 않았다.

"그래, 너냐?"

나는 새로운 목표를 향해 몸을 솟구쳤다.

"뭐야? 이정우. 그렇게 큰 동작으로…… 이거 완전 병신 아냐?"

새로운 목표는 의기양양하여 큰 소리로 외쳤다.

"이정우! 조심하라니까!"

전형수의 애끓는 소리가 들려왔다. 김인범도 따라 소리쳤다.

"위험하다!"

'걱정 마라. 난 이정우다!'

"죽어봐라!"

세번째 상대가 큰 소리로 외치며 공중에 뜬 나를 공격해왔다. 이럴 경우 아래에 있는 녀석이 절대 유리하다.

그러나…….

"어…… 어…… 어…… 어……?"

녀석도…….

지켜보는 같은 패거리들도…….

전형수도…….

순간적으로 넋이 나간 것 같았다. 나는 녀석의 공격을 공중에서 몸을 비틀어 피하며 이중 점프를 했다. 공중에서 걸어 다니듯이 움직이는 내 모습을 처음 본 그들로써는 눈이 현혹되는 것이 당연한 일인지도 몰랐다.

"뭐야?"

"어떻게 공중에서?"

녀석들이 경악했다.

'내가 최고다!'

나는 녀석들의 경탄 섞인 외침을 들으며 오른발 뒤축을 목표물을 향해 죽 내뻗었다. 그것은 단지 발로 내려 찬다는 수준이 아니었다.

폭격이었다!

쾅!

3.

휘청!

세번째 녀석이 중심을 잃고 휘청거렸다. 나는 땅바닥에 내려서자마자 곧바로 녀석의 어깨를 발로 강하게 내리찍었다.

픽!

"흐억."

녀석은 제대로 힘도 쓰지 못한 채 허물어졌다. 나는 그런 녀석의 얼굴을 발로 짓뭉갰다. 순식간에 두 명을 만신창이로 만들었던 것이다.

대신공고와 상대측은 어안이 벙벙해진 듯 멍한 표정이었다. 내 발에 짓밟힌 녀석은 숨도 제대로 못 쉬며 겔겔거렸다.

"이…… 이정……우."

이기주가 간신히 몸을 일으키며 내 이름을 입에 올리고 있었다.

"할 말 있나?"

나는 목소리를 깔고 턱을 치키며 놈을 보았다.

"이……정……우."

이기주는 제대로 말을 하지 못하며 내 이름만 되뇌고 있었다.

"시끄러운 녀석이군. 무릎 꿇어."

김인범이 이기주의 목덜미를 잡아 강제로 바닥에 주저앉혔다.

"이제 승부는 났다. 진짜가 뭔지 봤겠지? 이정우는 진짜다."

전형수도 신이 나서 떠들어댔다.

"다 끝난 거면 난 가겠다. 뒤처리는 알아서 해라."

나는 옷을 털며 돌아섰다.

"이정우!"

"뭐야?"

"난 기천고의 노정래다. 성동고와 연합해서 이렇게 오게 되었다."

"그런데?"

"지금까지 너 같은 놈을 본 적이 없다. 싸우는 모습을 보고 반한 건 처음이다. 이건 뭐랄까……. 환상이랄까?"

노정래……. 무슨 말을 하려는 걸까……?

"이정우, 너와 손잡고 싶다."

상대 쪽에서 웅성거림이 일어났다. 우리 쪽에서도 서로 얼굴을 쳐다보며 소란을 떨었다.

이건…… 뭐하는 분위기야?

"인범이하고 얘기해라. 난 바빠."

나는 산을 내려가고 싶었다. 인범이 내 어깨를 붙잡았다.

"나보고 얘기하라니? 무슨 소리야?"

"학교 일은 네가 알아서 해."

"너…… 내가 어떤 녀석인지 알잖아? 내가 애들 데리고 배신

하면 어떡할래?"

나는 인범이 왜 날 붙잡았는지 알 수 있었다.

"이제 한 식구다. 옛날 일은 잊었어. 널 믿는다."

"이정우…… 너."

"내려간다. 뒤처리는 네 방식대로 해라."

그러고는 나는 산을 내려가기 시작했다. 아이들이 내 길을 터주었다.

짝짝…….

박수 소리가 터졌다.

내 양 갈래에 늘어선 아이들이 돌아가는 나를 향해 박수를 보내고 있었다. 이것이 강자의 모습이다.

그리고 인범? 한 번 사람을 믿으면 그만이다. 이것저것 따져가며 사람을 대할 필요는 없었다. 인범이 날 배신할지도 모르지만 그건 그때가서 생각하면 그만이었다.

다음 날.

"이정우."

정현이었다.

"아무리 봐도 넌 너무 대단해."

"쓸데없는 소리 마."

"이 말은 꼭 하고 싶어. 넌 내가 만난 남자 중 최고라는 것."

"오글거린다. 안 어울려. 그딴 말 하려면 저리 가라."

"하하, 알았어. 어제 어떻게 된 줄 알아? 성동고, 기천고, 동일고 모두 우리 학교와 손을 잡기로 했어."

"그래?"

"네 폰 줘봐. 연락처 입력시켜줄게."

"여기."

나는 휴대폰을 건네주었다.

"정우야. 이런……! 저장해놓은 번호가 하나도 없잖아? 내 번호도 없고."

"그야 받기만 하니까."

"나 참. 내가 다 넣어줄게. 대신공고 전형수가 정비되는 대로 우릴 초대하겠대."

"초대?"

"응, 마음 놓고 놀아보자던데?"

그때였다.

"야! 이정우."

누군가 날 불렀다. 반장이었다.

"뭐야? 나한테 말을 다 걸어주고?"

나는 웃었지만 반장은 떨떠름한 표정을 지으며 서 있었다.

"나도 너하고는 얘기하기 싫어. 하지만 반장이니까 얘기하는 거다."

"뭔데?"

"네가 진성이한테 숙제 시켰어?"

진성이라면 정현이 내 대신 숙제를 시킨 녀석이었다.

"아, 그거? 아냐, 내가 알아서 할 거야. 그것 때문에 부른 거냐?"

반장은 말문이 막힌 듯 가만히 있었다. 나는 말을 이었다.

"걱정하지 마, 양용수. 나 경우 없는 놈은 아니다."

"알았다. 강덕중 선생님이 교무실로 오라더라."

"지금?"

"그래."

젠장……. 또 무슨 헛소릴 하려고. 강덕중, 오랜만에 걸고넘어지는데?

교무실.

강덕중은 윤정임과 같이 있었다. 뭔가를 강덕중이 가르쳐주고 있는 모양이었다.

"부르셨습니까?"

"음, 너 여기 앉아라."

나는 정임을 슬쩍 보며 자리에 앉았다. 정임은 언제나처럼 웃는 표정이었고 무슨 생각인지 내게 윙크를 했다.

"너 말이다. 요즘 무슨 짓을 하고 다니는 거냐?"

"예?"

"숙제를 진성이한테 맡겼다며?"

"용수한테서 들었어."

"죄송합니다."

나는 두말없이 용서를 빌었다. 괜히 내가 시킨 게 아니라는 둥 변명을 늘어놓다가는 공연히 정현에게까지 피해가 갈 수 있었다. 정현이는 이제 내가 챙겨야 했다.

"깨끗하게 인정하니 좋구나."

"그런데 왜 저 혼자 그런 숙제를 해야 합니까?"

"그럼 너 결과 처리 할까? 평생 오점이 될 텐데? 결석보다 더 무서운 게 결과야. 알겠어?"

"결과 처리 하십시오."

나는 거침없었다.

"이놈이……?"

강덕중이 순간적으로 불끈했다.

"정우야."

정임이 나무라듯 내 이름을 불렀다.

"넌 상관하지 마."

이런! 실수였다. 강덕중 앞에서 정임의 이름을 부르다니. 아니나 다를까 강덕중의 노여운 음성이 터졌다.

"이놈이? 너 지금 교생 선생님한테 뭐라고 했냐?"

"너라고 했습니다."

기왕 엎질러진 물, 피할 생각 없었다.

"너 지금 잘했다고 그러는 거냐?"

"아닙니다."

"그런데 지금 네 태도가 그게 뭐야?"

"……"

할 말이 없었다. 잘못 걸렸다는 생각뿐이었다. 재수 없게.

"사과드려라."

"……"

"이놈 봐라? 너 지금 뭐하는 거야? 목에 힘주고 딴 데 보고 있으면 어쩌자는 거야? 교생 선생님은 선생님도 아니라는 거야?"

'네'라는 대답이 목구멍에까지 치솟았다.

"……"

"이놈이 근데?"

"선생님 전 괜찮습니다."

정임이 끼어들었다.

"가만. 가만히 있어요. 편들 일아 따로 있지."

젠장. 오늘 일진하곤.

"죄송합니다."

나는 정임을 향해 고개를 숙였다. 빨리 벗어나고 싶었다.

"으……응. 그, 그래."

강덕중이 혀를 찼다.

"이놈 참…… 교사 생활 20년에 너 같은 놈은 처음 본다. 그렇게 세상을 멋대로만 살려고 그러냐?"

강덕중은 안타깝다는 표정을 지으며 말하고 있었지만 내 가슴에는 전혀 와 닿지 않았다.

"나가자, 정우야. 나하고 얘기 좀 할까?"

정임이 느닷없이 내 옷자락을 끌었다.

"저기 강덕중 선생님."

"예, 할 말 있으면 가서 하세요."

나와 정임은 교무실을 나왔다. 복도에 나를 끌고 오자마자 정임은 손끝으로 살짝 내 옆구리를 찔렀다.

"어휴, 얘는? 선생님한테 불만이 그렇게 많아?"

"풋! 강덕중?"

"야! 선생님한테! 너한테 그렇게 신경 쓰시는 선생님 다른 분 있어? 넌 왜 그렇게 애가 삐딱해?"

"누가 신경 써달랬나?"

"너어? 진짜."

"뭐? 무슨 훈계하려고 개폼 잡는 거야? 난 원래 이런 타입이니까 신경 끄라고, 응?"

언젠가부터 난 정임에게 마구 반말을 하고 있었다. 그런 나를 정임은 물끄러미 바라보았다.

"할 말 없으면 간다."

"잠깐만."

"왜?"

"너 도대체 왜 그러니? 학교 그런 식으로 빼먹는 거 부모님도 아셔? 네가 지금 하는 행동이 옳다고 생각해?"

이런. 부모님 얘기까지 들먹이다니…….

"아무리 봐도 내가 부모라면 너 같은 애 그냥 안 놔둬. 부모님 뭐하시니?"

"하! 나 참. 뭐야? 진짜 선생이라도 된 것 같다? 가정환경 조사하냐? 교생 주제에 이게."

나는 짜증이 났다. 장난처럼 굴더니 이제 정임도 사뭇 진지한 분위기였다.

"강덕중 선생님이 얼마나 네 얘기 많이 하는지 알아? 애가 참 사내다운데 좀 비뚤게 세상을 본다고."

그 언젠가 지각한 주제에 교실 앞문으로 들어간 것이 떠올랐다. 괜히 그때 깊은 인상을 심어주었나 싶었다.

"넌 잘 모르겠지만 언젠가는 강덕중 선생님한테 감사하다고 말할 날이 올 거야. 정말 얼마나 훌륭한 선생님인 줄 넌 모르지?"

"훗!"

나는 콧방귀를 뀌었다.

"그만하자. 뻔한 소리들, 듣기 싫어."

"뻔한 소리들? 그게 어쩌면 진짜 진리일걸? 착각하지 마, 이정우! 뻔하고 평범한 게 진짜 힘든 거야. 넌 어떤 삶을 꿈꾸는데? 출세하는 거? 평범한 삶은 싫어? 그래서 이렇게 튀는 거야?"

"그만해라. 응?"

"평범하게 산다는 게 얼마나 힘든 일인지 알아? 모나지 않고 한 집안의 가장, 한 사회의 구성원으로 성장하는 게 얼마나 어려운 일인지 모르지?"

"그만하라고."

나는 목소리를 낮추었다. 화가 나기 시작했다. 그러나 정임은 멈추지 않았다. 웃지도 않았고 사뭇 진지했다.

"나한테 이러는 건 괜찮아. 난 괜찮단 말이야. 하지만 진심으로 대하는 선생님한테까지 그러면 어떡하니?"

"그만하라고 했다. 엉?"

"넌 왜 다른 사람의 진심을 받아들이지 않는 거니? 너 혼자 살아? 세상 너 혼자 사는 거야?"

"이게 미쳤나? 아가리 안 닥쳐?"

내가 눈을 부라리자 정임은 잠시 주춤했다. 하지만 이내 결심한 듯 오히려 내게 퍼붓기 시작했다.

"그러면? 그러면 내가 무서워서 피할 것 같아? 응? 그래? 그렇게 눈에 힘주고 욕하면 멋있니? 폼 나니? 네 생각에는 그게 멋있는 줄 아나 본데 착각하지 마. 너 그러는 거 얼마나 유치한지 알아?"

"우와. 돌겠네, 진짜. 쪼그만 게 진짜."

화가 나 손을 들어 올렸다. 하지만 정임은 약간 흠칫하더니 두 눈을 똑바로 뜨고 내게 달려들었다.

"때리려고? 때려봐, 때려봐. 그래. 너 같은 애들이 할 줄 아는 게 사람 패는 거밖에 더 있어? 그게 뭐 멋있는 줄 알아? 애들한테 협박하고 퍽퍽 치고. 그게 멋있어? 그게 좋아? 그래 봤자 넌 깡패야. 알아? 단지 깡패일 뿐이라고. 학교 졸업하면 밥벌이나 할 것 같아? 사람 치면서 밥 먹고 살려고? 그러면 기분 좋아? 그러면 행복해?"

"야!"

소리쳤다. 더 이상 들을 수가 없었다. 하지만 정임은 절대로 지지 않았다.

"왜? 왜? 왜 소리치는데? 옳은 말하는데 왜 소리치는데? 내 말이 틀렸어? 내 말이 틀렸냐고!"

정임은 날 돌게 만들었다. 대체 어디서 생긴 강단일까……? 나는 때릴 듯이 치켜들었던 손을 내렸다.

"후아, 내가 참는다."

난 간신히 마음을 진정시키고 뒤돌아섰다.

"참지 마. 왜 참아? 할 말 있으면 해."

무시했다. 걸음을 빨리 옮겼다. 정임에게 이런 강단이 있는 줄은 몰랐다. 여자란 정말 알 수가 없는 존재다.

"야! 이정우, 너 어디가? 내 얘기 안 끝났어."

나는 들은 체도 하지 않았다. 정임이 뒤에서 쫓아와 내 옷자락을 붙잡았다.

"아, 진짜."

나는 흥분했다. 어떤 경우에도 흥분한 적이 없는 나로서는 여자 하나 때문에 이렇게 흥분하는 내 모습이 스스로 이상하게 느껴졌다.

"수업은 들어야 될 것 아냐? 수업 시간 다 됐다. 응?"

정임은 그 말을 듣고서야 멈춰 섰다.

"나중에 나하고 얘기하는 거야. 알았지? 정우야."

"알았어, 알았어. 가라, 가."

나는 귀찮다는 듯이 손사래를 쳤다. 정임은 내게서 물러섰지만 씩씩거리며 날 노려보듯 바라보는 시선은 거두지 않았다. 교실로 돌아오니 정현이가 날 보고 웃었다.

"진짜 교생하고 사귀는 거 아냐?"

"놀리지 마. 나하고 상관없는 여자야."

"여기 휴대폰. 번호 다 입력시켜놨어. 어떻게 보냐 하면 말이야."

정현은 내게 단축키와 번호 보는 법 따위를 가르쳐주었다.

"내가 이걸 쓸 일이 있나? 모두 나한테 걸면 걸었지."

"그래도 입력해놓으면 쓸모가 있을걸?"

나는 배운 대로 휴대폰을 조작해보았다. 신기하기도 하고 생각보다 재미있었다. 그리고 느낄 수 있었다. 내 삶의 모든 것이 정점으로 치닫고 있다는 것을 말이다. 결코 이때까지만 해도 내가 나락으로 떨어질 거라곤…… 생각하지 않았다.

통

그것 보라구.

세상 호락호락하지 않지?

이제 꿈에서 깨어나봐.

싫다구?

훗훗…….

제 2 부 ― 현 실

추락

1.

정임은 요즘도 학교에 일찍 와서 책상 하나하나에 쪽지를 넣고 있었다. 나는 아예 보지도 않았지만 다른 아이들에겐 꽤 좋은 반응을 얻는 것 같았다. 정임은 교생 중 최고의 인기였고 선생들 사이에서도 꽤 평판이 좋았다. 하지만 학교에 도통 관심이 없는 나에게는 그런 정임의 존재감 따위는 없었다.

그런 나를 정임은 내버려두지 않았다. 어차피 강덕중하고 짝이 되었으니 둘이 죽이 잘 맞는 모양이었다. 돌아가면서 날 귀찮게 하는 짓들이 나로서는 짜증스럽기만 했다. 내가 숙제를 제대로 할 리가 없지 않은가? 거기다 개인적으로 나에게만 해당되는 숙제를 하고 싶은 생각은 없었다. 그런 이유로 게으름을 피우고 있으면 정임은 오히려 같이 공부하자며 날 귀찮게 하기 일쑤였다.

그러더니 정임은 결국 일종의 스터디 그룹을 만들었다. 나뿐만 아니라 반에서 성적으로는 바닥에서 기는 다른 녀석들도 몇 명 있었는데 정임은 제 딴에는 꽤 열심히 가르치려 했지만 번번이 내게서 막혀야 했다.

"너 강덕중 선생님한테 이 문제 설명해야 통과라니까."

"통과 안 하면 돼."

뭘 하는지 교생은 항상 바빴다. 그러나 정임은 쉬는 시간, 점심시간의 짬을 놓치지 않고 꼬박꼬박 날 붙잡았다. 그러면서도 내가 학교 수업을 빼먹고 도망가는지 감시하는 일도 병행하고 있었다. 처음에는 정임 따위 날 붙잡든지 말든지 무시하고 피했는데 나중에는 내가 피할 필요는 없다는 생각이 들었다. 며칠이 지난 요즘은 내 앞에서 뭐라고 설명을 하든지 말든지 나는 듣는 듯 마는 듯하며 시간만 때우고 있었다. 가끔 정임의 교생 친구들이 우리 반으로 놀러 와 정임을 끌어내려 했지만 정임은 듣지 않았다.

"좀 가라. 응? 친구들 부르네."

그렇게 내가 짜증을 내면 정임은 잠시 날 바라보더니 다시 고개를 숙이고 내게 무언가를 가르쳐주려 했다.

지겹고 화나는 여자였다. 자기 딴에야 뭔가 뜻한 바가 있겠지만 그런 식으로 아이들을 가르친다는 것은 순진한 생각일 뿐이었다. 어차피 되는 놈은 되고 안 되는 놈은 안 된다는 게 내 생각이었다. 그저 말 잘 듣는 놈 몇 명만 붙들고 수업을 진행하는 보통의 교사들이 훨씬 나았다. 나는 언제나 정임을 무시했고 항상 외면했다.

어쨌든…….

정임이 부지런하고 싹싹하다고 교생 중에서도 평판이 좋은 것은 분명한 사실이었다. 그런데 문제는 내가 정임에게 마구 반말을 해대니까 교내에 쓸데없는 소문이 생기는 것이었다.

"이정우, 너희 반 교생하고 사귄다며?"

"자봤냐?"

"에이, 벌써 잤다고 소문 다 났어. 어떻디?"

농반 진담 반으로 인범이나 정현은 나를 놀리곤 했다.

"후! 장난하냐? 너 죽는다?"

"으아! 나 죽었다."

내가 한번 인상을 쓰면 정현은 온갖 몸짓으로 죽는 시늉까지 마다하지 않았다. 유치한 자식. 난 어이가 없어 피식 웃음을 터뜨리곤 했다.

"그러면 재밌냐?"

"하하. 난 네가 하는 말이면 뭐든 다 들어. 이정우가 누군데."

정현은 날 그렇게 놀리는 게 재밌는 모양이었다. 맨날 무표정에 낮게 깔리는 음성으로 폼만 잡던 내가 징징거리는 모양새가 우스웠던 것이다.

삑삑삑!

"뭐야? 문자?"

휴대폰에 문자메시지가 떴다.

"히야, 이건 뭐냐? 통화만 하는 게 아닌가 보네?"

난 휴대폰의 기능에 대해 잘 모르고 있었다. 정현이한테 많이 배우긴 했지만 아직도 아득했다. 정현은 어깨를 으쓱였다.

"진짜 기계치다. 넌 휴대폰 욕심 진짜 없나 보다. 뭐라고 왔는데?"

"사장한테서 왔는데? 명동을 조심하라고?"

명동이라면 얼마 전에 반목이 있었던 조직을 말하는 것이었다. 우리 편 자금줄을 끌어들이며 세력을 넓히려다가 실패하고 오히려 나이트클럽 영업권을 우리한테 뺏긴 바로 그……

"뭐야?"

"명동이라고 있어."

"조직?"

"야야, 많이 알면 다쳐."

나는 싱긋 웃으며 장난을 쳤다. 유일하게 장난할 수 있는 녀석이었다.

그때였다.

"뭐가 다치는데?"

"엇?"

정임이었다.

느닷없이 정임이 나타나 내 손에서 휴대폰을 채 갔다.

"명동을 조심하라고? 010에 2537에……."

"뭐하는 거야? 뭐가 010이야?"

나는 얼른 정임이에게서 휴대폰을 뺏어 들었다. 정임은 날 보며 약 올리듯 손가락으로 자신의 머리를 톡톡 건드렸다.

"번호 벌써 외웠는데? 잊어먹기 전에 내 폰에 넣어놔야지. 이 사람 이름이 뭐야?"

"핫, 웃기고 있네."

"가르쳐주기 싫어? 그럼 정우 친구라고 하지, 뭐."

정임은 아무렇지도 않다는 듯 자신의 휴대폰을 꾹꾹 누르고 있었다. 나는 내 휴대폰을 바라보다가 이상한 생각이 들어 소리쳤다.

"무슨 쇼 하는 거야? 번호가 어디 있어?"

"정우야, 이거 누르면 페이지 넘어가."

곁에서 지켜보던 정현이 뭔가를 눌렀다.

"어?"

액정 화면에는 문자메시지와 보낸 시간, 보낸 쪽의 번호가 정현이 무언가 터치를 할 때마다 번갈아 나타나고 있었다.

"넌 쓸 줄도 모르면서 왜 들고 다니니?"

정임이 날 비꼬며 웃고 있었다. 젠장.

"뭐하러 왔냐?"

"아우, 또 폼 잡는 것 좀 봐. 뭐하러 왔냐?"

정임은 인상을 쓰며 내 흉내를 냈다. 나 참. 나보다 여섯 살 많은 여자가 하는 짓하고는.

"명동을 조심하라니? 정우야, 너."

"상관하지 마라."

"상관하지 마라."

정임은 또 내 흉내를 냈다. 그러면서 입술을 오물쪼물 움직이고 있었다.

"어떻게 상관 안 해? 너희들 뭐하고 돌아다니는 거니?"

"야! 좀 그냥 넘어가."

"깊이 알면 다쳐?"

"아 나, 진짜."

"숙제는? 강덕중 선생님한테 검사 맡았어?"

나는 결국 웃음을 터뜨렸다.

"못 당하겠군. 나 참, 하."

"어? 웃네?"

"나잇값 좀 해라. 같잖아서 웃는 거다."

말은 그렇게 하고 있었지만 정임이 그렇게 밉진 않았다. 정말 상대도 하고 싶지 않았었는데 이상한 일이었다.

"가라. 좀 가라고."

정임은 귀찮은 듯 말하는 날 물끄러미 바라보았다. 그러더니 순식간에 내 뒤통수를 치고는 후다닥 교실 앞문을 지나 냅다 복도로 내달렸다.

"저게 미쳤나? 또 지랄이야!"

정임은 방긋거리며 복도 쪽에서 교실 창을 열고 나를 바라보았다.

"야, 이정우. 억울하지? 잡아봐, 잡아봐. 맨날 폼만 잡고. 어이구, 웃겨서 진짜. 쪼그만 게. 야! 나한테도 맞고 다니는 고딩아, 억울하면 잡아봐. 에비비비."

혼자서 신이 난 듯했다. 눈알을 뒤집고 혀까지 날름거린다. 반 아이 모두가 그런 정임을 멍청하게 바라보고 있었다.

처음으로 정임이 귀엽게 보였다. 기가 막힌 일이지만 허공에 주먹을 휘두르며 나에게 시위하는 연상의 여인을 보면서 웃음을 참을 수가 없었다.

방과 후.

나는 아이들과 함께 교문을 나서는 중이었다. 내가 앞장서고 10여 명이 내 뒤에 따라붙고 있었다. 야간 자습과 전혀 상관없는 3학년인 김인범도 나와 한 발 정도 간격을 유지하며 같이 나오는 중이었다. 하굣길에 있던 다른 아이들은 이런 우리의 모습을 보고 저희들끼리 쑥덕대며 비켜서기 바빴다.

"야, 정현아. 오늘 밤에 음성메시지 넣어봐. 꺼놓고 있을 테니까."

"알았다."

나는 음성메시지 확인 요령을 정현에게서 배웠다. 심각한 기계치인 나에게는 모든 것이 새삼스러웠다.

"이게 왜 이렇게 어려워? 나 같은 사람 복잡해서 쓸 수가 있나?"

나는 한참 휴대폰 만지는 재미에 빠져 있었다. 휴대폰으로 간단한 게임까지 할 수 있으리라고는 생각도 못 했었다. 물론 기계를 조작하는 데 영 서툰 나로서는 항상 참패였지만 말이다.

"정우야, 재밌냐?"

"말 시키지 마."

나는 정현에게서 오늘 배운 걸 복습하느라 정신이 나가 있었다. 심심한 듯 정현이 그런 나에게 말을 붙였지만 무시당하며 물러서기 일쑤였다.

"이렇게 해서 이렇게. 비밀 번호…… 0000."

그런 나를 우리 반 아이들은 저희들끼리 있을 때 촌놈이라고 부르는 모양이었다. 정임은 휴대폰을 가지고 씨름하는 날 보고 귀엽다고 하기도 했다.

어찌 됐건 나에겐 이 휴대폰이란 게 꽤 재미있는 장난감이었다. 정신없이 휴대폰을 가지고 노는 탓에 어느새 내가 도로변으로 나와 있다는 사실조차 느끼지 못할 정도였다.

"다시 한 번 이거 누르고, 이게……."

"엇! 정우야!"

갑자기 비명 소리 같은 외마디 외침이 등 뒤에서 터졌다.

"뭐야?"

바아아아앙!

"이정우!"

어느새 정현이 옆에 나타나 날 밀어냈다. 그리고 그 순간 도로변을 오토바이 한 대가 스쳐 가는가 싶더니 정현의 목에서 쐐액! 피 분수가 솟았다.

"어?"

방금……. 내 눈앞에서 무슨 일이 벌어진 거지……?

그 한순간이 꿈속같이 멍했다.

"윤정현!"

"이정우!"

김인범과 아이들이 어느새 내 주위를 완전히 둘러쌌다.

"윤정현!"

바닥에 정현이 쓰러졌다. 커다란 몸뚱이가 무너지듯 허물어졌다. 그제야 나는 정신이 번쩍 들었다.

"야, 인마!"

내 손에서 휴대폰이 떨어져 나가며 바닥에 튀겼다. 나는 목을 감싸 쥐며 바닥에 쓰러진 정현을 안아 올렸다.

"야, 야! 윤정현!"

지나가던 사람들이 우리를 힐끔거렸다.

"이런 개새끼들이! 눈깔 파줘? 뭘 봐?"

인범과 아이들이 그런 사람들을 위협하고 있었다. 정현의 목에서는 피가 수도꼭지에서 물이 솟구치듯 콸콸 흘러내렸다.

도대체 무슨 기술인지 정현이의 목을 딴 칼날은 깊이 5센티미터 이상 몸속으로 들어온 듯했다. 정현의 목은 거의 반이 잘려 나가 금방이라도 떨어질 것처럼 덜렁거리고 있었다.

"컥, 커억!"

나는 믿기지가 않았다. 녀석의 눈빛이 간절했다.

"정현아, 정현아."

간신히 속삭이듯 녀석을 불러볼 수 있었다. 정현은 간신히 힘을 모아 내게 눈으로 웃음 지었다. 무언가 말을 하려고 입술을 꼼지락거렸지만 뜻대로 안 되는 모양이었다.

녀석의 목에서 흘러내리는 피는 마치 잉크 한 방울이 백지 위에 퍼져 나가듯이 길바닥에 번져 나갔다.

"여기 동진고등학교 앞 삼거리인데요."

인범이 119를 부르고 있었다. 나는 그때까지도 어안이 벙벙했다. 어쩐지 거짓말 같았다. 바로 내 눈앞에서 정현이 피를 뿜으며 쓰러져가는데 나는 이 상황 자체가 거짓 같았다.

이 순간의 기분……?

그야말로 꿈속에 있는 것 같았다. 119 구급차는 5분이 채 안 돼 도착했다. 정현을 싣고 인범과 내가 보호자로 구급차에 올라탔다. 구급차 안에서 구조대원이 연신 혈압을 재며 상태를 체크하는 모습을 볼 수 있었다.

"피를 너무 많이 흘리는데."

"어떻게 지압할 수 없습니까?"

"상처가 너무 깊은데요? 이게 뭐야? 톱으로 거칠게 썰어놓은 것 같아. 혈관이 다 엉켜서 접합도 힘들겠는데? 백주 대낮에 이게 무슨 일인지."

내 귀엔 아무 소리도 들리지 않았다. 정현이의 목에 감아놓은 붕대를 붉게 물들이는 핏물만이 눈에 들어올 뿐이었다.

곧 정현은 종합병원 응급실 병상에 누웠다. 인범은 의사에게 상황을 설명했고 나는 그냥 정현이 옆에 붙어 있었다. 간호사가 오더니 정현의 혈압을 쟀다. 의사는 감아놓은 붕대를 풀어 보고는 이내 인상을 찌푸렸다.

"뭐야, 이거? 혈압 어때요?"

"피를 너무 많이 흘린 것 같은데요."

의사의 얼굴에 낭패의 빛이 어렸다. 정현은 이제 목에서 겔겔 끓는 소리를 내며 헐떡이고 있었다.

의사는 심각한 표정을 지었고 곧 "어레스트, 어레스트!"라고 소리치며 바쁘게 움직였다. 간호사가 재빠른 솜씨로 정현이의 교복 윗도리를 벗겨냈다. 정현의 맨가슴이 나왔고 의사는 기계를 체크하고 심박계에 뭔가를 바른 후 탁탁 치더니 이내 정현의 가슴에 대었다.

"하나 둘 셋."

쿵!

정현의 육중한 몸집이 심장에 작용한 전기 충격으로 펄쩍 뛰었다.

"안 되겠는데? 조금 더 세게. 자아, 하나 둘 셋!"

쿵!

가슴팍이 다시 공중으로 솟았다가 가라앉았다.

삐익…… 삐익…….

정현의 심장 박동을 나타내는 포물선의 움직임이 느려지고 있었다.

그렇게 얼마나 지났을까?

삐이이이이!

긴 전자음이 울렸다. 의사도 이마의 땀만 닦아내며 정현에게서 물러서고 있었다. 마치 이렇게 될 줄 알았다는 듯 담담한 표정이었다. 지켜보는 우리를 위해 쇼를 한 것 같다는 생각이 들었다.

빌어먹을. 나는 이런 상황이 무엇을 뜻하는지 알고 있었다. 하지만 도무지 믿기지가 않았다. 아니 믿을 수가 없었다. 지금까지도 나는 이 상황이 현실로 다가오지 않고 있었다. 그저 머릿속이 텅 비어 있을 따름이었다.

나는 얼이 빠져 정현에게 다가갔다. 바짝 굳은 채 병상에 누워 있는 정현이 아무래도 아침에 장난치던 그 녀석이 아닌 것 같았다.

"일어나라, 윤정현."

나는 아이들을 위협할 때 쓰는 그 낮은 목소리로 정현을 불렀다. 녀석은 꼼짝도 하지 않았다.

"일어나라고 했다, 윤정현."

여전히 미동조차 없다. 화가 나기 시작했다.

"재밌냐?"

간호사가 옆에서 뭐라고 소리치는 것 같았다. 아마도 병상을 치워야 한다는 소리 같았다. 아니, 정현이를 치워내야 한다는 뜻이겠지.

"안 일어나, 이 새끼야? 그러면 재밌냐고?"

윤정현…….

이제 꿈만 같았던 일이 현실로 다가오고 있었다. 믿지 못할 일이 엄연한 현실로 내 눈앞에서 펼쳐지고 있었다.

"재밌냐고? 이 새끼야!"

마침내 내 감정이 폭발했다.

"일어나! 일어나라고! 내가 하는 말은 다 듣는다며? 일어나!"

나는 미치기 시작했다. 인범이 달려와 뒤에서 날 꼭 껴안았다.

"놔! 놔! 야, 김인범! 안 놔? 너 죽을래?"

인범은 말없이 날 붙잡았다.

"어쭈, 야. 너 죽는다, 김인범. 이거 안 놔? 놓으란 말이야! 이 새끼야!"

나는 격렬하게 저항했다. 그러나 인범은 요지부동이었다.

"흥분하면 오히려 힘을 더 못 써. 침착하라구."

"이 개새끼야! 네가 나한테 훈계하는 거냐? 놔!"

인범은 다시 말없이 나를 붙들어 매었다.

윤정현. 윤정현……. 야, 이 자식아.

나는 용을 쓰다 그 자리에 허물어졌다.

"정현아, 인마."

인범도 그제야 날 놓아주었다. 눈물은 흐르지 않았다. 오히려 난 눈을 부릅뜨고 있었다. 그러나 그것은 내게 있어 가장 큰 슬픔의 표현이었다.

갑자기 내 몸이 부르르 떨려왔다.

"죽여버릴 거야. 다 죽여버릴 거야, 깡그리! 한 놈도 남김없이 죽여버릴 거야. 어떤 놈들인지! 씨를 말린다. 모두 다, 모두 다! 남김없이 죽인다. 남김없이."

내 몸은 분노로 떨려왔다. 누구도 억제할 수 없는 분노였다.

나 자신마저도.

2.

"전화, 전화."

난 다급하게 전화를 찾았다. 유일한 내 의사소통구였다. 그곳에는 정현이 입력해놓은 아이들의 전화번호가 있었다. 하지만 정신없이 정현과 오느라 전화기를 떨어뜨렸다는 사실을 잊고 있었다.

"뭐하려고?"

인범이가 날 막았다.

"전화. 전화. 이런 씨팔! 전화 어딨어?"

내가 미친 듯이 발광하자 인범은 씁쓸한 표정으로 내게 휴대폰을 건네주었다. 세심한 이 녀석이 경황 중에 챙겨 든 모양이었다.

"네가 망가지는 모습은 못 봐주겠군. 전화로 뭐하려고?"

"애들 다 불러야지. 전형수, 김보영, 젠장. 누구더라? 젠장! 젠장!"

나는 다급하게 정현이 입력해놓은 번호를 찾았다.

"안 돼."

인범이 내 휴대폰의 창을 닫으며 말했다.

"뭐가?"

"모르겠어? 이번 일은 널 노린 거야. 정현이는 널 지키려다 당한 거란 말이다."

"그래서?"

난 기분이 좋지 않았지만 한껏 침착하려고 애쓰며 말했다.

"저번에 명동하고 영업장 놓고 다툰 적 있지? 사장이 널 키우는 걸 안 거야. 그래서 싹을 자르려 한 거지."

"그래서? 그래서 이 자식아."

나는 끓어오르는 분노를 간신히 억누르고 있었다.

"네 일이 아니라 사장의 일이야. 타깃은 너였지만 결국 사장 뒤통수치려는 거였어. 무슨 뜻인지 알아? 사장한테 보고하고 결정을 따라야 해."

나는 하도 어이가 없어 인범을 바라보았다.

"웃기지 마."

나는 중얼거리고 있었지만 위협적인 말을 내뱉고 있었다.

"정현이는 내 친구야. 내 일이다."

"바보 같은 소리 마. 넌 이제 네 멋대로 행동할 수 없어. 사장을 무시하면 안 돼. 보고하고 결정에 따라."

나는 조용히 있었다. 그리고 덜렁거리는 목을 간신히 붙인 채 드러누워 있는 정현을 보았다. 다시 화가 솟구쳤다.

"김인범!"

"왜?"

나는 그 순간 인범의 멱살을 잡으며 얼굴을 바싹 인범에게 갖다 댔다.

"녀석이 이 세상에서 마지막으로 본 건 바로 나야. 날 가지고 갔다고! 똑똑히 들어. 조직의 룰 따위는 난 모르는 일이다. 난 말이다, 정현이 그놈한테 빚을 진 거야. 무슨 말인지 알아? 마지막 순간에 나 대신! 그 자식이!"

침묵이 흘렀다.

"죽었다고."

"감상에 빠지지 마라."

"감상? 녀석에게 당당하고 싶을 뿐이야. 알아?"

난 인범의 멱살을 놓고 전화를 했다. 그런 나를 인범은 물끄러미 바라보더니 고개를 저었다.

"보고가 먼저야. 네 행동은 엄청난 실수라고."

녀석은 들릴 듯 말 듯 중얼거렸다.

밤이 깊었다.

병원에는 정현이 부모님이 와서 오열하고 있었다.

그리고…….

나와 인범은 짐짓 모른 채 병원을 빠져나와 아이들을 만났다. 전형수, 김보영, 현선희, 김유정, 노정래, 이기주까지.

"이기주?"

"설마 여기까지 온 나를 가라고 하진 않겠지?"

그러면서 이기주는 어색하게 웃었다. 이기주뿐만이 아니었다.

"이정우!"

"뭐야?"

이영수였다. 유림정보고의 이영수.

"넌?"

"소식 듣고 왔다. 우리 학교도 끼워주지그래?"

이영수가 자기네 아이들 20여 명을 거느리고 내 앞에 나타났다. 나는 김인범을 보았다. 인범이 아니었으면 원수질 일 없는 애들이었다.

인범이는 고개를 끄덕였다.

"이영수, 네가 왜?"

"이 근처에서 너하고 원수지고 살려는 간 큰 놈은 없을걸? 이정우, 넌 강하다."

이게 강자의 힘이라는 것일까? 나한테 무너졌던 녀석들이 이번 기회에 다시 일어서려고 내 밑으로 들어오고 있다니?

"정우야, 경찰이 우릴 찾아."

인범이 내 옆에 바짝 붙어 서서 말했다.

"경찰?"

"정현이를 데리고 온 우리를 찾는데. 귀찮으니까 여기서 나가자."

"그래."

나는 아이들을 데리고 학교 인근 공터로 갔다. 인범이와 처음 싸우던 그곳. 여전히 인적 드문 곳이었다. 우린 옹기종기 둘러앉았고 이영수가 데리고 온 아이들은 경계를 섰다.

"잘 들어. 나도 아직 어떤 놈인지 모른다. 진짜 조직 같아. 지금까지와는 상황이 달라. 너희들이 위험할 거다. 애들 싸움이 아니라고. 어떻게 할래? 빠지고 싶으면 말리지 않겠다."

"……."

"쓸데없는 의리는 사양한다. 신중하게 생각해라. 죽을 수도 있어. 걔네들 장난으로 싸우는 거 참관한 적 있는데 격이 달라.
어떻게 할래?"

녀석들은 피식거리며 웃고 있었다. 세상 물정 모르는 바보들
임에 분명했지만 어쩐지 가슴은 뜨거워지고 있었다.

"까짓것 죽지, 뭐. 킬킬."

"하하하."

녀석들은 키득거렸다.

"상황을 모르는군. 신중하게 생각하라니까."

"걱정 마라, 이정우. 우린 너와 함께한다."

"그래. 젠장. 어차피 살아봐야 뻔하잖아. 우리 같은 놈들. 어
른 돼서 공사판에서 벽돌을 나르게 될지 몰라도 지금 이 순간
은 즐겨야지."

"멋진 이야깃거리 만들어볼까?"

"신화를 만들어보자고."

"휘이이이이!"

이기주가 휘파람을 불었다.

"고맙다, 바보들아."

나는 가슴이 뜨거워졌다.

"하지만 확실치도 않지 않니? 명동 쪽에서 널 노린 건지. 보
고부터 해야 해. 어딜 쳐야 할지도 모르고."

인범이 또 제동을 걸었다. 나는 인범을 보았다.

"알겠다. 지금 사장 만나러 가자."

"지금?"

"그래 아직 잘 시간 아니잖아."

시간은 밤 11시를 넘어서고 있었다.

"가기 싫어? 혼자 갈까?"

"아냐, 가자."

나는 아이들을 둘러보았다.

"너흰 따로 부르겠다. 언제라도 부르면 나올 수 있게 준비해."

"알았다."

"오케이."

"쿡쿡, 재밌겠는데?"

건들거리는 녀석들을 뒤로하고 나는 인범이와 사장이 있는 나이트로 향했다.

사장은 반갑게 날 맞았다. 조끼를 입은 정장 차림이었고 사장실에는 영업부장이 와서 함께 바둑을 두는 중이었다.

"어서 와라. 이 시간에 찾아오다니, 무슨 일이냐?"

사장은 그렇게 말하면서 영업부장에게 손짓을 했다. 영업부장은 가볍게 목례를 하며 사장실에서 나갔다.

"둘이서 손잡고 온 걸 보니 무슨 일이 나도 단단히 난 모양인데."

사장은 씨익 웃으며 담배를 입에 물었다.

"허락을 받으러 왔습니다."

"허락?"

"오늘 오후에 제 친구가 절 노린 칼을 대신 맞고 사망했습니다. 빚을 갚을 수 있도록 허락해주십시오."

사장은 눈썹을 꿈틀거렸다.

"가만, 가만. 무슨 소리야? 알아들을 수 있도록 얘기해봐라."

사장은 침착했다.

"언제 그런 일을 당한 거냐?"

"오늘 하교 시간입니다."

"하교? 6시 정도?"

"예."

"그런데 왜 이제야 나한테 말하는 거지? 다섯 시간도 더 지났지 않느냐?"

"경황이 없었습니다."

"거의 여섯 시간이 다 되어간다. 그동안 경황이 없었다고? 좋아, 밑에 애들을 그만큼 아끼는 건 리더의 덕목이라 할 만하지. 그런데 빚을 갚겠다? 그건 무슨 소리냐?"

"낮에 사장님이 명동을 조심하라고 메시지를 보내지 않으셨습니까?"

"그래. 영업부장한테 시켰지."

"명동을 치겠습니다."

"뭐?"

놀란 사장을 똑바로 바라보며 나는 목소리에 힘을 가득 실었다.

"명동을 치겠습니다."

사장은 사뭇 심각한 표정을 지었다.

"그놈들이란 증거가 있느냐?"

"예?"

"메시지를 보낸 건 사실이지만 널 노린 게 그놈들이란 증거가 없잖아. 단지 추측일 뿐이잖니?"

"그건……"

"인범이 생각은 어떠냐?"

인범은 힐끔 날 바라보았다.

"사장님 말씀이 맞습니다."

사장은 그제야 환한 표정을 지었다.

"정우야. 열혈남아구나, 하하. 하지만 경영이란 걸 하다 보면 노하우가 쌓이기 마련인데 내가 보기엔 좀 더 관망하는 게 좋겠다. 너한테는 따로 경호를 붙여주마. 놈들 움직임을 살피고 난 뒤에 확실하다 싶으면 치자. 그래야 명분이 선단다."

"사장님."

나는 아랫입술을 깨물었다.

"지금은 너한테 아이들을 지원시킬 수가 없어. 아직 넌 교육 중이니까."

"사장님의 힘을 빌리고자 하는 게 아닙니다. 제 힘으로 치겠습니다. 아이들도 모아놨습니다. 허락만 해주십시오."

"뭐라고?"

사장은 담배를 입에서 빼내었다.

"아이들?"

"인근 학교 서클 애들입니다."

인범이 중간에 나섰다. 사장의 얼굴이 뒤틀렸다.

"벌써 다 모았다고? 나한테 알릴 경황도 없었다는 녀석이? 김인범 넌 뭐했냐? 뭐가 우선인 줄 알려주지 않았니?"

"아, 알려줬습니다."

인범은 사장의 분노에 당황하고 있었다.

"그런데? 이정우 넌 인범이가 나한테 먼저 보고하라고 하지 않든?"

"그랬습니다."

"뭐야?"

순간적으로 사장의 목소리 톤이 높아졌다.

잠시 침묵이 흐르고 사장은 정말 듣기 싫은 저음으로 한껏 목소리를 깔았다. 그러나 그 목소리엔 힘이 있었고 그의 진지한 표정과 더불어 너무나 위협적이었다.

"이정우, 날 무시하는 거냐?"

"아닙니다."

"그런데 난 너한테 무시당한 기분이야. 왜 그럴까?"

"……"

"네가 내 밑에 들어왔으면 싫더라도 지켜줘야 할 것이 있다. 무슨 말인지 알겠니?"

"예."

"이번 일은 지켜보자. 내가 알아볼 테니 넌 기다려라."

"……"

"알겠니?"

"예."

나는 침통했다. 이상하게도 윤재식 사장은 날 휘어잡고 있었다. 거역할 수 없는 권위. 나로선 처음 대하는 부류의 남자였다.

사장실을 나선 나는 우연히 진우를 만났다.

"안녕?"

진우는 내게 손을 흔들며 인사를 했다. 어울리지 않게.

"야, 이정우. 안색이 안 좋은데?"

진우는 능글맞은 웃음을 흘리며 내 어깨를 툭 쳤다.

"지금은 기분이 안 좋다. 다음에 보자."

"하하, 그래? 참, 명동 애들 말야. 전에 우리가 뽀사줬던 그놈들. 이번에 명동에 '2003'이란 단란 주점을 접수했다나? 다시 세력을 넓히고 있대. 웃기지?"

"2003? 단란 주점?"

"그래. 말이 단란 주점이지 이건 뭐, 아휴. 웬만한 나이트보다 매출액이 많다는데? 일본 애들도 많이 오고. 그러고 보니 이번 토요일 날 거기서 일본 야쿠자하고 조인트가 있다던데?"

"뭐?"

"그쪽 거물들 다 온다더군."

"넌 어떻게 알아?"

"하하하. 내가 연수생이잖냐. 부산에 우리 회사가 혈맹을 맺은 야쿠자가 바로 이번에 명동하고 조인트하는 그 구미래. 이래저래 나나 부산 사장님이나 골치 아프게 됐지."

"그래? 몇 시에 조인트하는지도 알아?"

"음, 새벽쯤? 밤 12시는 넘을 거야. 그렇지, 뭐. 그 얘기 하려고 사장한테 가는 길이야. 부산 사장님이 꼭 날 통해서 그런 정보를 제공하거든."

"비싼 손님 대접받으라고? 알았다. 그럼 담에 보자."

"후후. 내 존재 가치를 알리는 거야. 그래, 그럼 담에 봐."

진우는 돌아섰다. 왜 그런 이야기를 나한테 하는 것일까? 나한테까지 할 이야기는 아닌 것 같은데. 문득 무언가 뇌리를 스치고 지나갔다. 어쩌면 진우는 내게 기회를 주고 있는지도 모를 일이었다.

인범이 나에게 물었다.

"어쩔 거야?"

"이번 토요일에 치겠다."

"뭐?"

"애들한테 연락해야겠어. 토요일 날 대기하라고."

"사장님 앞에선……."

"훗. 충돌하고 싶지 않았어. 이건 내 일이다. 허락받고 말고 할 문제가 아냐."

"그렇게 멋대로 행동하면 안 돼. 조직에서도 버림받게 돼."

"버리라고 해."

내 머릿속에는 오직 한 가지 일념만으로 가득 차 있었다.

2003 단란 주점. 토요일.

"두고 보자."

나는 주먹을 말아 쥐었다. 몸이 뜨거워지고 있었다.

3.

내가 건물 밖으로 나오자 누군가가 따라붙었다. 두 명이었다.

"뭐야? 저 새끼들."

나는 인범에게 중얼거렸다.

"너한테 붙이는 경호 같은데. 모른 척해."

"빠르군."

윤재식 사장. 보통이 아닌 인물인 건 알고 있지만 이렇게 날 감시하고 싶은 걸까?

"널 경계하는 거야. 어디로 튈지 모른다는 걸 알고 있어. 널 지켜보고 있다는 걸 과시함으로써 네 행동을 제약하려는 거지."

인범이 사장의 의도를 꿰뚫듯이 설명해주었다.

"쳇."

나는 급히 그들을 향해 발걸음을 돌렸다. 나는 거침이 없었다.

"어디 가는 거야?"

인범이 날 불렀다. 나는 들은 체도 않고 그들 앞으로 나아갔다.

"사장이 붙인 거냐?"

나는 다가가면서 그렇게 쏘아붙이고 있었다. 두 녀석은 어깨를 으쓱였다.

"언제부터 날 따라다닌 거야?"

"김인범이 사장한테 인재가 있다고 보고를 했을 때부터."

"너 제법 멋지던데?"

녀석들은 이죽거리고 있었다.

빌어먹을. 윤재식은 날 여태껏 지켜보고 있었다는 얘기인가?

"우리 말고도 널 지켜보는 식구는 많아. 알면 놀랄걸?"

"사장이 왜?"

"넌 특별하니까."

허탈한 기분이 들었다. 그동안 속속들이 내 행동이 다 읽혀지고 있었다고? 그렇다면 정현이가 죽은 것도 알고 있었다는 이야기인가? 내가 무슨 짓을 했는지도……? 사장이란 작자. 지금껏 내 앞에서 능청을 떨었단 이야기인가? 내가 어떻게 나오나 보려고? 사실대로 말할지, 뭔가를 숨길지 알아보려고?

내 가슴속에선 배신감이 싹트고 있었다. 분명 이런 기분이 배심감일 것이다. 치욕스럽다.

"너무 기분 나빠하지 마. 특별한 배려라고 생각해라."

나는 그렇게 말하는 녀석을 바라보았다. 은근히 화가 치솟고 있었다.

혹시 인범이, 이 녀석도?

"김인범, 너도?"

인범은 고개를 끄덕였다.

뭐냐? 이 참담한 기분은? 내가 믿었던 녀석이었는데 사실은 내 편이 아니었다니. 인범이 말했다.

"진정해라, 이정우. 악의는 없었다. 넌 진짜 리더였고 그 모습을 그대로 보고한 거야."

"사장이 정현이 죽은 거 알았어? 알고서 능청 떤 거야?"

"아니야, 그땐 내가 네 옆에 있었잖아. 보고할 시간이 없었어."

"그래서 나보고 보고부터 하자고 졸라댔었군. 그런 거냐?"

"그래. 위계질서는 분명해야지."

"이······."

난 순간 분통이 터져 인범의 멱살을 잡았다.

"또 누구야? 날 감시한 놈들이."

"너희 반에 태한이, 정현이."

"정현이마저?"

"정현이는 거부하더라. 사심 없는 친구로서 대하는 널 감시하는 기분이 들어서 싫다며. 주로 학교에서의 생활은 태한이를 통해 정보를 얻고 내가 다시 보고한다."

뭐냐? 대체 뭐야? 이 더러운 기분은. 내가 친구로 생각하던 놈들이었는데. 그랬는데······. 나는 인범의 멱살을 놓았다. 이런 기분은 처음이었다.

"알겠다."

"그래, 원래 그런 거야. 기분 나빠 하지 마라. 선택된 자만이 얻을 수 있는 혜택이야."

나는 고개를 끄덕끄덕했다.

"알았어, 알았다고."

"그리고 정현이 문제는 사장 말대로 보류해라. 말이 여기까지 나왔으니 하는 말인데 어차피 내가 네 단독행위를 보고할 테고 그럼 너라도 그냥 넘기진 않을 거야. 이런 사회에선 위계가 최우선이다. 지시가 날 때까지 기다려야 해."

"흐흠, 그래? 알았어. 시키면 시키는 대로 해야지. 암, 암. 그렇지. 이……."

난 살기를 띠고 주위를 돌아보았다.

"더러운 새끼들아!"

"엇! 이정우!"

나는 몸을 날려 뛰쳐나갔다. 당황한 인범과 녀석들이 내 이름을 부르며 날 쫓았다.

'이제 진짜 내 멋대로다. 알아? 난 어느 곳이든지. 어느 때이든지 통이란 말이다. 내가 최고란 말이다!'

그러나 그렇게 속삭이는 내 마음은 왠지 공허했다.

나는 그들을 빠른 속도로 따돌렸다. 아니, 그랬다고 생각했다. 갑자기 앞쪽에서 날 잡으려는 세 녀석이 뛰어들고 있었다.

"비켜!"

나는 정면에 선 녀석의 어깨를 밟고 훌쩍 뛰어올랐다. 동시에 몸을 회전하며 뒤에서 달려오던 두 녀석의 턱을 무릎과 주먹으로 박살 냈다.

따각!

쩍!

어깨를 밟힌 녀석이 돌아섰다. 나는 그 녀석의 코를 내려앉히고 이빨을 깨뜨렸다.

와작!

그러고는 거침없이 내달렸다. 멀리 택시 한 대가 보였다.

"택시!"

그 순간 택시 한 대가 깜빡이를 켜며 내 앞으로 미끄러져 왔다.

"아저씨, 서지 말고 천천히 움직여요!"

나는 속도를 줄이는 택시 위에 올라타며 정차를 막았다.

"이대로 가요, 얼른."

"학생! 뭐야?"

택시 기사는 날 쫓아오는 다른 녀석들을 보더니 나보다 더 급한 듯했다.

부아아아앙!

택시는 오토바이 같은 굉음을 일으켰다. 그러더니 이내 검은 도로를 질주했다.

"돌아와. 이건 항명이야! 용서받을 수 없어!"

인범의 고함 소리가 멀어져갔다.

새벽 1시.

나는 조심스럽게 방문을 열고 있었다. 문고리가 걸려 방문은 제대로 열리지 않았다.

딸그락. 딸그락.

"잘 안 되는데……?"

딸그락. 딸그락.

방 안에 누군가가 거추장스러운 소리에 잠이 깬 듯했다.

"누…… 누구야? 경찰에 신고할 거야."

잔뜩 겁에 질린 정임의 소리가 들려왔다. 더 이상 문고리를 잡고 이런 짓을 할 필요는 없었다.

"윤정임, 문 열어봐."

어차피 깼다면 더 이상 조용히 있을 필요가 없었다. 하긴 몰래 들어가는 데 성공했다 하더라도 정임을 깨워야 했을 것이다.

"어? 넌?"

방 안에 불이 켜졌다. 이내 문이 열리고 정임이 나타났다.

"야, 너."

"미안. 하룻밤 자도 돼?"

"무슨…… 일이야?"

"일이 좀 있어서. 내일 나갈게."

정임은 많이 긴장했던 모양이었다. 크게 한숨을 내쉬었다.

"와…… 이 문제아, 정말?"

정임은 이내 안심한 듯 배시시 웃었다.

"비좁게스리. 또 무슨 말썽을 부린 거야? 담임선생님한테 얘기한다?"

"얘기해봤자 관심도 없는 인간이야. 내일은 좀 학교가 시끄러울걸?"

"왜?"

"학교에 가봐. 아참, 그리고 학교 갔다 올 때 내 충전기 좀 가져다줄래?"

"무슨 소리니? 나하고 같이 학교 가야지. 학교 안 가겠다는 거야?"

"사정이 있어. 당분간 아무 데도 갈 수가 없어. 잠시만 모른 척해줄래?"

지금까지 정임에게 한 말투 중 가장 진지한 말투였다. 정임은 분위기에 억눌린 듯 가만히 있었다.

　그리고. 다음 날 저녁.

"너…… 어떻게 된 거야?"

"충전기는?"

"여기."

나는 충전기 단자를 휴대폰에 꽂았다. 사장이나 인범이한테 어떤 메시지가 들어왔을지 몰랐다.

"그것 때문에 가져오랬어? 내 거 쓰지그랬니?"

"웅?"

난 다른 휴대폰의 충전기를 내 것에도 쓸 수 있는지 몰랐다. 정임은 나를 한심하게 바라보았다.

"너…… 내 말 들어?"

"듣고 있어."

"정현이 조화가 책상에 놓이고 학교로 경찰이 찾아왔어. 학생부에서 문제아 명단 다 뽑아 가고. 너하고 상관있지?"

"상관있으면 어쩌겠다고?"

"어떻게 된 거니? 강덕중 선생님한테 네 얘기 할까 하다가 말았어. 하지만 잘못한 거 같아. 내일은 학교에다 다 말할 거야."

"맘대로 해. 어차피 충전만 끝나면 나갈 테니까."

"어딜?"

"상관하지 마."

"아무 데도 못 가. 나랑 같이 내일 학교에 가."

"그럴 수 없어."

"왜? 왜 안 되는데?"

"노출되거든."

"노출? 무슨 소리야?"

"잠깐만 메시지 좀 확인하고."

나는 충전기째로 휴대폰을 들어 올려 음성메시지를 확인했다.

— 나 윤재식이다. 이런 식의 행동은 예쁘게 봐줄 수가 없어. 위계질서를 뿌리째 흔드는 행위다. 돌아와라. 오늘 중에 돌아 오면 불문에 붙여주겠다.

삑!

— 어이. 클클, 나 알지? 진우. 킥킥킥. 제법 멋진데? 쿠쿠쿡. 토요일 날 칠 거야? 인범이가 너 거기 간다고 말을 해버렸어. 지금 이쪽하고 그쪽하고 협상 중인가 봐. 어려울 것 같은데? 크 크큭. 어차피 인범이가 말할 것 같아서 내가 말하는 거다.

삑!

— 인범이다. 너 어디 있니? 분위기가 안 좋아. 사장이 용서 해줄 마음이 있을 때 돌아와라. 그리고 토요일 말인데. 하지 않 는 게 좋아. 여기서도 널 잡으려고 협상 중이니까.

삑!

— 나야, 또 인범이. 학교에 경찰이 와서 나하고 3학년 중에 몇 명을 조사하고 갔다. 정현이가 너하고 친하다고 너희반 애 들이 진술했나 봐. 네가 학교에 안 온 걸 수상히 여기는 듯해. 학생부에서 네 명단 뽑아 갔다. 부산에도 조회해볼 거라는데.

상황이 안 좋다. 사장한테 가. 널 보호해줄 힘이 있는 곳은 거기뿐이야.

네 개의 메시지가 들어와 있었다. 나는 잠시 생각을 모으고 전화를 했다.

"김보영, 너 애들 연락처 다 알지?"

"무슨 일인데? 지금 너에 대해 소문이 쫙 났어."

"신경 쓰지 마라. 상황이 굉장히 좋지 않다. 그래서 이번에 내가 아이들을 소집한 건 당분간 무기한 연기다. 따로 말이 있을 때까지 기다려라. 모두에게 전해."

"알았다."

나는 전화를 끊고 두 손을 모았다. 묘하게도 차분했다.

"정우야, 너 정말."

정임이 다그치듯 입을 열었다.

"조용히."

나는 손가락으로 내 입을 막으며 말했다.

"나 혼자서 모두 책임지겠어. 내 행동에 대해."

"무슨 소리니……?"

정임의 목소리가 떨리고 있었다.

"이렇게 되면 단독행위다. 위험은 나 혼자로 족해."

나는 정임은 전혀 신경 쓰지 않고 각오를 다졌다. 어디선가 솟구쳐 오르는 비장감이 내 몸을 감싸 돌고 있었다.

지옥

1.

오랜 시간이 지났다.

"잘 지냈냐?"

인범이 문을 열고 들어왔다. 나는 진우의 칼에 찔려 크게 난 상처를 감싸 안으며 간신히 몸을 일으켰다.

"여기 정태다. 전에 우리 애들 부산 원정 왔을 때 소년원에 있어서 참가하지 못했지. 이 녀석 아니었으면 피를 너무 흘려서 죽었을 거야. 며칠 동안이나 내가 의식이 없었대."

"반갑다."

인범이 손을 내밀었다. 정태는 그저 손만 맞잡을 뿐 아무 말도 하지 않았다.

"김인범, 넌 믿어도 되겠지?"

"후우! 믿어라. 나도 지금 도망쳐 나오는 길이다. 네가 사라지고 난 뒤부터 생긴 일이 많았다."

"생긴 일?"

"그래, 가장 큰 일은 윤정임을 인질로 잡은 거겠지."

내 얼굴이 굳어지는 걸 느낄 수 있었다.

"너 전화기 누구한테 맡겨놨었니?"

"정태한테. 귀찮아서. 정태는 나한테 아무 말도 하지 않았어. 그런데 얼마 전 연락해보는 게 좋겠다고 처음으로 그러기에 너한테 연락한 거야."

인범은 한숨을 내쉬었다.

"후우. 얘기가 길어."

"으...... 윽."

나는 깊은 상처에 신음 소리를 내며 자세를 고쳤다.

"해봐. 무슨 일이냐?"

"이런 얘기는 하기 싫어. 하지만 알고는 있어야겠지."

"뜸 들이지 마."

인범은 다시 한숨을 내쉬며 담배를 입에 물었다. 그리고 믿을 수 없는 충격적인 이야기를 내 앞에 풀어놓기 시작했다.

다음은 인범의 이야기다.

이정우는 지금 어디서 어떻게 보내고 있을까......?

학교는 난리가 났지. 매일같이 형사들이 들이닥치고 나도 조사 대상에 올랐어. 문제는 네가 어디로 갔는지 아무도 모른다는 거였지. 토요일에 과연 네가 2003 단란 주점에 나타날지? 의문도 컸고 너의 모험에 대해서도 불안했지.

보스의 명령을 거부했고, 복귀하라는 음성메시지를 들었는지 아닌지는 모르겠지만 전혀 소식이 없었잖아. 마치 사장을 무시하는 것 같은 네 행동은 윤재식 사장의 권위를 떨어뜨리고 있었고 조직 내에서도 불만이 싹트고 있었다. 즉, 지나치게 이정우를 편애하는 게 아니냐는 불만이 암암리에 퍼져 나가고 있었고 은근히 내분의 조짐까지 보였던 거야.

나는 태한이를 불렀다.

"예, 선배님."

"그때 부산에서 원정 올라왔던 놈들하고 연락할 수 있을까? 정우 친구들 말이야."

"잘 모르겠습니다만."

"음, 그래. 혹시 사장이 부산으로 도망친 건 아닌지 생각 중이라서 한번 말해본 거야."

나는 여러 가지로 생각의 방향을 잡았어. 이정우가 튈 방향.

넌 피할 녀석이 아니라고 보긴 하지만 모든 것이 본인에게 불리한 이 상황에서 은신 쪽이 더 가능성이 높지 않을까 하는.

"야야, 인범아."

상담실에 갔던 태수가 날 부르며 다가오고 있었어. 태수 알지? 옥상에서 너에게 시범 케이스로 걸렸던 녀석. 꽤나 급하더군.

그즈음 우린 상담실에 들락날락거리는 게 일과였거든. 다만 상담원이 경찰이라는 게 다르다면 다른 일일까?

"뭐야? 왜 그래?"

"빅뉴스, 빅뉴스. 후아아."

태수는 숨도 제대로 고르지 못하고 있었어.

"뭔데 그러냐?"

"야야, 정우 반 교생 있지? 알아?"

"얼굴은 알아. 그 여자 학교에서 유명하잖아. 평판 좋던데? 왜?"

"이정우가 바로 그 교생 집에서 하룻밤을 잤대."

"뭐라고?"

"어제 저녁에 나간 모양이야. 교생이 진술하는 거 다 들었어."

"정말이야?"

"학교 뒤집어졌어. 형사들은 교장하고 따로 얘기하고 교감 주최로 교무 회의 열릴 거래. 언제 열리지는 모르겠지만. 그 교생 욕 좀 들어 먹을 것 같아."

"지금 이정우가 어디로 갔는지는 모르고?"

"몰라."

어떻게 돌아가는 거야? 젠장!

이건 중요한 문제였다.

"왜?"

나는 인범의 말을 잘랐다.

"왜냐고? 너에 대한 단서였으니까. 그리고 이 사실이 보고되면서 사장은 정임을 납치하기에 이른 거야."

"…… 계속해라."

인범은 담배를 빼내 입에 물었다.

"교무 회의에서는 윤정임에게 징계를 내렸어. 교생의 품위를 손상시켰으며 나아가 학교의 명예에 먹칠을 했다고."

"뭐야? 그게 무슨 소리냐?"

"듣기만 해. 교생 방 단칸방이잖아."

"그게 무슨 상관이야?"

"학교에는 이상한 소문이 돌았어. 너하고 교생하고 밤에."

"무슨 헛소리야?"

"물론 넌 아무 일도 없었겠지. 그런 일이 있었다면 교생도 순진하게 형사들한테 진술하지도 않았을 테고. 어찌 됐건 표면적으론 신속하게 신고를 하지 않고 널 은신시켜서 수사에 차질을 빚게 했다는 것이었지만 학교에 떠도는 소문이 아니었다면 학교에서 쫓겨나진 않았겠지."

"쫓겨났다고?"

나도 모르게 목소리가 커졌다.

"그래, 쫓겨났어. 그게 정확한 표현이지. 겉으론 개인 신변상 중간에 나가는 거였지만 사실상 쫓겨난 거지. 하긴…… 학교 애들 속삭이는 소리 때문에 계속 나올 수도 없었을걸? 대놓고 창녀라고 놀리면서 정임의 곁을 지나가는 녀석도 있었으니까."

"뭐라고?"

"강덕중 선생만 반대했고 대부분 쫓아내자는 결정에 따르자는 분위기였어."

"강덕중?"

"그 후로 윤정임은 계속 경찰서에 불려가서 조사를 받았나
봐. 경찰은 정현이를 죽인 강력한 용의자로 널 지목하고 있었
어. 정현이가 죽은 그날 이후로 계속 넌 행방불명이니까 너한
테 포인트를 맞추는 거야."

"후우, 정임이한테 미안하군. 젠장, 남한테 피해는 안 주며
살고 싶었는데."

나는 가슴이 답답해졌다. 인범이 말을 이었다.

"그리고 정임은 며칠 지나지 않아 납치되었어. 네가 나타나
기 하루 전날, 그러니까 금요일 밤이야. 사장은 네가 토요일 단
란 주점에 나타날 것으로 예상하고 정임을 납치해 너에게 메시
지를 보냈어. 네가 음성메시지를 확인하지 않은 게 문제였지."

나는 눈을 감았다.

내가 메시지를 확인하지 않았다고? 아니었다.

— 나 사장이다. 더 이상 널 내버려둘 수가 없구나. 지금 네
가 하는 행동은 항명이야. 윤정임 알지? 너희 반 교생. 우리가
데리고 있다. 신중하게 행동해라.

그러나 나는 그것을 무시했다. 뒤에 떠들어댄 소리가 많았지
만 나는 거기까지만 들었다. 문자메시지는 제대로 보지도 않고
삭제했다. 전화를 정태에게 맡기기 시작한 건 그런 메시지들이
귀찮게 느껴지기 시작하면서부터였다.

이후 나는 들어오는 모든 메시지를 삭제해나갔다. 어떤 내용

인지도 모른 채.

"정임에 대한 사장의 태도는 지극했어. 영업부장이 왜 그렇게 잘 대해주느냐고 할 정도였지."

"형님, 오늘은 이렇게 부르는 걸 용서해주십시오."

"무슨 일이냐? 성태야."

"이번에 납치해 온 여자 말입니다. 방까지 따로 내어주시고 대접하는 게 너무 지나치지 않나 싶습니다."

"흠."

"그리고 아이들의 불만이 큽니다. 저 또한 알 수가 없습니다. 이정우란 아이, 형님께 항명하고 제멋대로 사라져버린 놈입니다. 미련을 버리지 못하는 이유가 뭡니까?"

"맹랑하다! 감히!"

"죄송합니다."

사장은 너에 대한 애정이 컸어. 누구도 부인할 수 없었지.

"잘 들어라. 여기 있는 모두 잘 들어라. 너희들이 무슨 생각을 하고 있는지 잘 알고 있다. 너희들과는 피로 맺어진 것 이상의 형제애를 느낀다. 나는 너희들을 믿는다. 그런데 어째서 너희들은 날 믿지 못하느냐?"

사장은 어느 날 모두를 모아놓고 그렇게 말했어.

"나는 윤정임 양을 손님으로 보고 있다. 어차피 이정우도 우리 식구다. 날 믿어라. 나는 이정우를 편애하는 것이 아니다. 너희들 중 어느 누가 사라져도 나는 똑같이 대할 것이다."

인범은 그때를 회상하는 듯 잠시 숨을 고르고 말을 이었다.

"그러나 아무도 수긍하려 들지 않았지. 사장은 항상 정임에게 존댓말을 썼고 깍듯이 대했어. 너에 대해 불만이 컸던 조직원들은 그것도 못마땅했지. 위계질서를 어지럽힌 놈을 다시 불러오기 위해 치러야 할 대가로는 너무 크다고 본 거야."

"......."

"정임은 항상 겁먹은 눈으로 방 안에만 있었어. 밖으로 나올 수 없었지. 난 동진고에 다니니까 가끔 들어가보라고 사장이 그러더군. 정임은 내가 너하고 같은 학교라는 걸 알고 난 뒤부터는 나한테만 붙어 다녔어."

"그래? 후후. 좋았겠군. 생긴 건 반반하잖아? 제법 착하고 말야."

인범은 그렇게 말하는 날 한참 동안 바라보았다.

"뭐야? 왜 그래?"

"그런 말은 하지 마라. 넌 아무것도 몰라."

"무슨 소릴 하려는 거야?"

"어쨌든 정임은 겁을 너무 먹어서 말을 거의 잃을 지경이었어. 항상 겁먹은 눈으로 눈치만 살폈지 말이라곤 하지 않았거든. 그런 분위기를 처음 봤겠지. 더군다나 사장을 제외하곤 모두가 노골적으로 적대감을 표현했기 때문에 혼자 있다가도 괜히 깜짝깜짝 놀라곤 했어."

"음."

"좀 불쌍해 보이더군. 어찌 됐건 네가 토요일에 나타나 진우를 죽여버린 것 때문에 일이 엉망으로 뒤틀린 거야."

나의 머릿속에 그날 밤이 떠올랐다. 내 평생 처음으로 살아 있는 인간의 숨통을 끊어버린 그날.

바로 그 토요일 아침.

"정태야."

"반갑다."

나는 서울역에서 정태와 상봉했다. 소년원에서 나온 지 이틀이 지난 녀석이었고 학교에 복학하지 않은 관계로 마음 놓고 서울로 올라올 수 있었던 녀석이었다. 하긴 학교를 다닌다고 해도 나 보고 싶으면 언제라도 올 녀석이지만.

그즈음 난 여관에서 지내고 있었다. 씀씀이가 예사롭지 않은 나로서는 돈이 더 필요했고 두현에게 통장에 돈을 붙여달라고 부탁했던 것이다. 그때 마침 정태의 소식을 듣게 되었고 정태는 날 보고 싶다고 불원천리하고 달려온 길이었다.

"오랜만이다, 정태야."

"나 역시."

나는 해후를 기뻐했지만 술을 전혀 입에 대지 않는 나를 이상하게 여긴 정태에게 말꼬리를 잡히고 말았다.

"오늘 무슨 일 있냐?"

"응? 아니다. 나 혼자 할 일이야."

"뭐야? 설마 날 따돌리려는 거냐? 소년원에서는 모인 애들끼리 별의별 걸 다 배워. 서로서로 가르쳐주고 배우지. 뭔진 모르겠지만 같이 가자. 생각 외로 쓸모가 많을걸."

결론부터 얘기하자면 나는 정태가 소년원에서 배운 지압법 때문에 살았다. 어찌 됐건 나는 정태를 뿌리치지 못하고 같이 밤에 여관을 나섰다.

그리고 나는 그날 밤 진우를 죽이게 되었던 것이다.

2.

나는 정태에게 낮은 목소리로 속삭였다. 어느새 난 예전의 모습을 찾고 있었다. 정태는 고개를 끄덕였다.

"조심해."

나는 빠르게 건물 외곽을 돌아다니며 지형을 살폈다. 단란 주점. 그냥 단란 주점이라고 하기에는 지나치게 컸다.

'금일 휴무입니다'라는 팻말이 문에 걸려 있었고, 얼핏 보기에도 조직 같아 보이는 덩치들이 건물을 에워싸며 경비 중이었다. 듣도 보도 못한 외제차들이 주위에 수십 대 주차돼 있었고 어디에선가 승합차로 여자들을 끊임없이 실어 날라 왔다. 또 간간이 대형 외제차가 굴러 들어오면 아카데미 시상식에 가는 여배우처럼 꾸민 창녀들과 말쑥하게 빼입은 중년의 남자들이 서로 껴안으며 차에서 내리곤 했다.

차에서 귀빈이 내리면 기도를 서고 있던 녀석들은 무전기로 통보하고 깍듯이 예우하며 단란 주점 안으로 들여보내주었다.

그런 차량들 속에 사장의 차도 보였다.

"빌어먹을."

나는 중얼거리며 아랫입술을 깨물었다. 빈틈이 없었다. 건물 안으로 들어갈 기회가 없었던 것이다. 나는 정태가 있는 곳으로 나왔다.

"젠장. 들어가기가 만만치 않아."

"아무래도 혼자서는 무리야. 애초에 상대가 너무 커."

정태는 내 어깨를 짚으며 얘기했다.

"후우! 빌어먹을. 원래 명동 애들하고 일본 애들하고만 조인 트하는 자린데 우리 사장도 끼어들었어."

"새로운 세력 관계 형성인가?"

"후후. 그런가 봐."

"가보자. 소년원에서 문 따는 것도 배웠는데 한번 가서 보자."

나와 정태는 조심스럽게 건물로 다가갔다. 그러나, 역시 먼 발치에서 살피는 정도였다.

"넌 여기 있어. 내가 아무것도 모르는 척하고 한번 부딪혀볼 테니까."

정태는 날 안심시키고 앞으로 나섰다. 그러고는 갑자기 술 취한 듯 비틀거리며 단란주점으로 향했다.

"야! 술 냄새도 안 나잖아."

난 녀석을 만류했지만 이미 정태는 저만치 앞서가고 있었다.

"끄억. 오늘 여기 장사 안 해요?"

녀석은 트림을 하며 먹었던 음식 냄새를 발산해내는 재주가 있었다. 술 냄새는 둘째치고 그 냄새는 보통 역겨운 게 아니었다. 하지만 기도들은 크게 동요하지 않았다.

"아이, 씨. 장사 안 해?"

"오늘 휴무입니다. 죄송하지만 돌아가주십시오."

제법 정중했다. 큰 행사를 치르기 때문일까? 녀석들은 결코 경거망동하지 않았다.

그때였다. 건물 안에서 김진우가 나타났다. 진우가 정태를 못 알아볼 리 없었다. 부산에서 같은 고등학교였고 정태는 소년원까지 간 스타였다. 같은 동아고 선후배 사이인 이들이 몰라본다는 건 말도 안 되었다.

진우도 정태도 서로를 알아보았다. 곧바로 진우는 무언가 손짓을 했고 기도들과 몇 마디를 속삭이듯 나누었다. 잠시 후 진우는 정태를 데리고 건물 안으로 사라졌고 오래지 않아 정태가 밖으로 나왔다. 정태는 당당한 걸음으로 날 향해 다가오고 있었다. 언제 술 취한 척했느냐는 듯 표정도 밝았다.

"정우야, 따라와. 김진우가 길을 터준단다."

나와 정태는 건물 뒤편으로 돌아갔다.

"이쪽이다."

진우가 손짓으로 우리를 불렀다. 우린 급하게 진우를 향해 다가갔다. 진우가 내 얼굴을 보자 이죽거렸다. 그 분위기는 지금까지 내가 알고 있던 진우의 그것이 아니었다. 하지만 그때까지도 내가 진우를 의심할 수는 없었다.

"정태. 넌 밖에서 대기하고 있어."

"웅? 아, 알겠어."

나는 정태를 밖에 세워두고 홀로 건물 안으로 들어갔다. 진우가 이죽거렸다.

"이정우, 제법인데? 여기가 어디라고, 후후."

"어떻게 된 거야? 아까 내가 볼 때는 여기도 경비가 많았는데?"

"아, 그 정도야. 나도 그 정도 힘은 있어. 언젠가 말했잖아. 여기 온 일본 애들이 부산 본사하고 형제 결연 맺은 데라고. 내가 꽤 중요한 인물이라고, 크크큭."

진우는 예의 그 느끼한 웃음소리를 입 밖으로 새어 보냈다. 날 바라보는 눈동자에서 이상한 빛이 뿜어져 나오는 것 같았다.

"근데, 이정우. 내부 진입은 힘들어. 네 목적이 뭔지 모르겠다만 아마 명동 보스 치는 거겠지? 하지만 곤란할걸?"

"정현이 빚만 갚으면 돼. 명동 보스를 치는 게 가장 확실하겠지."

진우는 어깨를 으쓱였다.

"쿠쿠쿡. 어린애 같은 소리. 도대체 여길 뭐로 보는 거야? 기분만 갖고 설칠 수 있는 곳이 아니야."

"시끄럽다. 어디 있어? 장소만 가르쳐줘."

"저런저런. 진정하라고, 킥킥. 지금 일본 애들 때문에 여기 분위기가 이상해졌어. 부산에서도 윤재식보다는 일본이 더 중요하다는 입장이고, 덕분에 명동하고 새로운 관계가 형성되었지."

이상한 말이다.

"무슨 말이야?"

"그래서 말인데 윤재식이 키우는 널 눈앞에 두고만 볼 수는 없는 일 아냐?"

"뭐?"

"안에서도 잠시 후 난리가 날 거다. 윤재식은 네가 갑자기 나타나 소란을 피워 이 바닥 질서를 어지럽힐까 봐 네가 오면 데려가겠다고 온 거지만 여기서 뜻밖의 일을 당하게 될 거야."

나는 진우가 무슨 소리를 하는지 쉽게 감이 잡히지 않았다. 혼란스럽기만 했다.

"후후후. 새로운 관계 형성이지. 일본 애들이 택하는 쪽과 부산 본사도 운명을 함께한다. 명동 측은 일본에서 택한 곳이고 윤재식을 제거하길 바라고 있지. 더 이상 윤재식을 형제로 보지 않는다. 이해 가나?"

그러면서 진우는 소매 끝에서 칼을 끄집어내었다.

쉬릭!

금속성 음향이 날카로웠다.

"너 김진우, 혹시?"

나는 그제야 뭔가 떠오르는 것이 있었다. 진우의 신들린 칼 솜씨를 난 눈앞에서 본 적이 있다. 그런 칼 솜씨는 함부로 흉내 낼 수 있는 것이 아니었다. 그 순간 정현의 목이 떠올랐다. 떨어져 나간 정현이의 목이 갑자기 뇌리 가득히 차고 들었다. 동시에 오토바이 소리가 귀를 때렸다. 그랬다. 나는 그날 정현의 목을 자르며 스쳐 갔던 놈의 얼굴을 보지 못했다.

순간.

진우가 칼을 들고 설쳐대던 모습과 정현의 목이 교차하며 내 눈앞을 메웠다.

"김진우, 네가 정현이를?"

내 입술이 가볍게 떨렸다.

"후후후. 난 시키는 대로 할 뿐이야. 내가 명동 애들 회 칠 때만 해도 이렇게 될 줄 알았겠냐? 키키키……. 이게 이쪽 세상의 법칙이야. 억울해할 것 없어."

나는 할 말을 잃었다. 정현이의 목을 딴 녀석이 정녕 진우란 말인가?

"김진우."

나는 참을 수 없는 분노를 억누르느라 목에 힘을 넣었다. 나도 모르게 주먹이 말려들었다.

"용서하지 않겠다!"

"크크크크. 재밌는데? 용서는 강한 놈이 하는 거다. 네가 날 이길 수 있을까? 오늘 여기 올지도 의문이었는데 제 발로 찾아들다니. 사실 네가 안 올까 봐 널 자극했었지. 내 실수를 만회할 기회를 스스로 주는구나."

"실수라고? 정현이를 죽인 게 실수란 거냐?"

"당연하지. 내가 노린 건 너였으니까, 크큭."

나는 치미는 역겨움으로 주먹에 힘을 실었다. 진우는 싱글싱글 웃었다.

나와 진우는 후문 복도에서 마주 보고 섰다. 복도 끝에 또 쪽문이 있었고 그 문 너머에 단란 주점 주방으로 통하는 복도가 또 있는 형태였다. 나는 후문 쪽으로 진우는 복도 쪽으로 서서 대치했다. 나는 진우의 레벨이 보통이 아니란 걸 알고 있었다. 그리고 한쪽 벽은 거울로 도배를 해놓았다. 섣불리 몸을 움직일 수가 없었다. 진우도 칼을 이리저리 흔들며 내 틈을 노리고만 있을 뿐 쉽게 덤벼들지는 못했다.

"끼야아아아아."

진우의 입에서 짐승 같은 외침이 터졌다.

슈욱!

몸을 낮게 낮춘 진우의 칼끝이 날 향해 치솟아 왔다. 나는 제자리에서 힘껏 점프하며 녀석의 머리 위로 솟구치면서 놈을 뛰어넘었다. 그러나 낮은 천장 탓에 몸을 뒤틀어 공격할 수는 없었다.

진우 역시 너무나 빨랐다. 진우는 날 돌아보며 킬킬거렸다.

"크크크. 역시 이 정도 공간에서는 마음대로 날뛰지 못하는군. 그래도 제법이었어."

나는 신중했다. 칼과 맨손. 스피드에도 별 차이가 없다면 섣불리 움직였다간 크게 당할 수가 있었다. 이 싸움은 결코 유리하지 않다.

"김진우, 왜 이래야 하지?"

"말했잖아. 본사 거래처가 바뀐다고. 장차 윤재식의 미래가 될 너 같은 녀석은 두고 볼 수가 없어. 동지가 아니면 적. 적은 제거한다. 그게 힘의 법칙이다."

말이 떨어지기 무섭게 진우는 다시 짓치며 달려들었다. 나는 복도 벽면을 타고 뛰면서 진우의 어깨를 공격했다.

슈욱!

펄럭!

내가 친 것은 빈 공간이었다. 진우도 내 몸에 상처를 입히지 못하고 우린 다시 위치를 바꾸며 대치했다. 무턱대고 막무가내로 주먹질을 할 상대가 아니라는 것쯤은 서로가 잘 알고 있었다.

극도의 긴장감이 내게 밀려들고 있었다. 난 지금까지 싸워서 3분을 넘긴 적이 없었다. 그런데 진우와 탐색전만으로 그 이상의 시간을 소모하고 있었다. 진우도 신중했다. 어느새 얼굴에서 킬킬대던 웃음기가 사라져 있었다. 서로가 그렇게 마주 선 채 누구도 몸을 움직이지 않았다. 아니 움직일 수가 없었다.

젠장. 먼저 부딪혀야 하는 걸까? 이런 경우라면 타이밍을 뺏어야 하는데. 진우 역시 아무런 말도 하지 않았다. 커다란 진우의 눈만이 빛을 뿜어내고 있었다.

다앗!

이번엔 나의 선제공격이었다. 작심하고 들어간 노림수였다. 진우가 걸려들기만을 바랄 수밖에 없었다. 나는 벽을 타고 진우를 향해 나아갔다. 진우는 확실한 공격 포인트를 잡았는지 거침없이 칼날을 쑤욱 내밀었다.

'그래, 그거다.'

나는 몸을 비틀었다. 진우가 걸려들었다고 생각했다. 좁은 공간이지만 나는 몸을 뒤틀며 허공에서 녀석의 손놀림을 피하며 강하게 진우의 어깻죽지를 오른발로 내리꽂았다.

"크크크, 그럴 줄 알았다!"

이건? 내 시야에서 진우가 사라졌다……!

진우의 속임수였다. 진우는 재빠르게 자세를 고치며 허공에서 떨어지는 내 등허리를 칼로 휘익 그어버렸다.

"컥!"

정통으로 맞았다. 나는 용솟음치는 뜨거운 피를 느꼈다.

쿠당탕!

나는 몸에서 빠져나가는 뜨거운 피를 느끼며 바닥에 뒹굴었다.

"크윽……!"

"어떠냐? 네 녀석은 수법이 뻔해."

진우가 승리감에 도취되어 킬킬거렸다.

"아직 어려서 그런가? 네 싸움은 순진하거든. 그래서 밟는 재미가 크지만 말이야."

나는 간신히 몸을 일으켰다. 하지만 서 있기가 힘들었다. 이 싸움은 오래 끌면 내가 불리하다.

진우는 칼을 세웠다.

"끝장내주마!"

타다닷! 진우가 칼을 고쳐 잡고 내게 달려들었다. 그리고 그 순간. 나도 모르게 내 몸이 다시 허공으로 뛰었다.

"또 그 수법이냐?"

진우는 자신만만하게 칼날을 세워 내 몸을 그었다.

그 순간……!

"어?"

내 몸이 진우의 시야에서 사라졌다. 그것은 생각하고 한 행동이 아니었다. 내 몸이…… 내 세포가…… 나도 모르게 허공에서 움직였다. 그리고 허공을 가로지른 그 순간, 내 발은 진우가 아니라 벽면의 유리를 정확히 가격했다.

쨍강!

유리 파편이 진우의 얼굴을 향해 날아갔다.

"어, 엇?"

진우의 당황스러운 외침이 귓가에 꽂히는 순간. 나는 벽을 차고 훌쩍 앞으로 용수철처럼 튀어나갔다. 그리고 진우가 유리 파편을 피하는 것과 동시에 놈의 안면에 내 주먹이 작렬했다.

픽!

"커헉!"

진우의 이빨이 후드득 부서져 내렸다. 나는 손바닥을 펼치며 진우의 머리를 벽면에 밀어붙였다. 벽에 부딪힌 진우의 머리가 으깨지는 소리가 났다.

쩍! 쩍! 쩍!

"크아아악!"

응징! 응징! 진우에 대한 응징……!

진우의 손에서 칼이 미끄러져 흘러내렸다. 눈자위가 풀리고 이빨이 부러져 흩어져 나간 입안에선 하염없는 붉은 피가 터져 흘렸다.

"꺼억."

나는 비틀거리던 진우가 바닥에 엎어지려고 하는 순간 녀석의 머리털을 움켜잡았다.

"이건 정현이의 몫이다."

퍼억!

나는 이미 의식을 잃은 녀석의 머리를 강타했다.

"키릭!"

가래 끓는 소리가 나며 진우의 눈이 돌아갔다.

"아직 멀었어, 이 새끼야."

나는 진우의 머리를 붙잡고 벽 쪽으로 끌고 갔다. 깨진 유리가 고드름처럼 달려 있었다.

쨍강!

나는 사정없이 녀석의 머리를 유리벽에 처박았다. 조각난 유리 파편이 진우의 면상에 꽂혀 들었다. 그래도 분이 풀리지 않았다. 진우는 고통으로 헐떡이고 있었으나 이 정도로는 성에 차지 않았다.

쨍강! 쨍강! 쨍강!

진우의 얼굴에 유리 파편이 촘촘히 박혀 번들거렸다. 녀석의 얼굴은 피투성이가 되었다.

그리고…….

마침내 진우의 눈동자에서 검은자위가 사라졌다. 진우는 눈이 돌아가더니 그대로 기절해버렸다.

탕!

나는 옆구리를 붙잡으며 건물 밖으로 나왔다. 기다리고 있던 정태가 놀라 나를 돌아보았다.

"피가 많이 나."

"이 정도는 괜찮아."

"무슨 소리야? 허리춤에서 솟는 피가 장난이 아냐. 긴장이 심하면 느끼지 못하지. 돌아가야 해. 움직일 때마다 계속 나."

"뭐?"

허리? 그랬다. 내가 조금만 움직여도 깊게 그인 허리에선 꾸준히 피가 솟고 있었다. 느끼지 못하고 있었다.

나는 진우를 돌아보았다. 만신창이였다. 의식을 채 차리기 전에 연속적인 공격을 당한 진우는 목에서 끓는 피를 억제하지 못한 채 늘어져 있었다. 다만 아직도 숨통이 붙어 있는 진우의 몸뚱이가 자신의 심장박동조차 견디지 못해 간간이 들썩이고 있을 뿐이었다.

정태가 말했다.

"가자. 너 피를 많이 흘려."

난 정태의 지혈을 받으며 여관으로 돌아왔다.

여관으로 돌아온 순간 쌓였던 긴장이 풀리며 의식을 잃었고 그대로 며칠을 누워 있었던 것이다. 그리고 내가 정신을 차렸을 때 정태가 인범이란 녀석에게 연락해보는 게 좋겠다고 말을 했고 그대로 했을 뿐이었다.

지금 내 앞에 인범이 있는 이유다.

"그럼 그동안의 일은 잘 모르겠구나."

인범이 한숨을 쉬며 말했다.

"정임이 잡혀 있다며? 구하러 가야지. 안 그래?"

"쉽게 말하지 마라."

"뭐, 뻔한 거 아냐? 세상의 주인공은 나야. 적어도 그런 마음으로 살아가지. 주인공은 원래 위기에 몰렸다가 여인을 구출해내고 해피 엔딩의 영웅이 되는 거야. 안 그래?"

"영화를 많이 봤구나. 이건 현실이다. 네 말이 얼마나 터무니없고 비현실적인 이야기인지 내가 도망쳐 나온 이야기를 해주면 깨닫게 될 거다."

"후후, 그래?"

"내 말 잘 들어. 진우의 시체가 뒤늦게 발견되면서 상황이 꼬이기 시작했어."

"죽었다고?"

인범은 고개를 끄덕이면서 이야기를 시작했다.

3.

단란 주점엔 사장도 갔었지. 이유는 네가 깽판 칠까 봐 나타나면 붙잡아 가기 위해서. 난 사장과 함께 있지는 못했어. 사장은 측근 세 명만 데리고 어딘가로 가버렸고 난 진우가 조직원들을 이리저리 관리하는 걸 보고만 있었지.

"이봐, 거기 인원 왜 빼는 거야?"

"넌 상관할 거 없어."

우린 처해 있는 상황 탓에 마음대로 움직일 수 없었어. 나이도 그렇고 경험도 없었지. 정해동이라는 명동 쪽 인물하고 같이 있었는데 나와는 달리 진우는 행동이 자유스러운 편이었어. 진우는 우리가 있는 홀을 벗어나더니 소리를 치며 인원을 통제했지. 그때는 이상하게 생각했는데 이미 진우는 우리 편이 아니었더군. 그리고 진우는 꽤나 오랫동안 돌아오지 않았지.

정해동이라는 사람은 나한테 그렇게 무섭게 대하지는 않았어. 하지만 분위기가 있어서 감히 물어볼 수 없었어. 두어 시간쯤 지나자 그 사람도 느낌이 안 좋았는지 진우 폰에 전화를 하더군. 당연히 받지 않았고 인원을 뺀 지역으로 당장 인원을 투입했지. 그리고 진우의 시체를 발견한 거야. 보고는 곧바로 되었고 조인트는 순식간에 엉망이 되었어. 윤 사장과 명동 측 보스가 현장에 갔지. 난 짬밥이 달려서 현장에 낄 수가 없었어. 일본 애들은 홀에서 여자들이랑 노는 모양이었고 전체적으로 굉장히 부산스러웠지.

정해동은 나한테 여자를 불러주고 밖으로 나가더군. 근데 말이야, 그 여자가 누군지 알아? 하현미라고 기억나는지 모르겠는데 유림정보고 부회장 말야. 내가 있는 홀에 들어온 여자가 하현미였어.

"너? 현미 아냐?"

"안녕? 오랜만이다."

"뭐야? 여기서 몸 도장 찍고 다니는 거야?"

"후후, 배성여고 김보영한테 완전히 발렸어. 다시는 학교로 못 돌아가. 내가 할 줄 아는 게 있어야지. 이런 일밖에."

"유림정보고도 우리 학교하고 연합 맺었어."

"나하고 상관없어. 이건 김보영과의 일이니까. 여자애들이 더 무섭다는 거 몰라?"

"후! 그런가? 근데 이뻐졌다? 쌍소리 잘하던 그 하현미 맞냐?"

하현미는 키득키득 웃더군.

"화장발이야. 조명발도 있고 말야."

"그래? 너 말이다. 밖에 무슨 일이 있는지 알아봐줄 수 있어? 난 여기서 못 나가."

현미는 잠깐 생각하더니 이내 승낙하더군.

"좋아, 하지만 너무 기대는 하지 마. 여기서 난 아무것도 아니니까."

현미가 나가고 30분쯤 지났을까? 다시 들어온 현미가 네 이름을 입에 올리더군.

"이정우가 왔다 갔나 봐."

"뭐? 이정우?"

"그래, 슈퍼 루키. 1학년 주제에 지역 짱인 애."

"어떻게 알아?"

"확실히는 모르겠는데 김진우란 사람이 명동 사장한테 이정우가 왔다고 알렸나 봐. 너희 사장은 조금 어이가 없는 듯해."

윤재식이 돌아가는 사정을 눈치챈 건 그때부터야. 명동 보스가 말하길 김진우가 자기한테 보고를 했다는 거였어. 바보가 아닌 담에야 그 정도면 부산 쪽에서 서울 거래처를 바꾸려 한다는 걸 눈치챌 수 있어야겠지. 생각해보면 부산 쪽 입장에선 일본이 선택하는 쪽으로 거래처를 유지하는 게 편하기도 하고.

"하현미, 좀 더 자세히는?"

"나 여기서 아무것도 아니라니까? 그 정도 알아내는 것도 얼마나 힘들었는지 알아? 어쨌든 아는 대로는 얘기해줄게."

윤재식은 상황을 감지하고 있었어. 영리하게도 윤재식은 우선 널 공동의 적으로 돌리는 것을 시작으로 사건을 풀기 시작했지. 나중에 현미한테 들은 얘기인데 윤재식이 명동에 정중하게 사과했다고 해.

"내가 아이를 잘못 키웠습니다. 그러나 우리도 이정우의 행위를 항명으로 보고 징계를 내릴 참이었습니다. 우리가 여기 온 것도 아무래도 사고 치러 이정우가 나타날 듯해서 신변을 인계하기 위함이었다는 걸 알아주십시오."

대충 이런 얘기였지. 명동에서 돌아온 말은 더 걸작이었지.

"우리 업소에서 남의 집안 다툼이 일어난 것은 상당히 유감이다. 김진우는 우리하고 아무 상관이 없다. 지금껏 당신이 보호하고 있었지 않았나?"

즉, 부산에서 항의가 들어오면 귀찮으니까 책임을 윤재식한테 떠넘기려는 거였지. 부산과 명동 사이에 모종의 거래가 있었다는 건 누구나 다 알 만한 사실이었지만 표면적으로 드러난 게 없으니 명목상 부산과 윤재식이 그때까지는 엄연한 거래처였고, 따라서 모든 책임을 윤재식이 뒤집어써야 할 참이었지.

만약, 김진우가 죽지 않았다면 난투가 벌어졌을 거야. 진우의 극적인 배신 장면도 나왔을 테고.

일본, 부산, 명동은 사전에 말이 있었던 모양이야. 하지만 어쨌든 당시 상황은 윤재식에게 모든 책임을 지우는 것으로도 윤재식의 세력을 꺾을 수 있었어. 사장은 남의 조인트 장소에서 집안일로 소란을 일으켰다는 점을 시인하고 전에 접수했던 나이트를 되돌려준다는 선에서 합의하고 그곳을 나왔지.

그리고 진우가 죽었다는 소식을 접한 부산 측에서 격렬한 항의가 왔어. 이정우를 잡아다 달라는 거였지. 사장은 윗선에 불려 다니기 시작하더군. 전국구 보스 말이야. 회장 정도라고 해둘까? 자기 사업장을 가지고 있는 사장이 마치 똘마니처럼 불려 다닌다는 건 수치스러운 일이야.

내부에 불만이 고조되기 시작했어. 모든 게 네가 사장 말을 안 듣고 달아났기 때문에 일어난 일이라고 주장했지. 그리고 그런 불만은 정임을 향한 불만으로 확대되었어. 정우, 널 다시 불러들이기 위해 인질로 잡고 있는 정임에게 그렇게 잘해주는 이유가 뭐냐고 불평을 터뜨려대기 시작한 거야.

심지어는 사장이 정임을 후처로 앉히려고 그런다는 둥 별 얘기가 다 돌았지. 그런 소문은 현장에서 주로 작업하는 바닥들한테까지 퍼졌어. 조직 내부가 거의 엉망이 된 거지.

그러던 어느 날이었어. 사장이 모든 조직원을 모았어. 단 한 명도 빠짐없이.

"다들 모였나?"

"예."

"인범아, 네가 가서 그 교생 선생을 데려와라."

다들 의아한 표정들이더군. 서로 쑥덕거리기도 했지. 옛날 같으면 감히 상상도 못 할 일이지만 그만큼 사장의 권위는 많이 떨어졌지. 나는 정임의 방문 앞에서 노크를 했어. 정임은 문을 잠그는 습관이 있었거든. 그곳 분위기가 무서워서 그랬겠지. 어쨌든 난 정임과 약속한 노크 소리가 있었어. 난 줄 알고 금방 문을 열더군.

"인범아."

활짝 웃더군. 내가 가면 언제나 그랬지. 아니 그러고 보니 인상은 언제나 웃음이 가득했던 것 같아. 무서워하며 떨면서도 항상 마음의 여유는 가지려고 했던 것 같아. 하지만 내 굳은 표정을 보더니 이내 교생의 안색도 바뀌더군.

"무, 무슨 일이야?"

"잘 모르겠습니다. 사장님이 데려오라는군요. 혹시 풀어주려고 그러는 게 아닐까요?"

"그, 그래?"

믿어지지 않는 듯 별로 기쁜 표정이 아니었어.

"나가시죠."

나는 손을 내밀었어. 정임은 불안한 듯 가슴을 누르고 숨을 고르기 시작했어.

"선생님."

"이, 인범아."

"예."

"나…… 나한테 무슨 일이 생기면 네가 막아줄 거지?"

눈에 어느새 눈물이 고였더군. 나는 손으로 그 눈을 가만히 닦아주었어.

"그러겠습니다. 안심하십시오."

"그, 그래."

정임은 발걸음을 옮겼지. 내가 정임을 데리고 스테이지로 나오자 우르르 모여 있는 사람들을 보고 정임은 겁을 먹더군. 내 옷 뒷자락을 꽉 움켜쥐며 숨는 게 느껴졌어.

"인범이 넌 들어가라."

나는 정임을 스테이지 가운데에 세워놓고 물러났어. 겁먹은 정임이 내 옷자락을 꽉 잡더군.

"걱정 마십시오."

정임은 그래도 내가 물러나는 쪽으로 고개를 돌리더군. 나하고 그 불안한 눈동자가 마주쳤고 난 안심시키려고 미소를 지어 보였어. 사장이 연설을 시작했지.

"잘 들어라. 그동안 너희들의 불만이 많았던 것, 잘 알고 있다."

사장의 음성은 낮고 무거웠어. 오랜만에 느끼는 위압감이었지.

"솔직히 말해서 나는 이정우를 사랑한다. 그래서 녀석이 내게

286

서 달아났을 때도 돌아오기만 한다면 불문에 붙일 작정이었다."

목소리에는 힘이 있었어. 다들 조용히 듣고만 있었지.

"그런데 녀석은 아무리 휴대폰에 메시지를 넣어도 반응이 없었어. 어떻게 할까 생각하고 있는데 여기 이 교생한테서 전화가 왔다."

난 깜짝 놀랐지. 납치인 줄 알았는데 정임이 직접 전화를? 번호는 어떻게?

"내 번호는 어떻게 알았냐고 했더니 정우 폰에 메시지 뜨는 거 보다가 자기 폰에 번호를 저장시켰다더군. 정우 친구라고 말이야. 학교에 안 나오고 무슨 일이 있는 것 같다고. 자기 집에서 자고 가기도 했다고."

그건 정임의 불행이었어.

"그래서 나는 직접 교생을 데리고 여기로 온 것이다. 집에서 잘 정도면 상당히 친한 사이고 이 교생을 잘 이용하면 정우의 마음을 다시 돌릴 수 있다고 생각했었다."

모두 처음 듣는 소리였지. 더구나, 사장이 직접 데려왔다고?

"난 정우의 폰에 많은 메시지를 남겼다. 교생을 데리고 있으니 돌아오라고. 하지만 아무 반응이 없었다."

사장은 잠시 주위 분위기를 살폈어.

"그래도 나는 교생을 소홀히 대할 수 없었다. 정우가 돌아왔을 때의 선물로 생각했으니까. 그 어떤 리더도 자기 부하가 소중히 생각하는 사람은 건드리지 않는 것이 원칙이다."

"쳇! 그놈의 이정우."

누군가 작은 소리로 불만을 터뜨리더군. 사장의 연설은 계속되었지.

"그런데 이 교생 카드는 전혀 내게 도움이 되지 않았어. 정우를 돌아오게 하는 건 물론이고 정우의 돌발적인 행동 역시 막지 못했다."

사장의 목소리에 강한 힘이 들어가더군.

"쉽게 얘기해 정우에게 교생은 아무 가치도 없는 존재였다. 오히려 나의 오판은 내 조직의 내분만 가져왔다. 정우에게 아무 가치가 없다면 나에게도 아무 가치가 없다."

그러더니 사장은 한참 동안 뜸을 들였지. 정임은 불안을 느끼는지 머뭇머뭇 날 자꾸만 돌아보았어. 이미 그때 눈가에 눈물이 그렁그렁 맺혔더군.

그때 사장의 선언 같은 외침이 터져 나왔어.

"나는 오늘 너희들 모두가 보는 데서 교생을 죽임으로써 내게는 식구들뿐이라는 걸 증명하려 한다!"

모두들 서로 얼굴을 쳐다보았어. 어떻게 돌아가는 건지 감이 오지 않았지. 정임은 갑자기 쓰러질 듯 휘청거렸지. 눈물이 고인 눈으로 날 다시 바라보았어. 그 눈빛! 잊을 수가 없어. 나에게 모든 희망을 걸고 있는 그 눈빛! 막아달라는 그 눈빛 말이야. 슬프더군. 애절하기도 하고.

"잘 들어라. 이제 내게는 이정우란 존재는 없다. 오직 너희들뿐이다. 지금까지는 신중을 기해왔지만 이제 모든 게 확실해졌다. 나는 교생을 죽여 나의 확고한 의지를 모두에게 보이고 다시 우리의 힘을 하나로 모으고자 한다."

사장의 목소리엔 넘치는 힘이 있었어. 그제야 조직원들은 고개를 끄덕이기 시작하더군.

"역시, 사장님이야."

"우리 같은 단순쟁이들하곤 다르다니까."

"아무나 사장 하나?"

주위에선 서로 감탄하며 고개를 끄덕끄덕하더군. 사장의 연기는 성공했어. 내분으로 치닫는 조직을 재정비하는 발판을 마련한 거지.

그러나 정말 정임을 죽일까? 사실 사람을 죽이는 건 쉬운 일이 아니야. 더구나 윤정임 같은 민간인은 차후 위험부담이 커. 그런 정임을 죽인다는 건 정말 대단한 의미를 가지는 거야. 사장은 품에서 권총을 꺼내더군. 부장급 이상은 개인화기를 휴대할 수 있거든.

그리고…….

정말로 정임을 겨누었어. 나는 놀라서 정임을 가로막으며 나섰지. 정임의 눈을 외면할 수 없었거든. 내가 앞을 가로막자 정임은 힘껏 내 옷자락을 붙잡았어. 입술은 악물고 있었지만 파르르 떨리고 있더군.

"사장님, 이럴 것까지는."

"비켜라."

"민간인입니다. 사회문제가 될 수도 있습니다."

"바보 같은 소리. 사람이 실종되고 죽는 사건을 모두 단신 처리 한다고 해도 신문 한 면은 빼곡할 것이다. 실종자로 처리하는 건 아무것도 아니다."

"사장님, 이 여자는 아무 죄도 없습니다. 그저 정우가 걱정돼 사장님께 전화를 한 것뿐입니다."

윤재식이 날 비아냥대듯 씨익 웃더군.

"훗훗. 제법 똑똑한 놈인 줄 알았더니 너도 별수 없구나. 김인범, 넌 아직 사업체를 경영한다는 것이 어떤 것인지 모른다. 그렇게 순진하게 이해할 문제가 아니야."

"사장님! 이 여자는 풀어주셔도……. 죽일 가치도 없지 않습니까!"

"김인범 이 새끼!"

내가 선뜻 물러서지 않자 장성태가 소리치더군.

"어디서 주둥아릴 놀리느냐? 여기서 죽고 싶은 거냐?"

나는 입을 닫을 수밖에 없었어. 그들은 이런 상황에서 농담을 할 사람들이 아니니까. 사장이 총구를 내게 슬쩍 겨누더군.

"비키지 않으면 너도 쏴버리겠다."

난 사장의 모습을 보고 결코 거짓이 아니란 걸 알 수 있었어. 덜컥 겁이 나더군. 천천히 고개를 돌려 정임을 보았어. 양심과 현실 사이에 서 있는 고통은 정말 대단하더군.

정임의 고개가 미세하게 좌우로 흔들렸어. 제발 가지 말라는 슬픈 눈으로 날 보면서 말이야. 눈엔 눈물이 가득 차 있었고……. 정말 사람이 부들부들 떤다는 건 그때 처음 본 것 같군. 정말이야. 내 옷자락을 잡은 손에 가득 힘을 주었는데 너무 힘을 줘서 오히려 정임의 몸 전체가 떨리고 있었던 거야.

"나…… 죽기 싫어."

지금 자신이 죽는다는 걸 느끼는 사람의 심정은 어떤 것일까? 지금 곧 자신이 죽는다는 걸 아는 사람의 심정은. 불현듯 나도 모르게 주먹에 힘이 들어가더군. 난 교생의 앞을 가로막았어.

"아무도 못 건드린다. 다 덤벼!"

"저 자식이?"

조폭들이 나를 둘러싸더군.

"으아앗!"

나는 힘껏 한 녀석의 안면에 주먹을 꽂았어. 뒤이어 달려드는 다른 녀석은 돌려차기로 눕혔지. 사실 네가 워낙 특출 나서 그렇지 나도 주먹이 약하다고 생각해본 적은 없거든.

"나도 한 학교를 먹었던 남자다! 다 덤벼!"

그때였어.

깡!

무언가 둔탁한 것이 내 뒤통수를 치더군.

"컥!"

알루미늄 방망이었어. 내가 휘청거리니까 우르르 몰려들어 날 밟아대기 시작하더군.

"개새끼!"

"죽여버리겠다!"

"선생님! 도망가십시오! 선생님! 악!"

픽! 퍼픽! 픽!

"그만!"

그때였어. 앙칼진 여자의 목소리가 울렸지. 교생이었어.

"그만해."

눈물을 계속 흘리면서, 몸은 사시나무 떨듯 떨면서……. 그렇지만 어쩐지 의연함이 보이는 그런 모습.

"그만해, 당신들. 이제 알았어. 알겠으니까 그만해."

사장이 말했어.

"두렵지 않습니까?"

"두려워. 정말 무서워. 하지만…… 당신들은 나쁜 사람들이잖아. 아무리 멋진 척해도 신사인 척해도 결국 조폭일 뿐이잖아. 정우가 돌아온다면 정우도 당신들처럼 나쁜 인생을 살게 될 거야. 난 그렇게 둘 수 없어. 정우는…… 정우는…….."

울컥울컥 속에서 뭔가 올라오는 것 같았어. 교생은 감정을 삼키며 한마디를 내뱉었지.

"내 제자니까!"

정임의 눈에 가득 차오른 눈물은 누가 옆에서 흔들어만 줘도 넘칠 것 같았지. 하지만 죽음을 앞둔 순간에 지독한 용기를 냈어. 그 순수한 용기를 본 사장이 오히려 불편한 기색이었지.

"모두 비켜서."

정임의 뒤편 사람들은 혹시 총알이 뚫고 나올까 봐 비켜서더군. 그들은 이제 흥미를 가지고 죽기 직전 여자의 슬픈 표정을 구경하고 있더군.

"야, 저년 봐라? 발발 떠는데?"

"킬킬."

그들은 일부러 정임을 자극했어. 일종의 재미였지. 죽을 것을 알고 있는 젊은 여자가 다가온 죽음에 대한 공포를 마음껏 느끼도록. 그리고 죽음을 앞둔 사람의 얼굴 표정은 평생 보기 힘든 장면이니까. 그것은 그들에겐 호기심이었어.

처음부터 정임을 못마땅하게 생각하던 그들이었고 사람 죽는 모습이야 이골이 난 인간들이니까.

모두 자신을 비웃고 있었지만, 교생은 눈물을 삼키고 있었지만⋯⋯. 분명 정임은 당당했어.

찰칵!

사장이 권총의 안전장치를 푸는 소리가 그렇게 크게 들리더군. 모두 침묵했지. 정임은 사장 쪽으로 고개를 돌렸어. 그러고는 낮게 중얼거리며 조용히 눈을 감더군.

뭐라고 말을 하는 거지? 나는 온 정신을 집중했어. 그제야 들리더군. 하지만 그건 아무도 들을 수 없는 말이었어. 차라리 말소리라기보단 바람 소리였다고. 입술 사이로 새어 나오는 숨소리 같은⋯⋯.

"정우야, 돌아오면 안 돼."

그리고 그 순간.

탕!

사장은 방아쇠를 당겼어. 정임의 몸은 총알이 뚫는 반동으로 크게 휘청거렸고 눈 가득히 고여 있던 눈물이 마침내 뺨을 타고 흘러내렸지.

"잠깐만."

나는 그제야 인범의 말을 끊었다.

"그러니까 네 말은 사장이 정임을 총으로 쏴 죽였다는 거냐?"

"그래, 정임은 죽었어."

인범은 차분하게 말했다.

"아니, 아니, 너 내 말을 잘못 들은 거 같은데 다시 말할게. 정임이 죽었다는 거냐?"

내 목소리는 나도 모르게 떨리고 있었다. 난 완강히 믿지 않으려고 버티는 참이었다.

"그래."

"아니, 아니, 너…… 내 말 다시 들어. 뭔가 오해가 있는 것 같아, 하하. 그러니까, 그러니까 말이다. 잘 들어. 정임이 사장한테 죽었다고?"

내 목소리는 점점 커지고 있었다. 인범은 담배를 비벼 끄며 침착하게 말했다.

"믿기 싫겠지만."

"야, 이 자식아. 똑바로 들어! 사장이 정임이를 죽였다고? 그 말이야?"

난 폭발했다. 인범이는 이번에는 대답하지 않고 그런 나를 가만히 바라보고만 있었다.

"너 괜히 나 자극하려고 거짓말하는 거지? 똑바로 말해, 이 새끼야! 똑바로 말하라고."

인범은 조금도 흐트러지지 않았다.

"정임이 그렇게 바닥에 쓰러지자 사장은 다가서서 정임의 가슴에 총알을 더 박아 넣었어. 탕탕 하고 총알이 박힐 때마다 정임의 몸은 요동을 쳤지."

그렇게 말하는 인범이 너무나 담담해 보였다. 아니, 오히려 날 조롱하고 있는 것처럼 보였다.

"너 김인범. 그만해."

난 말도 나오지 않을 만큼 흥분해 있었다. 도대체 사람이 죽어가는 이야기를 이렇게 담담하게 할 수 있단 말인가? 믿을 수 없었다. 말도 되지 않았다.

"그런 정임을 보고 사장이 말하더군."

"그만하라고! 이 새끼야!"

나는 인범의 말을 끊었다. 하지만 인범은 잠시 주춤거리더니 이내 말을 이었다.

"사장이 말했지. 목을 잘라 보관해라. 방부제를 뿌리든지 소금에 절이든지 관계없다. 이제 이정우의 선물이 바뀌었다. 오늘 일로 다시 한뜻으로 뭉치길 바란다. 이정우에겐 대가란 게 무엇인지 확실히 가르쳐주겠다."

"야…… 김인범."

"이게 내 이야기의 전부다. 나도 너하고 같은 동진고라고 나만 보면 그렇게 좋아하던 여자가 그런 식으로 죽었는데 더 있을 수가 없었다. 그래서 도망쳐 나온 거야."

인범의 목소리엔 비장감이 감돌았다. 지금까지 담담하던 녀석의 목소리에도 마침내 감정이 들어가 가득 힘을 싣고 있었다.

"이정우. 아니, 통! 이게 네가 좋아하는 말이지? 이게 네가 사는 세상이다. 이게 현실이란 말이다. 이제 어떻게 할 거냐? 이 자식아!"

한 줄기 빛

1.

지금까지의 상황은 이랬다.

난 주먹 하나로 유망주로 선정, 윤재식에게 스카우트된다. 그러나 원래 독불장군인 나는 정현의 죽음으로 눈이 뒤집힌다. 정현은 날 대신해서 죽게 되고, 나는 독단적으로 보복을 꾀한다. 그러던 와중에 나는 윤재식에게 지금껏 보호란 미명 아래 감시받아왔었다는 걸 깨닫게 되고 그에게서 도망쳐 나온다.

윤재식은 휴대폰 메시지를 이용해 윤정임을 데리고 있다는 걸 강조하며 내 마음을 돌리려 하지만 나는 메시지 확인조차 하지 않았다.

이로 인해 조직 내부의 질서가 흔들리자 윤재식은 윤정임을 죽여버리는 깜짝 쇼를 통해 조직의 결속을 다지기를 시도했다.

정임은 나를 끌어들이기 위한 도구였고 내부를 다지기 위해 쓰인 소모품이었을 뿐 처음부터 윤재식에겐 별스러운 존재가 아니었다. 또한 정임을 죽이는 쇼는 부산 쪽의 형제 관계가 일본 조직의 움직임에 따라 변동이 일어나고 김진우의 배신, 영업장의 축소 등으로 입지가 약해진 윤재식이 선택한 마지막 카드였던 것이다.

나는 깊은숨을 내쉬었다. 침착하자. 침착해야 한다. 이런 때일수록.

"어떻게 할 거냐고?"

인범은 노려보듯이 날 마주하고 있었다.

"학교로 가자."

"학교?"

"그래, 학교에 가보고 싶어. 거기에 행동원들 깔려 있어?"

"경찰이 많아서 그렇진 않을 거야. 너 잡으려고 잠복해 있는 형사들도 있다던데. 또 윤재식은 잠시 주춤한 세력을 다시 찾으려고 정신없어. 명동을 완전히 쓸어버린다고 동맹 맺은 그룹들을 모으고 있어. 명동 측도 제법 탄탄해져서 쉽진 않다고 하던데."

"그래? 그런데 너도 혹시 윤재식이 보낸 거 아냐?"

"후후, 넌 사라져도 찾지만 난 도망쳐도 찾지 않아. 난 별 대단한 물건도 아니야. 그리고."

"뭐?"

"정현이 죽었을 때 네가 하는 짓 보고 생각이 많았어. 자기 식구한테는 정말 진심으로 대한다는 걸 알았다고. 나라면 그렇게 요란하지 않았을 거야. 또 그동안의 너의 모습으로 봐서 그 정도로 격렬하게 슬퍼할 줄은 몰랐지."

"그래서 날?"

"널 좋아하게 됐어. 넌 사람을 끌어들이는 힘이 있어. 후! 어쨌든 학교는 위험해."

"그래도 가겠다."

"가서 뭘 하겠다는 거야? 형사들한테 잡힐 수 있어."

"모르겠다. 뭘 해야 할지. 어쨌든 갈 거야. 지금 내가 가고 싶은 곳은 학교밖에 없단 말이다."

"바보 같은 소리 마라. 네가 가야 할 곳은 없어. 모르겠니? 이게 현실이다. 정임이도 마찬가지야. 필요 없으면 그냥 죽이는 거야. 감상 같은 데 빠지지 마."

"이런 젠장. 넌 왜 날 찾아온 거냐? 그딴 소리 하려면!"

"너보고 도망가라고 하려고. 세상으로부터 도망가라고. 그게 최선이야. 너의 힘으로 할 수 있는 일은 없어. 현실을 직시하란 말이다."

나는 몸을 일으켰다.

"김인범."

"왜? 앉아, 이 멍청아."

"네가 날 막겠다는 거냐?"

"……."

"내가 싫으면 날 떠나라."

"이정우."

나는 대충 옷을 입었다. 몸에 기운이 없었다.

"이런 고집불통."

인범이 일어나며 날 부축했다.

"같이 가자."

정태도 말없이 일어섰다.

"넌 있어. 대신 좀 알아봐줄래? 그 폰 속에 들어 있는 번호에 전화 좀 해봐. 아직 이정우를 따를 용의가 있는지 물어봐줄래?"

"알았다."

정태는 고개를 끄덕였다.

학교.

"사실 나도 학교 안 간 지 오래됐어. 느낌이 새롭군."

"경찰들 없는 거 같은데?"

"철수했나 보지."

나와 인범은 진입로를 따라 학교 안으로 들어섰다. 운동장엔 아무도 없었다. 무슨 일인지 체육 수업조차 받지 않는 것 같았다. 진입로를 따라 걸어 들어가는 내 호흡이 가빠졌다. 무언가 가슴속에서 무거운 것이 차오르고 있었다. 하지만 나는 그것을 토해내지 못하고 바삐 걸음을 옮겼다.

"저건 뭐지?"

플래카드가 보였다.

― 윤정임의 학점을 인정하라!

"뭐야? 너 알아?"

"교생들이 붙인 거야. 학교에선 떼고 교생들은 붙이고 계속 그러나 봐. 그 교생 제법 인기가 있더군."

바람이 불어 플래카드를 흔들었다. 나는 잠시 그것을 바라보다가 인범과 함께 학교 건물 안으로 들어섰다. 마침 종소리가 울리며 쉬는 시간이 되었다. 교실 안에서 쏟아져 나오는 아이들이 나와 인범이를 보고 흠칫거리고 있었다. 수업을 마치고 나오는 선생들도 그런 우리를 지켜보았다. 누구 하나 말을 거는 사람은 없었다.

"구경났어?"

인범이 인상을 쓰며 쏘아붙였다. 아이들은 얼른 고개를 돌리며 우리를 스쳐 갔다. 선생들도 모른 척 교무실로 돌아가고 있었다.

나는 별관 쪽으로 방향을 틀었다. 1학년 12반이 보고 싶었다. 나의 반…… 우리 반.

마침, 낯익은 얼굴이 이쪽으로 걸어오고 있었다.

"너, 용수."

반장이었다.

"정우."

용수는 멈춰 섰다.

"어디 가니?"

"난 반장이잖아. 다음 시간 체육이라서 운동장인지 교실 수업인지 물어보러 간다. 시험 기간이거든."

"그래서 운동장이 비어 있었구나."

"오랜만이다."

"그래, 별일 없냐?"

"별일? 우리 교생 잘렸어. 또 교생 친구가 실종 신고 했다던데."

"뭐?"

"교생 집 드나들던 친구가 실종 신고를 했대. 집에 안 들어온 지 꽤 됐다고. 다른 교생들도 우리 교생 복권시켜달라고 매일 데모야. 학교 분위기 엉망이야."

"그러냐."

나는 기운이 빠지고 있었다. 내가 찾던 학교의 모습이 아니었다.

"그리고 너도 퇴학당했어."

"뭐?"

"너 퇴학이라고. 며칠 전에 결정 났나 봐. 형식은 자퇴이긴 하지만. 어쨌든 많은 게 변했어."

"그래……?"

"우리 반 가냐?"

나는 고개를 끄덕였다.

"가봐. 네가 없어지니까 태한이가 설쳐대는데 못 보겠어. 차라리 네가 나았던 것 같아. 애들 건드리진 않았잖아. 태한이는 걸핏하면 애들 삥 뜯어. 진짜 양아치 같아. 넌 딴 세상에 살아서 애들한테 피해 주는 일은 없었는데 말야."

"오랜만이었다."

나는 용수를 지나쳤다.

"야, 이정우."

용수는 뒤에서 날 불렀다.

"왜?"

"난 네 편이다."

나는 물끄러미 녀석을 쳐다보았다. 같은 세계에서 만났다면 좋았을걸. 가는 길이 너무 다른걸.

"못 믿겠어? 진짜야. 난 네 편이야. 너같이 맨 뒤에 앉아서 힘쓰는 녀석들. 정말 싫어했어. 그런데 넌 다른 것 같아. 친구로 만났으면 좋았을걸."

친구라고……? 나 같은 쌈꾼과 너 같은 우등생이……?

내 얼굴에 미소가 돌았다. 생각보다 통하는 데가 있는 녀석이었다.

나는 우리 반 교실로 향했다. 교실 앞엔 구경꾼들이 몰려 있었고 안에선 태한이가 또 누군가를 붙들고 위협을 하는 중이었다. 언젠가 승태를 붙잡고 위협하던 모습이 떠올랐다.

"야, 비켜."

내 낮은 음성이 아이들을 움찔하게 만들었다. 그러나 예전처럼 내 길을 트며 갈라서진 않았다.

"비키라고, 씨발놈들아."

인범이 눈알을 부라리며 욕설을 뱉자 그제야 아이들은 우물거리며 길을 내주었다. 하지만 사실 짜증이 배인 모습이었다. 예전에 날 바라보던 공포의 눈빛은 전혀 찾아볼 수 없었다.

"어? 서…… 선배님."

태한이는 인범을 보고 약간 당황하고 있었다.

"저, 정우? 너…… 어떻게……?"

"잘 있었냐?"

"그럭저럭. 너 퇴학 결정 난 거 알아?"

"알고 있다."

"학교 분위기 어수선한데, 하하. 선배님도 오랜만입니다, 하하하."

태한이는 소리 내며 어색하게 웃고 있었다. 그런 태한을 보니 쓴웃음이 배어 나왔다.

"나 없는 사이에 완전히 양아치 다 됐구나."

"으응?"

"야. 오늘 체육, 교실 수업이다. 선생님 안 와. 그냥 자습하래."

어느새 나타난 용수가 아이들한테 외치고 있었다. 몇몇 아이들이 그 소리에 환호를 질러댔다. 그러나 전체적으로 교실 안은 엄숙했다. 모두 날 보고 있었고 무거운 공기만 감도는 것이었다.

"가볼게. 분위기 깨서 미안하다."

나는 걸음을 옮겼다. 나의 반이라고? 우리 반이라고? 아니었다. 이미 우리 반이 아니었다. 나는 그곳에서 낯선 이였다.

낯선 이. 낯선 이.

"이제 어떡할 거니?"

인범이 내 어깨를 감싸며 물었다.

"교무실에 간다."

"뭐?"

"교무실에."

"학생주임이 너 보면 경찰에 넘길지도 몰라."

"상관없어. 만나야 할 선생이 있어."

"누구? 강덕중?"

"그래."

"왜?"

"그냥. 싫으면 넌 여기 있어. 네 반 가서 수업을 듣든지."

내가 교무실 앞에 서자 종소리가 울렸다. 수업 시작을 알리는 종이었다. 복도에서 우당탕거리며 교실로 뛰어가는 몇몇 아이들과 함께 교무실에서 선생들이 쏟아져 나왔다.

나는 교무실 안으로 들어갔다. 이미 앞서 나갔던 선생들이 되돌아서서 힐끔거리며 그런 나를 보았다.

"야! 너 여기 뭐하러 왔어? 너 퇴학이야. 당장 안 나가?"

교무실 구석에서 학생주임이 날 보고 소리쳤다. 그러나 내 귀에 그런 소리는 들리지 않았다. 오직 내 눈망울을 가득 채운 강덕중 선생 말고는 아무것도 내게 보이지도 들리지도 않았다.

"이 새끼가. 안 나가? 야! 이정우. 너 이제 학생 아니야. 나가!"

흥분한 학생주임은 자리에서 일어나 내게로 다가오고 있었다. 동시에 강덕중은 나를 보더니 조용히 자리에서 일어나고 있었다. 약간은 멍한 표정이었다. 전혀 의외였을 것이다.

"야!"

어느새 학생주임의 몽둥이가 내 머리를 향해 날아왔다.

"선생님, 면담 왔는데요."

김인범이 어느새 나타나 그 몽둥이를 손으로 잡아챘다.

"3학년 3반 김인범. 학생부에 면담 왔는데요."

인범은 그런 뻔뻔한 모습으로 학생주임을 막았다. 나는 실랑이를 벌이는 학생주임과 인범을 뒤로한 채 강덕중에게로 다가갔다.

'세상에는 어떤 삶이 있는지 아니? 자식으로 사는 삶과 부모로 사는 삶.'

내 귓가에는 언젠가 내게 상담실에서 들려주던 강덕중의 말이 울리고 있었다.

'너희들은 미운 시기야. 이건 시기란다. 누구나 그런 때가 있지. 너희들은 개성이 강해서 조금 눈에 잘 띄는 것뿐이야. 이 시기만 지혜롭게 넘기면 너희들은 아주 건강한 삶을 살 수 있어.'

웃기고 있네, 웃기고 있어. 망할 선생 같으니.

나는 강덕중 앞에 섰다. 갑자기 속에 담아두었던 어떤 것이 솟구치는 게 느껴졌다.

'친구들하고 어울리면서 선생님, 부모님한테 반항하고 자기 마음대로 살고 싶고 왠지 주먹 쓰면서 이기면 쾌감을 느끼고……. 그건 모두 시기란다. 때가 지나면 말이다, 그 시기가 지나면 아무 의미도 없는 그런 거야.'

빌어먹을. 웃기지 마. 그딴 말에 넘어가지 않아. 당신 같은 선생들 내가 모를 줄 알아? 지금도 마찬가지야. 내가 왜 당신한테 가는지 알아? 당신한테 따지려는 거야. 제발 헛소리로 상담하지 말라고. 제발 그따위 소리로 학생들 속이지 말라고.

제발 그따위 말로 날 바보로 만들지 말란 말이야.

당신 말 들으면…….

당신…….

그 헛소릴 들으면.

내가 너무.

너무.

바보 같단 말이야.

"이 녀석아."

강덕중이 날 안으려고 했다.

"서, 선생님."

그 순간 나는 간신히 그렇게 속삭이며 바닥에 무릎을 꿇으며 무너졌다.

당신은 모릅니다. 내가 선생님이라고 부른 진짜 의미를. 강덕중 선생님은 몸을 굽혀 그런 나를 조용히 다독여주었다.

"왜 이제야 나타난 거니, 이 녀석아."

자상한 척, 다정한 척하지 마. 당신 같은 위선자들 가증스러워.

하지만…….

내 머릿속에서 발악하듯 외친 소리는 마지막 자존심이었다. 날 예전과 변함없이 맞아준 건 강덕중 선생님뿐이었다.

모든 것이 변했는데. 모든 것이 변했는데.

강덕중 선생님만은…….

빌어먹을…… 빌어먹을…….

"크헉."

나는 마침내 속에 감춰두었던 울음을 터뜨렸다. 지금껏 무언가 가슴속에서 차오르던 것이 마침내 터진 것이다.

"크허헉."

난 소리를 내지 않으려고 입을 꾹 다물었다. 어깨가 아니, 내 몸 전체가 격렬하게 들썩이는 것을 느낄 수 있었다.

"크흐흑. 으흐흐흑."

"이 녀석. 괜찮아, 괜찮다."

나는 흐느끼며 주먹으로 눈물을 닦아내었다.

주위가 고요해졌다. 아무 소리도 들리지 않았다.

"다시 시작하자. 난 널 믿는다. 처음부터 다시 하자, 응?"

강덕중 선생님의 목소리만이 내 귀를 파고들었다.

뭘 다시 해?

뭘?

웃기지 마. 웃기지 말라고.

"아직 늦지 않았어. 넌 아직 어려. 검정고시도 있고 너 같은 학생들을 수용하는 학교도 있다. 아직 길은 많이 있다. 조금 돌아가야 하지만 아직 늦지 않았어. 네가 마음먹기에 달렸어. 다시 시작하면 돼."

검정고시? 나 같은 인간 말종들을 수용하는 학교? 푸훗훗.

너무하십니다, 선생님. 울음을 그칠 수가 없습니다. 선생님 앞에서 울음을 그칠 수가 없습니다.

왜…… 왜 아직도 나를 다독이시는 겁니까……?

왜…… 왜?

울먹였다.

견딜 수가 없어서 울먹였다. 도저히 견딜 수가 없어서.

도저히. 도저히.

그리고…….

나는 솟구치듯 자리에서 벌떡 일어났다.

"죄송합니다, 선생님."

한 번 내 마음을 풀었으면 그걸로 족했다. 나는 예전의 모습을 찾으려고 억지로 표정을 굳게 지으며 그렇게 말했다. 그리고 돌아섰다.

"정우야!"

뒤에서 강덕중 선생님의 목소리가 들렸다.

하지만 내게는 남은 일이 있었다.

난 빚지고는 살 수 없으니까.

이젠 빚을 갚을 차례니까.

"여보세요? 여기 동진고입니다. 이정우 말예요. 예, 용의자 맞습니다. 예, 예."

학생주임이 경찰에 신고하는 소리를 들으며 나는 교무실을 나섰다. 인범이 급히 날 따랐다.

"이제 살풀이는 끝난 건가?"

인범이 중얼거렸다.

"뭐라고?"

"죽는 사람은 주위를 정리한다더군. 네 행동이 그런 게 아닌가 해서."

"홋!"

난 죽지 않아.

통이니까.

2.

나는 인범과 함께 여관에 돌아왔다. 정태의 표정이 심상치 않았다.

"정태야, 애들 어떻게 한다고?"

"다 피하던데? 모두 말이야."

"그래?"

"후후."

"뭐야? 정태, 장난친 거냐?"

"네 말이라면 모두 모이겠다고 했어. 모두들 흥분하고 있어."

"홋!"

나는 미소를 지으며 휴대폰을 들었다. 나도 생각한 바가 있었다. 이 정도로 내가 쓰러질 순 없다. 경찰에 전화를 걸었다.

"여보세요."

"자수하고 싶은데요."

"자수?"

인범이 놀라는 시늉을 하며 입을 오물거렸다. 나는 손가락을 입술에 갖다 대며 인범을 진정시켰다.

"네, 네. 그 이정우입니다. 네, 여기선 말하기가 곤란하고 곧 다시 연락드리겠습니다."

그러고 나서 나는 전화를 끊었다.

"어떻게 할 작정이야?"

"마지막 카드지."

나는 다시 휴대폰 단축키를 눌렀다. 윤재식의 번호였다. 요란한 신호음이 귓가를 파고들었다.

찰칵!

"네."

나는 잠깐 숨을 골랐다.

"사장님."

"넌?"

"정우입니다."

상대 쪽에서 거친 숨소리가 들려왔다.

"뭐냐? 넌 이제 내 식구가 아니다."

낮고 묵직한 음성이었다.

"알고 있습니다."

"뭐라고?"

"그래서 사장님께 전화를 한 겁니다. 곧 찾아갈 겁니다."

"이미 늦었다. 용서받을 시기는 지났다."

"뭔가를 잘못 이해한 것 같은데……."

나는 잠시 숨을 골랐다.

"용서는 내가 할 수 있는 거지."

"뭐야?"

"윤정임의 죽음에 대한 책임을 묻겠다. 기다려라. 이……."

내 목소리는 경직되었다. 그러나 이내 평정을 찾은 목에는
힘이 가득 들어갔다.

"이 개새끼야."

나는 화가 나서 뭐라고 떠들어대는 윤재식의 소리를 흘리며
전화를 끊었다.

"후우."

"진정해."

삐리리!

인범이 날 위로하는 순간 휴대폰에 전화가 왔다.

"뭐야? 사장인가?"

"여보세요."

"아, 이정우. 오랜만이다. 이영수다."

유림정보고의 이영수였다.

"오랜만이다."

"하현미 알지? 요즘 단란 주점 나가는데 중요한 정보를 알아
냈어."

"하현미?"

"그래, 우리 학교 부회장이었던 애. 나하고는 아직 연락되거든. 걔가 몸 도장 찍으러 불려 갔다가 알게 된 거야."

"무슨 일인데?"

"이번 주 토요일 말이다. 명동하고 윤재식하고 한판 붙는대. 요즘 두 조직끼리 서로 신경전이 대단하다던데 네 일 때문에 윤재식 쪽에서 나이트를 돌려준대. 그런데 그게 사실 전쟁이라는 거야. 신사적으로 돌려줄 리가 없다는 거지."

이게 무슨 소리지?

"뭐야? 확실한 거야?"

"현미가 침실에 누워 있다가 직접 들은 거래. 구인철이란 사람 침대에 들어갔다는데. 그 사람 옆에 팔베개하고 누워서 보고 올리는 걸 같이 들었대."

구인철. 기억난다.

진우와 내가 참관자로 전쟁에 참여했을 때 영업부장 장성태가 입에 올렸던 이름. 그때 명동 측의 오소리는 형님 이름을 함부로 입에 올리지 말라고 저항했었다.

그렇다면 명동 보스?

"어디서? 그건 몰라?"

"서로 뺏고 뺏긴 나이트가 있대. 시간까지는 모르겠어."

서로 뺏고 뺏긴 나이트라면?

한 군데뿐이었다.

나와 진우가 참관했던 바로 그곳.

"알겠다."

"그래, 그런데 우리 언제 모이냐?"

"기다려."

"알았다. 참."

"왜?"

"전에 우리 학교 너하고 정현이랑 습격했었잖아."

"그런데?"

"그것 때문에 요즘 우리도 경찰 조사 다시 받고 있어. 그런데 요즘엔 널 지목하는 것 같아."

"알았다."

"그래, 조심해."

그렇게 통화는 끝났다. 뭔가 일이 잡히고 있었다. 그리고 동시에 내 머릿속에도 반짝하고 떠오르고 있었다.

"야, 김인범. 경찰이 날 용의자로 보고 있다고?"

"글쎄. 의사들도 증인이니까 네가 정현이를 죽이지 않았다는 건 알고 있겠지만. 아마 네가 사건의 실마리를 잡고 있다고 보는 거겠지."

"어쨌든 말이다. 날 잡아야 할 상황 아니냐고?"

"그렇지."

"그래, 알았다."

"뭘?"

내 머릿속에 확실히 무언가가 가득 떠올랐다. 그것은 내 마지막 에너지였다.

토요일.

배성여고 김보영 외 14명, 유림정보고 이영수 외 21명, 대서여고 현선희 외 19명, 한창공고 김유정 외 28명, 동진고 김인범 외 18명, 성동고 이기주 외 23명, 대신공고 전형수 외 20명, 기천고 노정래 외 18명.

정태, 그리고.

나 이정우.

총 171명이 언젠가 대신공고를 도와주기 위해 싸웠던 공터에서 만났다. 나는 주위를 둘러보았다. 빽빽하게 들어찬 녀석들이 오직 나만을 보고 있었다.

"한창공고는 오늘도 부짱인가?"

"내가 실세야."

김유정은 그렇게 말하면서 미소 지었다.

"그래?"

녀석들의 표정은 밝았다. 무언가 상기되어 있는 얼굴은 마음속이 기대감으로 가득 차올라 있다는 것을 말해주고 있었다.

"이정우, 우리 진짜 뭐하는 거야?"

"진정해라. 이건 장난이 아냐, 이영수. 하현미한테 연락은?"

"아직. 곧 올 거야. 요즘 현미, 대가리들한테만 불려 다닌다니 시간이 잘 안 나겠지."

"화장발에 다 속았군."

김인범의 한마디에 모두 폭소를 터뜨렸다. 이어서 괴성이 터지고 휘파람이 울렸다.

"다 없애버리자."

"젠장. 멋지게 해보자고."

이 녀석들. 스스로를 독려하고 있었다.

그러고 보니 전학 온 지 이제 7주가 지났을 뿐이었다. 정말 무서운 속도로 나의 세력은 팽창되었다. 전학 온 지 일주일 남짓 만에 동진고를 접수했고 곧이어 유림정보고를, 이어서 윤재식에 스카우트, 내부 교육을 받는 와중에 타 학군 접수.

돌이켜보면 정말 짧은 시간이었다. 지금쯤이면 학교 교생들은 실습 기간을 마치고 학교를 떠날 시간이었다.

윤정임.

'뻔한 소리들? 그게 어쩌면 진짜 진리일걸? 넌 어떤 삶을 꿈꾸니? 출세하는 거? 평범한 삶은 싫어?'

정임의 잔소리가 귓가에 맴돌았다.

'평범하게 산다는 게 얼마나 힘든 일인지 알아? 한 집안의 가장으로서 지낸다는 게 얼마나 어려운 일인지 모르지?'

후우! 왜 이리 감상적이 되어가는 거지……?

남자의 길? 출세……?

빌어먹을.

그때였다.

"전화다, 전화."

이영수의 휴대폰에 전화벨이 울렸다.

"여보세요. 그래. 응, 오케이."

영수는 전화를 끊었다.

"오후 4시야."

"오후 4시? 세 시간 정도 남았네?"

모두들 웅성거렸다.

"4시에 개전이라면 우린 4시 20분까지 가는 거야. 모두 서로 지쳐 있을 때 부숴버리자. 그리고 영수야, 현미한테 내가 시킨 거 말했지?"

"그래."

"좋아. 이동한다."

"이동!"

"이동!"

곳곳에서 이동을 복창해대었다.

"너 괜찮아? 아직 상처가 아물지 않았을 텐데."

인범이 내게 바싹 다가오며 물었다.

"괜찮아."

"어쩔 생각이니?"

"정임의 머리를 찾아야지."

"후! 성공할 것 같니?"

"해보자고."

내가 할 말은 그것밖에 없었다.

해보자.

해보는 거야.

해보자구. 젠장!

마지막 꿈

1.

토요일 오후 3시 30분.

우리는 나이트클럽이 바라다보이는 도로 건너편 길목에 쪼
그리고 있었다. 건물 틈으로 몸을 숨기고 있었으며 비교적 의
심을 덜 받을 만한 여학생들이 자기네들끼리의 신호로 상황을
알려오고 있었다.

도로 건너편에는 김보영과 같은 배성여고의 성은미가 상황
을 살피고 있었고, 맞은편에 역시 같은 학교인 최유리, 이혜진
등이 서로 신호를 주고받았다. 저희들끼리 쓰는 신호라 다른
학교 아이들은 알 수가 없었다.

마지막으로 다시 그 신호를 받은 배성여고 윤미라가 나와 장

급 아이들에게 돌아가는 상황을 설명해주었다.

"정문은 닫았대. 내부 수리라는 팻말이 걸려 있고 가끔 승합차 몇 대가 후문 쪽으로 돌아간대."

"어차피, 문 열 시간은 아니지 않나? 이사급들은 오는 것 같아?"

"아직. 외제차나 대형차는 아직이야. 승합차로 무기를 실어 나르고 있다는데."

"그래?"

아직도 전쟁 준비 중인 모양이었다. 두 조직의 자존심 문제이니 쉽게 넘길 수 없을 것이다. 오늘 전쟁은 정말로 세력 사수를 위한 결전이 될 것이다.

나는 각 학교 머리들을 둘러보며 말했다.

"잘 들어. 오늘 전쟁은 기습이 아니고 정면충돌이라는 점에서 서로 데미지가 클 거야. 하지만, 우리가 정면충돌하기엔 상대 쪽은 너무 거대해. 그래서 우린 늦게 잠입하는 거야."

"잠깐, 문을 다 잠가놓을 텐데?"

"정태가 열어줄 거다."

모두 정태를 보았다. 정태는 말없이 손바닥을 잠깐 들어 올렸다. 나는 말을 이어 나갔다.

"선봉대는 대신공고, 유림정보고다. 들어가자마자 아무나 무조건 패 죽여라. 무기는 지원되어 있지? 그리고 유림 여자들은 선봉대에서 제외다."

"각자 다 지원되었다."

전형수가 대답했다.

"다음으로 동진고, 한창공고가 지원한다. 한창공고에서도 여학생은 뺀다. 그다음으로 여고, 공학 여학생들이 통로를 차단한다. 할 수 있으면 지원해도 좋다."

"너 여자라고 너무 우습게 보는 거 같아."

대서여고의 현선희가 손가락을 까딱까딱하며 말했다.

"그래? 그럼 솜씨를 보여줘. 그리고 뒷문 단속은 성동고와 기천고다. 여자애들이 통로를 막으면 도망치려는 놈들 잡는 역이다."

"이정우, 넌?"

"나와 정태는 동진고와 함께 행동한다. 알아듣겠지?"

"오케이."

"예썰."

"이거 긴장되네. 이런 싸움 처음인데."

"각 학교에 전달해."

내 말이 떨어지자 그들은 나름대로의 위계질서로 순식간에 학교별 역할을 아이들에게 주지시켰다.

윤미라가 다시 상황을 알려왔다.

"집결하고 있대. 갑자기 차가 밀려오고 사오십 명 정도가 건물 안으로 들어간대."

"후우! 슬슬 달아오르는 건가?"

내가 손가락 관절을 뚝뚝 끊으며 말하는 것을 보던 인범이가 말을 받았다.

"아직이야. 이번 싸움은 기습이 아니고 엄연한 승부다. 다시 말해 누구는 기다리고 누구는 방문하는 개념이 아냐. 양쪽에서 시간을 맞춰 도착하고 나름대로 룰도 있을 거야. 전면전인지 선발전인지는 나도 모르겠다만."

"그래? 그래도 윤재식 밑에 오래 있더니 아는 게 많구나. 어떤 룰인데?"

"하현미의 정보만으로 유추해보면 전면전인 것 같다."

"전면전?"

"그냥 싸우는 거. 룰이 없는 게 룰."

"깡패 새끼들."

그렇게 곱씹어대는 나를 인범은 유심히 바라보았다.

"왜?"

"아냐. 깡패 새끼라니, 웃겨서."

"뭐가?"

"너나 나나 그런 말 하긴 웃기는 과 아니냐?"

"그런가? 하하하. 그런가 보다."

공허한 웃음이었다. 입가에 씁쓸한 미소가 배어들었다.

"다 집결한 것 같아. 두 조직 모두 말이야."

윤미라가 상황을 알려왔다. 시간은 어느새 4시였다.

"정확하군. 문은 다 닫았어?"

"밖에 기도 10여 명만 남겨두고 모두 들어갔대."

"이동하자."

나는 손짓을 보냈다.

이번에는 복창 소리 없이 서로들 이동 손짓을 해가면서 움직였다. 지나가던 사람들이 170여 명이나 되는 우리들을 구경하려고 멈춰 서기도 했다.

그것은 우리들이 알루미늄 야구 배트 같은 무기들로 무장하고 있었기 때문이기도 했지만 정확히 구경이라기보단 우리의 길을 방해할 정도의 용기가 없어 멈춰 선 것일 뿐이었다.

앞장은 건물 진입 순서대로 대신공고와 유림정보고가 섰다. 건너편에서 우리는 전진해 나가면서 김보영 무리들과 자연스레 합류했고 계속 전진하며 나이트 주위를 둘러싸고 무리들이 있는 쪽으로 다가갔다. 녀석들도 이상한 낌새를 챈 듯 주춤거렸다.

사오 미터 간격을 두고 서 있던 녀석들은 순식간에 모여들었다. 그러나 불과 10여 명. 나 혼자서도 제압할 수 있는 인원이었다. 녀석들 중 누군가가 무전기를 꺼내 들었다.

"무전 못 하게 해!"

그걸 본 인범이 급하게 소리쳤다.

슈웅!

우리 아이들 속에서 야구방망이가 무전기를 들어 올리던 녀석에게로 날아갔다.

그게 신호였다.

"이 새끼."

"죽어랏!"

우아아아아!

대신공고 아이들이 각목과 야구방망이를 휘두르며 녀석들에게로 달려들었다. 압도적인 숫자에 기가 질렸는지 녀석들은 제대로 저항조차 못 했다. 곧 그들의 턱이 부서져 흩어지고 살갗이 찢겨져 나갔다. 바닥에 떨어진 무전기는 산산조각이 났고, 녀석들은 순식간에 아이들에게 제압당하며 바닥에 쓰러져 뒹굴었다.

"이런 개새끼들."

하이힐을 신고 온 여자아이들은 바닥에서 뒹굴고 있는 놈들의 안면, 사타구니를 마음대로 찍어 비틀며 욕을 해대었다. 근처 바닥에서 주워들은 돌멩이로 이마를 내려찍는 녀석들도 있었다.

"야야, 그만해. 일으켜."

아이들이 녀석들을 일으켰다.

"여기서 10분 정도 기다렸다 들어간다. 정태가 문을 따면 이 녀석들을 앞세워서 들어가는 거다. 옷 안에 무기 될 거 없나 보고 묶어."

아이들은 이내 녀석들의 옷을 벗기기 시작했다. 단순한 몸수색이 아니라 그저 훌훌 벗겨냈다. 한쪽에서 그렇게 옷을 벗겨내면 다른 쪽에서 바닥에 떨어진 옷을 뒤져보는 방식이었다.

만신창이가 된 녀석들은 저항도 제대로 하지 못했다.

우리는 각자 챙길 건 챙기고 녀석들을 묶었다. 그런 후 녀석들을 문 앞에 바싹 붙이며 대기했다. 대낮이었지만 170여 명이 둘러싸고 있어 뒤에서는 녀석들의 모습이 잘 보이지 않았다. 사람들은 간간이 지나다녔지만 멀리서부터 모여 있는 우리를 보고 알아서 멀리 비켜가고 있었다.

그렇게 10여 분이 흘렀다.

"정태야."

나는 정태를 불렀다. 정태는 가느다란 철사와 단단해 보이는 작은 쇠막대를 들고서 이리저리 문 주위를 긁어보더니 손쉽게 문을 열었다.

"잠깐만. 내가 들어가서 상황을 보고 올게."

정태는 그렇게 말하며 조심스럽게 안으로 들어갔다가 이내 나왔다. 상기된 얼굴이었다.

"안에는 전면전인 것 같다. 이사급 둘만 반대편에 앉아서 관망하고 있고 나머지는 서로 엉망이야. 지금 들어가도 되겠어. 우리에게 승산이 있다."

나는 입을 굳게 다물었다. 바야흐로 결전이다. 아무리 우리의 숫자가 많다고 하더라도 상대는 프로들이다. 정면으로 부딪히면 우리가 진다. 타이밍이 중요했다. 나는 크게 숨을 들이켰다.

"좋아, 들어가자."

대신공고와 유림정보고 남자애들이 만일의 공격을 대비해 인질들을 앞세우고 조용히 들어갔다.

우리도 곧 뒤를 따랐다.

"이정우, 치고 들어가겠다."

전형수의 목소리가 들렸다.

"그래."

내 말이 떨어지자 전형수와 이영수가 앞세우고 가던 녀석들을 홀 안으로 던져버렸다.

그리고.

"끼야아아아아아!"

"다 죽여! 발라버려!"

녀석들의 함성이 폭발했다.

"뭐야?"

홀에서 싸우고 있던 양 조직은 어리둥절한 듯했다. 우측 끝 건너편에 윤재식이 의자에 앉아 있다 일어나는 게 보였다.

윤재식 홀로 앉아 있었다. 주위에 경호는 없었다. 좌측 끝에서도 누군가가 일어났다. 아마도 구인철인 듯했다. 우리 아이들 백여 명이 순식간에 안으로 밀어닥쳤다.

아이들은 전면전을 벌이느라 다소 지쳐 있는 두 조직을 마구잡이로 짓쳐 들었다. 이상한 감을 느낀 두 조직은 뒤늦게 아이들을 향해 칼과 각목을 휘둘렀지만 이미 늦었다.

"으아아아아아!"

"오늘 다 죽자!"

아이들은 이미 놈들의 머리통을 부숴대고 있었다. 여자아이들은 남자아이들이 먼저 건드리고 지나간 녀석들을 서넛이서 몰려다니며 짓이겨댔다. 여자애들은 결코 먼저 나서지 않았지만 남자아이들보다 훨씬 잔인했다. 치고 빠지는 남자애들에 비해 여자들은 꼼꼼하게 짓밟고 쑤시고 있었던 것이다.

"다 부셔!"

김보영이 소리쳤다. 앙칼진 여자애들의 욕지거리는 나로서는 생소했다.

우아아아아아!

기습은 성공이었다. 두 조직은 어리둥절해하고 있었다. 그들은 서로가 싸워야 했다. 그런데 싸움을 걸어오는 무리들을 만난 것이다. 다시 보니 몰려들어온 아이들은 자신들의 적과도 싸우고 있는 것이다.

우왕좌왕. 뭐가 뭔지 모르는 혼돈 상태가 계속되었다. 그 틈을 놓치지 않고 치고 들어간 우리들도 주효했다. 상대가 상황을 살피며 전열을 추스를 사이도 없이 순식간에 몰아닥쳐 상대를 무너뜨리고 있었다.

윤재식과 구인철이 어딘가로 사라지는 게 보였다.

"야! 문단속했지?"

나는 다급하게 외쳤다.

"걱정 마라. 건물을 나갈 수는 없어. 도망쳐봐야 건물 안이야!"

어딘가에서 정태의 목소리가 들려왔다.

"좋아, 여긴 완전히 부셔라!"

나는 윤재식이 사라진 방향으로 나아갔다. 툭툭 쓰러진 상대의 머리를 차는 여자애들이 보였다. 김보영은 쓰러진 녀석의 얼굴을 깨진 맥주병으로 문지르고 있었다. 헐어진 살갗에서 진물 같은 피가 흘러나오는 것이 보였다.

지독했다.

저 멀리 언젠가 날 감시하며 따라다녔던 조폭들도 대서여고 애들한테 잡혀 짓이겨지는 게 보였다.

그건 그렇고. 나는 윤재식을 쫓아가는 게 급했다. 정태가 나를 따라왔다.

"넌 구인철 쪽으로 가봐. 반대편이야."

"알았다."

나는 홀 뒤편의 복도로 뛰어갔고 이내 몇 개의 룸에 부닥쳤다.

"윤재식! 어디 있냐? 이 개자식아."

나는 룸의 문을 차례대로 활짝 활짝 열어젖히며 고함을 질렀다.

그때였다. 장성태가 내 앞을 가로막았다.

"애송이! 뭐하는 짓이냐?"

장성태는 거추장스러운 녀석일 뿐이다. 나는 아무런 말없이 그대로 몸을 날렸다.

퍼퍼픽!

난 양발을 교대로 순식간에 장성태의 안면에 적중시켰다. 짧고 빨랐지만 장성태에게 큰 타격은 되지 않은 듯했다.

"이 새끼가!"

화난 장성태가 분노하여 내게 달려들었다. 그 순간, 나는 장성태가 내지른 주먹을 발로 걷어찼다. 잠시 장성태는 당황하며 몸이 흩어졌다. 그때였다. 나는 폴짝 뛰어올라 오른발로 장성태의 턱을 깨부술 것처럼 걷어 올렸다.

빠각!

"끄윽!"

장성태는 입에서 피를 뿜으며 바닥에 처박혔다. 나는 정신을 못 차리는 장성태의 목을 발로 눌렀다.

"어디 있냐? 윤재식."

"쿨럭, 쿨럭."

장성태는 발악을 하고 있었다.

"정우야!"

구인철 쪽으로 달려갔던 정태가 되돌아오고 있었다.

"뭐야?"

"구인철은 인범이가 잡았어."

"그래? 그럼 넌 이 자식 잡고 있어라. 난 계속 윤재식을 찾을 테니까."

"오케이."

나는 다시 문을 활짝 활짝 열어젖혔다.

쿵!

마침내 문이 열리지 않는 룸이 나타났다.

"여기 있는 거 다 알아. 사장이라는 게 쫄아서 잠가놓고 숨어 있냐?"

나는 온 힘을 모아 문으로 돌진했다.

쾅!

쾅!

문짝이 들썩였다. 하지만 쉽게 열리지 않았다. 주위를 둘러보니 구석에 소화기가 있었다. 나는 그것을 들어 올렸다.

쾅!

이내 문짝이 열리며 룸 안이 나타났다. 윤재식은 소파에 앉아 있었다. 침착한 표정이었다. 그리고 소파 앞의 탁자엔 무언가 네모난 상자가 있었다.

"윤재식."

윤재식은 양 손바닥을 모으고 손끝으로 자신의 코를 지그시 누르고 있었다. 그러고는 아주 천천히 나를 향해 시선을 돌렸다.

"대단한데? 이정우. 고등학교 써클 애들을 데리고 판을 뒤엎다니. 어떻게 오늘의 정보가 너한테 샜는지 모르겠군. 제법이야. 벌써 그런 정보망을 구축한 건가? 후후."

"죽여버린다."

"아아, 잠깐."

윤재식은 담배를 꺼내 입에다 물었다. 그러고선 탁자 위에 놓여 있는 나무 상자를 손으로 툭툭 쳤다. 제법 의젓한 모습을 보이며 다리를 꼬았고 입가에는 빙그레 미소가 그려지고 있었다.

"이게 뭔지 알아? 네가 2003에서 사고를 쳐서 명동 측에 무언가 사과할 선물이 필요했지."

네가 어떤 분위기를 잡아도 난 속지 않는다. 난 그렇게 마음속으로 다짐하고 있었다. 윤재식은 말을 이었다.

"오늘 전쟁은 전쟁이고 사과는 사과니까 말이야. 그래서 널 유인하려고 잡아두었던 교생 머리를 선물한 거야. 우리가 오소리에게서 접수했던 이 나이트를 돌려주면서 사과의 표시를 한 거지. 이정우라는 놈을 유인하려고 잡아두었던 여자를 죽였으니 이정우에 대한 미련은 없다는 표시였지."

윤재식은 낮은 목소리로 별일 아닌 듯이 말을 이어나갔다.

나는 분노하고 있었지만 왜 그런지 오히려 차분해지고 있었다.

"생각해보면 재미있어. 그 여자는 정말 아무 죄도 없는데 말이야. 너 같은 삼류를 만나서 그 꼴이 되었으니까 팔자가 센 건가? 어쨌든 유용하게 썼다. 내부 불만도 그년을 죽이면서 잠재울 수 있었고, 시체는 통나무 작업 들어가서 장기 비싸게 팔아먹었지. 훗훗훗."

통나무 작업? 장기 밀매를 했다는 소리인가……? 말아 쥔 주먹이 흔들리고 있었다.

"후후후. 넌 내 말을 들어야 했다, 이정우."

윤재식은 날 자극하고 있었다. 이상하게 내 마음은 한 번 들뜨더니 가라앉아버렸다. 인범에게서 얘기를 들을 때의 흥분은 없었다. 윤재식이 날 흥분시키려고 이런다는 게 눈에 보였다. 난 흥분하지 않았다. 결코 흥분하지 않았다. 결코.

그러나……!

내 몸이 본능 때문에 뜨겁게 달아오르고 있었다.

윤재식은 말을 이었다.

"그 선물이 이 방에 있더군. 나도 보고 놀랐어. 하필 들어와도 이 방으로 들어왔을까."

"할 말은 다했나?"

"후후후, 글쎄."

윤재식은 어깨를 으쓱했다. 고개를 설레설레 저어대더니 폭소를 터뜨렸다.

"하하하! 제법이야, 제법. 역시 넌 아까워. 이렇게 약을 올려도 별 동요가 없는 걸 보니 말이야. 네가 흥분해서 날뛰면······."

나는 윤재식의 행동을 주시했다.

"이렇게 하려고 했는데!"

윤재식은 느닷없이 소리치며 품에서 권총을 빼들었다.

탕!

나는 그의 품에서 권총이 나오는 순간 몸을 움직였고 다행히 총탄은 나를 맞추지 못했다.

"이 새끼가······!"

화난 윤재식의 음성이 터졌다.

탕!

나는 몸을 굽히며 탁자를 발로 차 윤재식 쪽으로 밀어 넣었다. 탁자는 윤재식의 몸을 치며 그 반동 탓에 두번째 총탄도 날빗나가게 만들었다. 나는 그 틈을 놓치지 않고 윤재식의 손목을 치며 권총을 문 입구 쪽으로 날려버렸다.

"이런 개새끼가!"

흥분한 윤재식이 넥타이를 풀어 던졌다. 그동안 점잖은 척하던 그의 입에서 처음으로 나온 욕설이었다. 넥타이와 함께 그의 위선도 내던진 것 같았다.

"어린 새끼가······ 죽으려고."

윤재식······! 조직폭력배의 한 사업체를 맡고 있는 인물이었다.

휘익!

그의 발끝에서 바람 소리가 났다. 시원한 발차기로 내 눈을 현혹시킨 뒤 오른쪽 주먹을 날려 왔다. 나는 급하게 그 오른쪽 주먹을 잡아 비틀었다. 윤재식은 나의 움직임을 따라 자신의 몸도 함께 회전했다.

그러자 상황이 바뀌어 내 손목이 윤재식의 손아귀에 잡혀 있는 꼴이 되었다. 몸을 빼려 했지만 쉽지 않았다. 윤재식이 음흉한 목소리를 냈다.

"어떠냐? 이 자식아. 너같이 막무가내로 싸우는 녀석하고 제대로 된 기술을 가진 나하고는 이런 데서 차이가 나는 거다."

"치잇."

나는 몸을 뒤틀면서 발을 차올렸다. 윤재식의 의기양양한 모습을 보아줄 수 없었다. 놈은 내 앞에서 비참해야 한다. 내 발은 윤재식의 손목을 강타하며 그의 손에서 내 손을 해방시켜주었다.

그리고 동시에……

나는 차올렸던 발로 도약하며 공중으로 치솟았다.

"뭐…… 뭐야?"

윤재식의 숨소리 같은 중얼거림이 내 귓가를 파고들었다. 오직 나만이 할 수 있는 연속 동작이었다.

"압!"

기합이 들어갔다. 그 순간 나는 윤재식의 면상을 발로 정확히 통타했다.

"컥……!"

나는 다시 공중에서 한 번 더 몸을 솟구쳤다.

"어…… 어떻게 또 공중에서……!"

윤재식이 비틀거리며 말했다. 나는 높이 치솟았다.

"이정우!"

윤재식이 소리쳤다.

그 순간 내 오른발은 아래로 낙하했다. 여지없이 윤재식의 왼쪽 빗장뼈를 직선으로 내리꽂았다.

와작!

뚝!

뼈 부러지는 소리가 나더니 윤재식은 본능적으로 오른손으로 왼쪽 어깨를 감싸며 바닥에 허물어졌다.

"끄윽, 말도 안 돼……!"

나는 윤재식의 머리털을 잡아 고개를 들췄다.

"윤재식."

"허억…… 억. 빌어먹을. 말도 안 돼. 너 같은 놈한테. 너 따위에게."

"아직 끝나지 않았다."

퍽!

내 주먹이 윤재식의 안면 속에서 작렬했다. 얼굴에서 터져 나간 피가 사방에 튀었다.

"아악!"

윤재식의 입에서 이빨이 흩어져 내리고 있었다.

"너…… 넌 죽을 것이다, 이정우. 네가 이러고도…… 살 것 같으냐……? 네…… 네가 감히."

픽!

난 다시 한 번 놈의 얼굴을 주먹으로 짓뭉갰다.

퍼픽!

픽!

"커억. 컥."

픽! 픽! 픽!

윤재식의 몸이 내 주먹세례를 받고 뒤로 기울고 있었다. 나는 그의 몸이 땅바닥에 쓰러지지 않도록 때리면서 밀어붙이고 있었다.

퍽퍽퍽퍽픽!

"카악!"

윤재식의 다리가 후들거리며 금방이라도 무너질 것 같았다. 나는 발로 복부를 차올리며 무너지는 윤재식의 몸을 살짝 허공에 띄웠다.

그와 동시에 나도 뛰어올랐다.

쐐액!

마지막 폭격이었다.

이것으로…… 이것으로 마지막이야, 윤재식.

꽝!

"끅!"

윤재식은 비명조차 내지르지 못한 채 내 발끝에 걸려 날아가듯 뒤로 넘어갔다.

와장창!

"크억!"

구석에 찌그러지는 윤재식의 입에서 피가 터져 나왔다. 눈동자는 풀려 있었다. 턱이 덜덜거리고 있었다.

나는 아무 말 없이 머리털을 잡고 중얼거리는 윤재식을 질질 끌었다. 윤재식은 제대로 저항을 못 하며 끌리고 있었다.

"끄으으으."

윤재식을 끌고 밖으로 나가려던 내 눈에 입구 쪽에 떨어진 권총이 보였다.

"이정우."

김인범이 멀리서 날 보고 소리치고 있었다.

"완전 장악이다. 구인철도 끌어냈다."

"잘됐군. 여기 와서 이놈 좀 끌고 가라. 뼈가 부러져서 힘 못 쓸 거다."

"윤재식? 세상 참 재미있군."

김인범이 다가와 윤재식의 목덜미를 잡았다. 윤재식이 입에서 주르륵 피를 쏟으며 발악을 했다.

"이 개새끼들! 김인범 네…… 네가 감히 날."

"하하, 진짜 힘을 못 쓰는군. 이러니까 꼭 강아지 같네."

김인범은 윤재식의 목덜미를 붙잡고 윤재식을 홀로 끌어냈다. 나는 권총을 주워 들고 정임의 머리가 담겨 있다는 상자를 들었다.

여기서 찾을 거라곤 생각 못 했는데.

정임아, 나하고는 질긴 인연인 모양이다.

홀에는 아이들이 포위하듯이 둘러싼 가운데 양 조직원들이 무릎을 꿇고 앉아 있었다. 어디서 났는지 모두 굵은 줄에 묶여 있었다. 아마도 이곳 사정을 잘 아는 김인범이 챙겨낸 듯했다. 장성태도 보였다. 기가 막힌 표정이었다.

하긴, 조폭들이 서로에게 피해를 입히지 않았다면 우리의 기습 따윈 성공할 수 없었을 것이다.

"정우야, 이 녀석이 구인철이다."

김인범이 누군가를 가리켰다. 늙고 볼품없는 녀석이었다.

"모두 모인 거야?"

"그래."

"우리가 해냈어!"

"끼야아아아호!"

녀석들은 환호성을 질러댔다. 무릎을 꿇은 조직원들은 그런 우리를 보고 분한 표정들이었다.

나는 엄숙한 목소리로 말했다.

"모두에게 할 말이 있다."

이내 주위는 조용해졌다.

"윤재식을 가운데로 끌어내."

김인범과 정태가 윤재식을 끌어냈다. 나는 옆 테이블에 상자를 올려놓고 뚜껑을 열었다.

빌어먹을.

정임의 머리가 분명했다. 평소처럼 여전히 입가엔 미소를 머금은 듯했다. 적어도 그렇게 느끼고 싶었다.

"정임아, 너도 봐야지."

나는 중얼거리며 윤재식을 향해 돌아섰다.

"모두 잘 들어. 난 지금까지 통이었다."

"통이 짱이란 뜻이지?"

이영수의 질문에 모두 웃음을 터뜨렸다.

"그래, 그런 뜻이야. 하지만 난 지금부터 통이 아니다."

아이들은 내 진지함에 눈에서 빛을 발하고 있었다.

"너희들도 알겠지만 난 주먹 하나로 학교를 접수하고 영역을 넓혔어. 여기 윤재식한테 스카우트되면서 나름대로 출세와 성공을 꿈꾸기도 했다."

윤재식이 고개를 들어 나를 노려보았다.

"하지만 말이다. 지금 보니 다 쓸데없는 짓이었다. 내게 가장 중요한 두 사람을 잃었으니까. 정현이와 정임이 말이다."

나는 정임의 머리를 잠시 바라보았다.

정임이 미소 짓고 있는 듯이 보였다. 나는 다시 녀석들을 둘러보았다.

"윤정임이란 교생이 말했지. 뻔한 삶, 평범한 삶이 얼마나 어려운지 아느냐고. 비록 지금은 죽어 세상에 없지만 말이다. 난······."

목이 메었다. 가래를 삼켰다.

"난······ 그 말에 뒤늦게나마 동의한다."

"이정우, 그 말은?"

"난 이번 일이 끝나면 사라진다."

"우린 어쩌라는 거야? 네가 없으면 우리는 어쩌라고?"

"맘대로 해. 새로 대가리 뽑으면 되잖아."

아이들이 웅성거렸다. 나는 권총을 들었다.

"마지막으로 끝은 내고."

윤재식의 눈이 커졌다. 내가 들어 올린 총구는 윤재식의 머리를 겨냥하며 멈췄다.

"어떠냐, 이 개자식아. 기분 좋지?"

윤재식의 얼굴이 하얗게 질렸다.

"이⋯⋯ 이정우. 날 죽일 셈인가?"

정임을 보면서 윤재식은 어떤 생각을 했을까? 죽기 싫어서 눈물 흘리는 정임을 보며 어떤 생각을 했을까?

"하하, 살인자가 되겠다는 거냐? 네 인생을 포기하는 거냐?"

윤재식은 아직 상황을 모르고 있었다.

"그런 복수가 얼마나 유치한지 알아? 교생이 바라는 너의 모습이 이런 것일까? 생각 잘해라, 이정우. 날 죽인다는 것은 어리석고 치기 어린 복수심이다. 너 딴에는 정의겠지만 살인은 미화될 수 없는 거야. 넌 완전한 범죄자가 되는 거야."

소리치는 윤재식을 나는 가만히 바라보았다. 그의 외침은 처절하게 들렸다. 나는 무겁게 입을 열었다.

"상관없다."

윤재식의 눈동자가 커지는 걸 느낄 수 있었다. 이제야 상황을 이해하는 것 같았다. 얼굴이 파랗게 질리더니 마침내 내게 애원하며 소리치기 시작했다.

"안 돼. 죽이지만, 죽이지만 말아다오. 모든 치욕은 감수하겠다. 하지만 난 이렇게 죽을 수 없는 사람이다. 그동안 이뤄왔던 것, 앞으로 이룰 게 너무 많아. 이렇게 죽는다면 너무 억울하다. 차라리 나에게 수모를 준다면 견디겠다. 발바닥을 핥으라면 핥겠다. 하지만 죽이지만 말아다오. 해야 할 일이 너무 많다! 이정우."

윤재식은 다급하게 내 앞에서 무너져 내렸다. 그래…… 내가 보고 싶었던 모습이었다. 내 앞에서 몸부림치는 모습을 보고 싶었다. 나는 싸늘하게 윤재식의 말을 받았다.

"윤정임은?"

나는 총구를 윤재식을 향한 채 한 걸음 다가갔다.

"이…… 이정우. 나는 달라. 나는 다르단 말이다. 그까짓 계집년은 널렸어. 돈 10만 원만 손에 쥐여주면 어디서든 볼 수 있는 그런 계집이야! 하지만 나는 다르단 말이다! 아직 죽을 때가 아니란 말이야. 이렇게 죽는 건 참을 수 없어. 이렇게 죽는 건."

그의 목소리를 듣기 싫었다. 사실 죽일 생각은 없었다. 그저 내 앞에서 무너지는 꼴을 보고 싶었던 것이다. 하지만 그의 마지막 발악이 나를 화나게 했다. 나는 총구를 살짝 내렸다가 다시 윤재식을 겨냥했다. 그 순간이었다.

"아…… 이 개새끼가 진짜 듣자 하니 못 참겠네!"

누군가 불쑥 튀어 나와 내 총을 가로챘다. 정태였다.

탕!

총알이 윤재식의 몸뚱이를 뚫었다. 윤재식의 구걸이 멈추었다. 윤재식은 사력을 다해 원망 어린 시선을 내게 보내고 있었다.

"정태야."

"기다려봐."

탕!

탕!

탕!

정태는 총알이 떨어질 때까지 윤재식의 몸을 향해 방아쇠를 당기고 또 당겼다. 윤재식의 몸은 들썩들썩거리더니 이내 바닥에 엎어졌다. 날 바라보던 원망과 애원의 눈동자를 채 감지도 못한 채.

찰칵찰칵!

"정태야! 뭐하는 거야?"

그래도 분이 풀리지 않는다는 듯 정태는 방아쇠를 당기고 또 당겼다.

"그만해. 총알도 없잖아."

인범이 정태의 어깨를 짚으며 말했다. 정태는 총을 바닥에 집어 던졌다.

"무슨 짓이냐? 네가 왜……?"

"손이 더러워지는 일은 내가 한다."

정태는 날 보고 웃고 있었다. 저 바보 같은 놈이 날 보며 웃고 있었다.

"뭐하냐? 이정우. 왜 그렇게 빤히 보는 거야? 어차피 난 전과자야. 넌 안 돼. 그거 알아?"

"이 멍청아, 이건 의리가 아니야! 어디서 배워먹은 양아치 짓이야?"

나는 정태에게 소리쳤다. 모든 아이들이 우리를 향해 시선을 고정시켰다. 정태는 미소를 지었다.

"이정우, 난 이것밖에 몰라. 이정우란 녀석을 위해서라면 난 언제든 목숨을 내놓을 각오가 되어 있다는 것 말이다."

"이……."

나는 정태를 칠 듯이 주먹을 들어 올렸다. 하지만 능청을 떨며 웃고 있는 녀석을 칠 수가 없었다.

빌어먹을. 나는 화난 목소리로 소리쳤다.

"이영수! 하현미는 시키는 대로 했대?"

"응, 곧 경찰 올 거야."

"좋아, 모두 해산해."

"이정우, 넌?"

"내 걱정은 마. 말 안 들어? 해산해."

아이들은 장승마냥 서 있었다.

"뭐야?"

"어떻게 할지 말하기 전엔 꼼짝할 수 없어."

"홋! 제법 비장한데? 나도 너희들하고 같이 나갈 거다. 됐냐?"

"하하하, 그런 거냐? 경찰들 오면 이 자식들 보고 뭐라고 할까?"

"정체를 알 수 없는 정의의 사도가 조폭을 잡아놓고 행방을 감춘 걸로 보겠지. 설마 얘네들이 고등학생한테 당했다고 그럴까?"

"하하하."

나는 정임의 머리가 담긴 상자를 챙겼다.

비참한 모습으로 꿇어앉아 있는 어깨들을 바라보니 딴 세상에 있는 것 같았다.

"이정우."

누군가 나를 불렀다. 바닥에 꿇어 앉아 있던 장성태였다.

"이것으로 끝이 아니다, 이정우. 넌 평생 우리의 손아귀에서 벗어나지 못할 것이다. 반드시 넌 죽는다."

장성태의 이글거리는 눈빛이 뜨거웠다. 나는 픽 웃고 그대로 몸을 돌렸다. 우리는 나이트를 빠져나왔다. 멀리서 경찰차의 사이렌 소리가 울리고 있었다.

"이제 오는군."

우리는 서둘러 여러 갈래로 흩어졌다. 아이들의 외침이 내 귀에 박혔다.

"다음에 보자."

"뒤풀이는 다음에."

"오늘 진짜 멋진 하루야."

녀석들은 사라져갔다.

"너 경찰에 자수한다며?"

김인범이 속삭이듯 나에게 물었다.

"해야지."

"언제?"

"곧."

"곧?"

"그래."

"자신 있어?"

"나하고 상관없는 일이야. 유림정보고 습격 문제는 글쎄."

"그건 내가 시켰다고 하지. 학교 서클 간에 세력 다툼이었고 넌 시키는 대로 했다고만 하지. 경찰이 판단할 때 내가 3학년이고 넌 1학년이니까 속아 넘어갈 거야."

"그럼 됐네. 금방 풀리겠군. 훈방이나 사회봉사 정도."

"그래. 그런데, 이젠 어쩔 거야?"

"말했잖아. 난 이제 통이 아니라고."

인범은 날 물끄러미 바라보았다.

"애들은? 넌 이미 우리의 중심이야."

"바보 같은 소리 마. 고등학교 졸업하고 나면 뭘 할 거지? 그때도 나 따라다니면서 싸움질이나 할 건가?"

"이정우, 할 일은 있는 거야?"

"훗."

— 다시 시작하자. 응? 다시 시작하자. 검정고시도 있고 너 같은 애들을 수용하는 학교도 있다. 마음만 먹으면 얼마든지 다시 시작할 수 있어.

이럴 때 강덕중이 떠오르다니.

나는 날 물끄러미 바라보고 있는 인범을 향해 고개를 들었다. 작정하고 웃음도 그려보았다.

"난 검정고시나 봐서 대학에나 갈래. 내가 내 인생, 만들어가는 게 멋지지 않겠냐?"

말도 안 된다는 듯 인범은 고개를 저었다.

"그 거울 보고 연습한 듯한 웃음은 뭐냐? 너 이정우 맞냐? 정말 그렇게 생각해?"

나는 잠시 침묵했다. 그러고는 무겁게 입을 열었다.

"그래, 정현이와 정임이 몫까지 살아야 하니까."

인범은 더 이상 말하지 않았다. 나는 느닷없이 맥이 빠진 인범을 남겨둔 채 걸음을 옮겼다.

"어디 가냐?"

"경찰서에."

"진술하다 막히면 내 이름 대. 상자는 들고 갈 거야?"

"알았다. 정태한테 맡기면 돼."

나와 인범은 이제 침묵했다. 그림자처럼 날 따르는 정태와 함께 나는 인범에게서 멀어져갔다.

"야!"

인범의 목소리였다.

"야! 통!"

나는 뒤돌아보지 않았다.

나는 이제 통이 아니다.

그건 과거의 이름이었다.

"야, 인마! 통!"

인범은 소리를 모아 외치고 있었다.

"넌 말이다. 넌…… 통이야! 어쩔 수 없다고!"

인범의 목소리가 계속되었다.

"저 녀석도 결국 저렇게 되었구나."

정태가 인범의 외침을 들으며 말했다.

"저렇게라니?"

"나나 두현이처럼 너한테 빠진 거지. 이제 너란 놈을 알았으니 그 누구한테도 복종할 수 없을 것이고 감히 누구를 이끌지도 못할 거야. 너 외엔 복종할 수도 없고 너 말고는 그 누구도 이끌 수 없는 거지."

"과거일 뿐이다."

"그럴까?"

나는 입을 다물었다. 이제 나에 대한 모든 것은 비밀이다.

지금 이 순간부터…….

에필로그

나이트 일은 조폭 간 세력 다툼에 의한 사건으로 처리되었
다. 윤정현 살해와는 난 관계가 없는 걸로, 유림정보고 습격은
김인범이 모두 책임을 졌다. 그리고 아쉽게도 정태는 행방불명
이다. 어디서 무얼 하고 있는지, 나쁜 짓이나 하지 않았으면 좋
겠는데.

청운 고시 학원.
최근 내가 다니는 학교다. 고시 학원이라고 해서 거창하게
생각할 건 없다. 검정고시니까…….
내가 검정고시를 준비하는 이유는 분명하다. 그것이 정임과
정현의 목숨을 빚으로 진 내가 선택할 수 있는 유일한 길이었
기 때문이었다.

"야, 이정우."

학원에 심심하면 한 번씩 나오는 남욱이 날 불렀다. 녀석은 나와 나이는 같지만 아직 중학교 졸업 학력도 되지 않는다.

"왜?"

"돈 좀 주라."

녀석이 나를 보고 싱긋 웃는다. 내가 누군지 안다면 물론 이럴 수는 없을 것이다. 하지만 난 집과는 상당히 떨어진 곳에서 공부를 하고 있고 내가 어떤 사람인지 아는 사람은 없다.

나는 멋쩍게 웃으며 남욱에게 만 원짜리 한 장을 꺼내주었다. 내 옆자리에서 문제집을 풀고 있던 세진이 남욱을 보며 혀를 찼다.

"넌 만날 애들 돈이나 뜯고 다니니?"

"참견 마."

세진은 미대를 지망하는 여학생이다. 나와 함께 대입 자격 검정고시를 준비하고 있다. 이번에 합격하면 내년에 수능을 볼 것이다. 그리고 세진은 어쩐지 날 좋아하는 눈치다. 가끔 색종이를 접어 학을 만들어서 내게 주곤 했다. 쌍팔년도 전설인데 천 마리의 학이 모이면 사랑이 이루어진다나?

"여기다! 여기!"

얼마 전에 인범과 형수를 만나러 갔다. 오랜만에 들르는 학교 근처였다. 내가 호프집에 들어서자 인범이 나를 보고 손을 흔들었다.

"이정우, 머리 많이 길었네? 어떻게 지내냐? 키도 조금 큰 것 같다? 멋진데?"

"커봤자지. 한 3센티미터 컸나?"

"너 호리호리한 게 진짜 폼 난다, 야."

"옛다. 합격 기원 선물이다."

형수가 무언가를 내놓았다. 가게에서 파는 5백 원짜리 초콜릿이었다. 나는 어이가 없어서 웃음을 터뜨렸다.

"뭐야? 애도 아니고 나보고 이거나 빨라고?"

"핫핫핫."

웃음이 터졌다. 오랜만에 느끼는 유쾌함이었다.

"너 형수하고 나하고 애들 해체시킨 거 알고 있냐?"

"해체?"

"그래, 너 때문이다. 자, 한잔."

형수가 실룩실룩 웃으며 잔을 내밀었다. 나는 가볍게 잔을 받으며 말했다.

"나 때문? 무슨 헛소리야? 그럼 요즘은 조용하겠네?"

"아니, 유림정보고에 신예가 등장했어."

인범이 훌쩍 잔을 들이키며 말했다.

"유림에?"

"너처럼 선배 몰라보는 막가파는 아니야, 핫핫. 사실 그 녀석 유명한 놈이었어. 1학년 때 사고 치고 병원에 입원했다가 이번에 복학한 거야. 주먹이 좀 세다는 말은 원래부터 있었어. 그래봤자 너한테 비하면 새발의 피겠지만."

나는 픽 웃으며 고개를 저었다.

"어찌 됐건 유림이 그놈 앞세워서 이정우가 있을 때의 동진 고만큼은 되겠다고 난리야. 어수선하지."

"그러냐……?"

씁쓸한 미소가 돋았다. 그 신예에겐 어떤 앞날이 열릴까?

날이 어둑해지고 우리는 바깥으로 나왔다. 검은 하늘에 별이 총총했다. 멀리 동진고 교복을 입은 녀석들이 무슨 일인지 신이 나서 떠들어대며 다가오고 있었다.

"야, 완전히 환상 아니냐, 환상! 난 통이다. 그 한마디면 전교가 그냥 죽었잖냐? 1학년인데도 완전 장난 아니었다니까?"

음? 나는 어쩐지 내 이야기 같아 그들의 대화에 귀를 쫑긋 세웠다. 녀석들은 길을 가다 멈춰 서서 분식집 앞에서 떡볶이를 먹기 시작했다.

"야, 김두한하고 이정우하고 싸우면 누가 이기겠냐?"

"시라소니하고는?"

이정우? 분명히 내 이름이었다. 그러자 한 녀석이 떡볶이를 가득 베어 물고 말했다.

"이정우를 이길 사람은 없어. 그 녀석은 진짜 환상이야. 내가 머릿속으로 그리던 모습을 현실에서 만들어낸다니까?"

"그래도 한 대는 맞을 거 아냐?"

"무슨 소리. 이정우가 왜 맞냐? 이정우는 맞지 않아. 누구도 이정우를 때릴 수 없어."

"웃기고 있네 이 엉터리야! 어떻게 한 대도 안 맞냐? 과장이 심한 거 아냐?"

"과장?"

내가 한 번도 본 적이 없는 녀석이 마치 잘 아는 사람이라도 되는 양 그 말에 흥분하며 소리쳤다.

"네 조잡한 머리로 상상할 수 있는 레벨이 아니야. 우리의 상상을 뛰어넘는 놈이 이정우라고."

인범이 내게 가만히 속삭였다.

"넌 이 동네에선 신화고 전설이야."

"풋."

내겐 부질없는 일이다. 우리는 아직도 '이정우가 한 대도 맞지 않는다'와 '그게 가능한가'로 싸우는 녀석들을 두고 걸음을 옮겼다.

"김인범, 전형수. 오랜만에 봐서 반가웠다. 난 간다."

"그래, 꼭 합격하라고."

"검정고시 언제인지는 알고 하는 소리냐?"

"아니, 당연히 모르지."

"핫핫핫."

친구란 좋은 것이란 생각이 들었다. 나는 인범, 형수와 떨어져 버스 정류장을 향해 걸었다.

'난 통이다. 오직 나만이 진리이며 세상엔 나만이 존재한다.'

그렇게 설치고 다니던 때를 생각하면 얼굴이 화끈거린다. 그럴 때면 영락없이 정임의 목소리가 귓가를 맴도는 것은 물론이다.

'잡아봐, 잡아봐. 만날 폼만 잡고. 어이구 웃겨서 진짜. 쪼끄만 게. 야, 나한테도 맞고 다니는 고딩아.'

그래, 난 그 정도의 녀석일 뿐이다. 그러니 그저 조용히 지내는 것이 마땅하다. 간혹 학원에 날 궁금해하는 녀석들이 있기는 하지만 나는 그저 입을 다문다.

모든 것은 비밀이다.

때론 과거의 비밀이 현재의 나를 안식시켜주니까.

그러니까 1998년이었다.

당시 PC통신 중 하나였던 유니텔 문단에 소설 『통』 첫 회를 올렸었다.

첫 회 조회 수는 14.

그저 통신사에서 게시판으로 운영하는 이름만 문단이었는데 그중에서도 14라는 조회 수는 비인기 중의 비인기였다. 그런 평균 조회 수 14는 서너 달간 계속되었는데 어느 날 누군가 조회 수가 낮은 것이 나보다 안타까웠던지 정성을 가득 담아 게시판에 추천의 글을 올렸고 그 추천의 글을 보고 소설을 읽은 분들이 정말 재밌더라는 감상의 글을 다시 남겨주면서 갑자기 조회 수가 30배를 넘어버렸다.

그 후 유니텔을 떠난 나는 작은 개인 홈페이지를 만들었고

『통』을 보기 위한 하루 방문객 240만이라는 말도 안 되는 카운트 기록을 남기기도 했다. 물론 이 숫자는 한 사람이 드나들어도 카운트가 올라가는 불합리한 방식으로 집계된 것이라 온전히 받아들일 순 없지만 꽤 인상 깊은 숫자였다.

어쨌든 당시의 상황은 꽤 이례적으로 기억하고 있다. 사실 통은 미리 구상해둔 것이 아니라 습작 삼아 그날그날 생각나는 대로 대충 써서 올리고 있었기에 평가를 받기가 두려운 작품이었다. 말하자면 묻혀 있을 때 비로소 안심할 수 있는 작품이었다. 그래서 수많은 방문객들이 나를 꽤 긴장시켰던 것이다.

돌이켜보면 통은 그런 작가의 무관심에도 불구하고 스스로 살아남은 것도 모자라 나의 인생을 바꿔놓았다.

인터넷에서 떠돌던 소설을 읽고 한 만화가(유희석 작가)가 만화 스토리를 쓸 생각이 없냐고 메일을 보내 왔던 것이다.

2001년 무렵이었는데 IMF 후유증이 여전히 남아 있던 시절이라 출판계는 불황에 허덕였고 나는 작가의 꿈에 대해 고민하고 있던 시기였다. 나의 삶은 자연스럽게 소설가에서 만화 스토리 작가로 바뀌어갔다.

나는 기왕 만화 스토리 작가가 되었으니 『통』을 만화로 만들어보고 싶었다. 하지만 그림 솜씨가 없는 나에겐 마음이 맞는 그림 작가가 필요했고 불행히도 그런 작가들을 만나기 어려웠다.

만화는 이래야 하는데 이것이 없고 저런 것이 부족하다는 등등. 어디 만화뿐이랴. 내가 만난 만화가들은 영화, 드라마에도 적용되는 그 공식들을 늘어놓으며 그렇게 바꾸기를 원했다.

하물며 등장인물이 사람 이름 같아서 불리하다는 분도 있었다. 야구 만화 주인공은 강속구나 최강타로 짓던 시절이니 그럴 만도 했다.

나는 의식적으로 인기작이 되기 위해 인위적으로 계산해 넣는 요소들을 좋아하지 않는 데다 굳이 그렇게 만들고 싶지는 않아서 그저 콘텐츠로만 가지고 있었다.

그럼에도 무슨 배짱이었는지 만화 에이전시인 투유엔터테인먼트에 『통』을 전하며 "언젠가는 영업 뛸 때 『통』을 가지고 있다는 게 무기가 될 것이다"며 큰소리를 치기도 했다.

그러던 중 2012년 투유엔터테인먼트를 통해 만난 만화가 백승훈 작가와 작업을 시작했다. 백승훈 작가는 아무 계산 없이 그냥 원작소설을 재미있게 읽어서 자기가 그리고 싶다는 작가였는데 나와는 마음이 잘 맞았다.

이듬해 마침내 『통』을 만화의 형태로 세상에 내보내게 되었지만 또 한 가지 난관이 있었다. 만화 연재처가 신생 매체였는데 홍보가 되지 않아 이런 곳에서 웹툰이 연재되고 있는지 사람들이 모른다는 것이었다.

노력이 의미가 없던 시절이었고 우리는 진지하게 연재를 그만두어야 하는지에 대해 고민하고 있었다. 그런데 1998년의 어느 날처럼 나보다 그런 상황을 더 안타까워하는 독자들이 있었다. 그들은 SNS에 『통』을 전파했고 2013년이 끝나갈 무렵에는 우리나라에서 가장 점유율이 높은 포털 사이트 실시간 검색어 1위에 오르는 기염을 토해냈다.

생각해보면 척박한 땅에 무관심하게 던져놓아도 혼자서 자생했던 것이 『통』이었다. 항상 『통』의 주인공 이정우는 작가인 나의 예상을 넘어서 있었다.

그런 실적을 바탕으로 이처럼 원작소설도 출판의 기회를 얻게 되었다.

물론 처음 소설을 썼던 당시와 맞지 않은 상황들은 고쳤다. 또한 웹툰에서 심의 때문에 담지 못했던 장면들을 담아냈다.

이렇게 소설이 출판되기까지는 여러 사람의 도움이 있었다.

투유엔터테인먼트 유택근 대표, 만화가 백승훈 작가, 출판사 관계자, 독자들께 감사의 말을 전한다. 아울러 어디다 무관심하게 던져놓아도 결국 혼자서 존재감을 드러냈던 주인공 이정우에게는 특별한 감사를 전하고 싶다.

이렇게 하여……

16년 전 통신 게시판에 올렸던 소설이 만화를 거쳐 되살아났다.

기적 같은 일이다.

2014년 4월
오영석